별

임동헌 소설

문이당

작가의 말

삶의 부피가 작았던 때를 기억해 보면, 그때는 대부분 설익은 관념이 소설 속 인물들의 행동을 제약했다. 삶의 부피가 조금 두터워진 지금도 그 관념의 넘실거림이 크게 줄어들지 않았지만, 그것은 나 스스로 '관념이 인물들의 행동에 우선한다'는 나름의 작법을 수정하지 않은 때문으로 여겨진다. 관념이 거세된 인물들의 허랑한 동선(動線)과 대화를 우격다짐으로 밀어 넣는 소설은 부박하기 그지없다는 생각을 오랫동안 곱씹어 왔는데, 그 곱씹음이 여전하다는 자가 진단이다. 그러므로 이 소설들은, 수정될 수 없는 가치관이 있듯이 수정될 수 없는 작법이 여전히 유효한, 그런 소설의 미장센으로 복무하고자 한 나의 궤적이라 할 수 있다. 소수자의 삶을 들여다보고자 하는 내 소설 안에 소수자일 수밖에 없는 나 자신의 삶이 들어 있다는 뜻이다.

이 세상 많은 소설이 그러하지만, 나에게는 세상의 중심에 진입하지 못하고 떠도는 인물들의 걸음걸이가 유난히 눈에 밟힌다. 해서 그런 인물들의 삶에 오래 머무를 수밖에 없었다. 그것은 곧 나 자신이기도 하거니와 나와 같은 지점에 서 있는 사람들을 향한, 의도하지 않은 가운데 표출된 간접 화법이라고 나는 지금 고백한다. 그럼으로써 나는 거대 담론에 급급해하지 않으면서 다중의 시선을 받지 못하는, 소외의 울타리, 폭력의 울타리에 갇힌 소설 속 인물들과 교유하는 시간을 가질 수 있었다. 주변부에서 떠도는 인물들을 향한, 그런 공간을 만들어내는 세상을 향한 현미(顯微)가 여전히 가능하다면 나는 그런 작법을 한동안 더 붙들고 있을 작정이다.

오랜 망설임 끝에 이 미욱한 소설집의 제목을 《별》로 정했다. 〈별〉을 쓸 때 나는 지리적 거리감보다 훨씬 먼 곳에 있었는데, 그 벌판에 서서 여러 개의 별자리를 찾느라 고개를 쳐들고 오래도록 헤맸던 기억이 새삼스럽다. 그때 '별'은 여전히 같은 궤적 속에 머물고 있었는데 나는 별자리를 확인하느라 꽤 많은 시간 밖에 서 있곤 했었다. 사실, 그것이 인생의 한 축이지 않을까 생각해 보면서 별자리를 확인하며 서 있었던 그 시간들이 이 소설들에 꽤 기여한 것 같아서 마지막 교정을 보면서도 한

참 동안 멍하니 고개를 쳐들고 있곤 했다. 이 소설집 속의 작품
들 중 일부는 그 시간 이후에 씌어진 것인데, 관념을 주유하는
것에서 비켜나 부분적으로나마 리얼리티에 자리를 양보한 것
은 그 시간의 고귀함에 진 빚을 갚기 위해서이다.

　먼 곳에서 돌아오기는 했지만 문단에 얼굴을 내민 이후 20년
동안 단 두 권의 소설집을 낸 작가가 되고 말았다. 10년 간격으
로 두 번째 소설집을 내는 판국이니 마땅히, 게을렀다는 자성
을 할 수밖에 없다. 그러니 이제 약속할 수 있는 것은 인생의
부피 속에 인물들의 행동과 관념을 황금률로 만드는, 그럼으로
써 자성의 결과물을 보다 숙성시켜 내놓겠다는 것뿐이다.

2005년 4월

임　동　헌

아이 러브 토일럿

기차는 여섯 량, 한 칸에는 2인용 좌석이 스물두 개, 차창 밖을 건너다볼 수 있는 맞은편에는 3, 4인용 좌석이 다섯 개씩 설치돼 있었다. 한 칸에 60명쯤 앉아 갈 수 있으므로 기차의 정원은 3백60명 안팎인 셈이었다. 하지만 나는 기차의 정원과 좌석수에 그리 조바심치지 않는 편이다. 대동 역과 만우 역 사이를 오가는 기차에는 승객이 그리 많지 않은 편이어서 앉으려 들면 언제든 앉을 수 있기 때문이었다. 의자의 우단이 골고루 닳지 않은 것만 봐도 그랬다. 두 명씩 앉게 돼 있는 좌석은 대부분 창가 쪽 우단이 많이 닳고 3, 4인용 좌석은 우단의 양쪽 끝이 많이 닳아 있었다. 그것은 사람들이 한 시간 남짓 달리는 동안에도 좀 더 가까이에서 차창 밖 풍경을 감상하고 싶어 하기 때문일 터였다. 그럴 때 사람들은 무심해 보이기도 했고, 평온해 보이기도 했다. 그들의 표정을 슬쩍슬쩍 훔쳐보면서 나도 처음

에는 차창 밖을 내다보곤 했지만 이제는 창가 쪽, 우단이 닳은
자리는 거들떠보지 않게 되었다.

1년이 다 돼 가지만, 대동 역과 만우 역 사이를 오가는 기차
에 처음 올랐을 때 나는 놈을 찾으러 가는 길이었다. 한껏 부풀
어 오른 배를 주체할 수 없어 어색하게 앉아 있어서인지 온몸
이 뒤틀리는 듯했다. 배를 쓸어내려 보았지만 소용없는 일이었
다. 과민성 대장 증후군을 만만히 본 게 잘못이었다. 팽팽하게
긴장된 뱃가죽은 살짝 건드리기만 해도 북소리가 날 것 같았
다. 그러잖아도 신경 쓸 일이 많은 터에 놈이 어디에서 판을 벌
이고 있는지 찾아야 한다는 절박함, 그리고 놈을 만나 집을 되
찾고야 말리라 잔뜩 신경을 곤두세운 탓이었다.

여섯 량이 매달린 교외선 기차에는 화장실이 두 개였다. 맨
첫 번째 칸과 두 번째 칸 사이에 하나, 다섯 번째 칸과 여섯 번
째 칸 사이에 나머지 하나가 자리하고 있었다. 나는 뒷칸 쪽을
선호했다. 앞칸이든 뒷칸이든 관계없지만 여러 차례 기차를 타
다 보니 앞칸보다는 뒷칸 화장실을 찾는 사람이 드물다는 것을
안 이후 생긴 버릇이었다.

기차의 맨 뒷칸에 오른 다음 나는 가방에서 티슈 봉지를 꺼
내고, 객차와 객차 사이로 자리를 옮겨 비스듬히 기대어 섰다.
「해결 조짐이 아직도 없나 그래? 그것참, 포기하라고 하자니
집이 아깝고 끝까지 받아 내라고 하자니 학교 일에 지장이
많고. 난감한 일일세.」

김 교수의 걱정스러운 목소리가 눈앞을 스쳐 갔다. 김 교수는 한편으로는 걱정하고 있지만 내가 자꾸 자리를 비우는 것을 꽤 불만스러워하고 있었다.

「죄송합니다. 해결될 듯하면서도 안 되고, 안 되고 해서 말이죠. 아주 나쁜 녀석 같지는 않은데 그 사람, 생각대로 일이 풀리지 않는 모양입니다. 사업이라는 게 어느 날 갑자기 풀리기도 하고 계속 꼬이기도 하고 그런다잖습니까. 그래도 콩밥 먹는 것까지야 각오할라고요. 조만간 끝날 겁니다. 죄송합니다.」

나는 티슈 봉지를 만지작거리면서 김 교수가 정년퇴직을 1년 반 남겨 두고 있다는 것을 떠올렸다. 정확히 1년 6개월 후면 학교를 떠나야 하는 그는 당뇨 때문에 요양하듯 간신히 강의를 지속하고 있었다. 일주일에 겨우 여섯 시간만 강의할 뿐인데도 걸핏하면 안식년을 5, 6년에 한 번은 줘야 한다고 목청을 높일 때도 있었다. 학교 쪽에서는 어떻게든 정년퇴직 때까지 근무할 수 있도록 편의를 봐주는데도 그는 항상 모자란다고 젖을 보채듯 했다. 그런 김 교수와 나는 인간적인 정이 없는데도 서로 묶여 있는 관계였다. 삶에 대해 진지한 대화를 나눠 본 적도 없는데 진지한 대화를 나누고 지내는 듯이 위장망을 덮어쓰고 있는 것과 같았다. 이를테면 이런 식이었다. 그가 「몸도 아픈데 이놈의 선생질 그만두고 한적한 농촌에 가서 요양이나 했으면 좋겠다」 하고 말하면 나는 「그러게 말입니다. 하지만 학생들은 어떡하고요. 후진 양성을 계속하셔야죠」하고 맞장구를 쳐주는 것이었다. 그러면 그는「글쎄 말이야. 나도 차마 그럴 수는 없어서 정년 때까지는 어떻게든 버텨 보려고 이러는 건데, 참 힘들구먼」하고 말하고, 나는 두 눈 질끈 감은 채「잘 생각하셨습니다. 교수님 불편하시지 않도록 애쓰고는 있지만 제가 너무 미력해서 말이죠. 더 노력하겠습니다」하고 또 맞장구를 쳐주었다. 자칫 그의 비위를 건드릴까 조바심치면서 말이다. 언뜻 보면 다시없을 듯한 파트너십이다.

그다음에 김 교수가 무슨 말을 하는가는 뻔했다.

「미력하기는…… 강 선생 애쓰고 있는 거 안다고. 그나저나 나와 전공이 같아서 자네 고생이 이만저만 아닐세. 이왕 기다린 거 조금만 더 참게. 이제 2년도 안 남았으니…….」

「고맙습니다.」

그랬다. 이제 길어 봐야 1년 6개월인데 속물스럽게 그의 당뇨가 악화되기를 바란다는 것은 차마 못할 짓이거니와 내가 언감생심 그의 당뇨가 악화되기를 바란다면 김 교수는 단박에 알아챌 터였다. 그러므로 나는 인내하고 살아왔고, 그렇게 사는 동안에 겉으로는 특별한 갈등이 없었다. 그런데 놈들이 내 집을 가로채는 일이 생겼고, 나는 놈들에게서 집을 돌려받기 위해 일주일에 한 번씩 학교를 비울 수밖에 없게 된 터였다.

기차가 속도를 높이기 시작했다. 주유소에서 주는 휴대용 티슈는 유용하다고, 나는 여전히 엄지와 검지로 비닐을 만지작거리면서 생각했다. 잃어버려도 아깝지 않다는 점에서 그랬고, 휴지를 찾는 낯선 사람에게 내주어도 아깝지 않다는 점에서 그랬다. 손을 뻗으면 언제든 꺼내 쓸 수 있다는 점에서도 유용했다. 나는 티슈 포장지를 만지작거릴 때마다 그 유용함을 생각하지만 불만스러울 때도 있었다. 주유소에서 사은품으로 주는 것이나 나이트클럽 웨이터들이 거리에서 나눠 주는 티슈는 표면이 거칠고, 양이 적었다. 배내똥을 누고 난 어린아이의 엉덩짝을 닦아 주기에는 아무래도 거칠었다. 언제 설사를 만날지 모르는 사람들이 슈퍼에서 산 것과 같겠거니 하고 가지고 다녔다가는 낭패를 보기 쉬울 정도로 양이 적었다. 사실 슈퍼마켓에서 파는 5백 원짜리 A사 제품에는 55장이 들어 있고, B사 제품에는 50장이 들어 있다. 하지만 사은품이나 홍보용으로 건네는 티슈는 기껏해야 40장이거나 35장에 불과했다. 그러나 큰 문제는 아니었다. 그런 사실을 잘 알고 있으니 중요한 것은 무사히 일을 마치느냐 하는 것이다. 정말이지 잘돼야 할 텐데. 사실 잘돼야 한다는 것은 바로, 똥을 향해 하는 말이었다. 정말 잘 나와 줘야 했다. 내가 몸을 실은 기차는 한 시간 남짓 달릴 뿐이므로 그 안에 해결을 보아야지 그렇지 않으면 또 일주일을 기다려야 했다.

　내가 언제부터 이런 간절함과 싸워야 하는 신세가 되었던가. 몸속의 똥 몇 덩이를 밖으로 끌어내지 못해 안절부절못한다는 것은 자존심에 관한 문제였다. 똥처럼 하찮은 취급을 받는 게 없지 않은가. 하찮은 대접을 받을지언정, 똥은 너무 잘 나와도 걱정이고 안 나와도 걱정이란 것을 모르지는 않았지만 그게 내 문제가 되리라고 생각해 본 적은 없었다. 변비 환자, 설사 환자가 뒤섞여 사는 게 세상이긴 하지만 내가 그 대열에 편입되는 것은 있을 수 없는 일이었다. 그런데 막상 똥 문제로 병원과 약국을 드나들게 되다니, 하찮은 존재의 무거움에 사로잡힌 꼴이었다.

똥이 속을 썩이기 시작했을 때 나는 먼저 학교 앞 약국을 찾았다. 소화제 몇 알이면 간단히 해결할 수 있으려니 믿은 때문이었다.

「똥을 못 눈다? 현대병 걸리셨구먼. 육류 많이 먹지, 신경 많이 쓰지, 단순히 변비다 생각하면 곤란하다 이 얘기지. 소화제에다 장운동 활성제, 양약은 이렇게 하고 한약을 좀 곁들여야겠군. 근원 치료를 하려면 한방으로 체질을 바로잡아 줘야하거든. 학교에서 나오던데 교수 양반이신가? 그 학교 교수양반들 내 약 많이 먹지.」

「교수는요. 칠 년째 조교만 하고 있습니다.」

「조교만 칠 년째라? 변비 생길 만도 하구먼. 그래도 좋은 세월 오려니 하고 신경 끄고 살라고. 똥도 못 다스리면서 어떻게 교수 할 생각을 해.」

7년차 조교라는 말까지 한 것은 한 달치 한약을 권하는 노인 약사의 유혹에서 벗어나기 위해서였다. 그래도 약사는 일주일치는 먹어야 한다며 양약과 한약을 섞어 비닐봉지가 반이나 차게 담아 줬다. 하지만 똥은 나와 주지 않았다. 가스가 조금 빠져나가는 듯하더니 가스 뒤에 따라 나와야 할 똥은 요지부동, 그것으로 끝이었다.

약국을 포기하고 병원을 찾아가자 의사는 직업이 뭐냐는 질문부터 던졌다. 내가 이렇게 저렇게 복잡한 검사를 피할 요량으로 학위를 마친 후 경영학과에서 조교를 하고 있으며 전임 강사 자리가 돌아오기를 기다리고 있다는 애길 건네자 그는 똥이 속을 썩일 만도 하다며 너스레를 떨었고, 경영학과에 있다니 하는 애긴데, 똥이란 놈이 주식과 비슷한 거라고 뜬금없는 소릴 늘어놓았다.

「똥이란 놈, 너무 잘 나와도 문제고 안 나와도 문제예요. 주식도 그렇잖아? 너무 오르면 오르는 대로, 떨어지면 떨어지는 대로 걱정이죠. 팔자니 더 오를 것 같고, 사자니 더 떨어질 것 같고. 그렇죠? 그런데 똥도 주식도 적당한 타이밍이 언제라고 알려 주지 않아요. 그게 문제란 말예요. 하지만 자세히 보면 두 놈이 다 자극에 민감하거든요. 환자 분 생각은 어떻습니까. 주식 시장 말예요.」

「글쎄요. 제 똥도 처리하지 못해 전전긍긍하는 처진데 그쪽까지 신경 쓸 겨를이 있겠습니까. 신경을 쓴다 해도 강단에 있는 경제학자가 뭘 알겠습니까. 실물 경제야 눈 감고 코끼리 얼굴 더듬기지요.」

나는 눈 감고 코끼리 얼굴 더듬기라는 말로써 의사가 가볍게 웃어넘겨 주기를 바랐다. 의사가 자연스럽게 똥 얘기를 하는 바람에 나도 똥이란 말을 해보았는데 의사는 인상을 찌푸리지 않았다. 의사와 환자 관계가 되면 똥이라는 단어를 주워섬겨도 실례가 되지 않는 모양이었다. 그와 나는 똥이라고 한 게 아니라 빵이라고 말한 것 같은 착각마저 일었다. 그러고 보니 똥과 빵은 매우 비슷한 글자 꼴이긴 했다.

「코끼리 얼굴 더듬기라. 하긴 그러네요. 이거 배가 불룩해져서 온 환자에게 엉뚱한 얘기나 하고……. 그건 그렇고, 의사가 환자에게 마음 편히 먹고 살라고 하면 무책임한 처방이겠죠. 그렇다고 심리적인 치료를 할 수 있는 것도 아니고……. 난 환자들에게 똥을 적극적으로 끌어내라는 얘길 합니다. 앉아서 기다리지 말라는 뜻이죠. 물론 처방도 드리겠지만, 우선 운동을 하세요. 자극을 주란 얘기죠. 성생활 클리닉 하는 사람들이 그런 얘길 많이 합니다. 권태기냐? 그렇다면 새로운 체위를 좀 시도해 봐라. 왜 그러겠어요. 안 쓰던 근육을 쓰는 것도 효과적이라는 것이죠. 똥도 마찬가지예요. 똥을 감싸고 있는 근육에 신선한 자극을 주면 똥 스스로 근육의 움직임에 따라 아래로 내려오게 돼 있어요. 그깟 똥이 별겁니까. 처방해 드릴 테니 드셔 보시고 일주일 지나도 효과가 없으면 그때 다시 오세요. 최 간호사, 다음 환자.」

주식 투자에 대한 질문을 던졌던 의사는 그렇게 해서 나를 물리쳤다. 나는 일주일치 약을 먹어 보았지만 똥은 제대로 나오지 않았다. 체위를 바꾸지 않은 탓인 모양이었다.

세 번째로 찾아간 곳은 종합 병원이었다. 의사는 엑스선 사진을 찍어 보자고 했고, 나중에는 배에 초음파 진단기를 들이댔다. 의사는 엑스선 사진을 보여 주면서 장 안에 약간의 가스가 차 있다고 말했다. 장 안의 가스는 구름 모양이었다. 의사는 이 정도의 가스 때문에 변을 못 본다는 것은 이해되지 않는다고 덧붙였다. 간호사는 의사가 내 배 위에 젤리를 바르는 것을 도왔다. 배 위로 초음파 기계가 지나갔다. 모니터 안의 내 배는 달빛이 스며든 밤바다처럼 출렁였다. 의사는 모니터를 들여다보며 설명해 줬다.

「엑스레이와 똑같아요. 요즘 이런 증세로 병원 오는 사람 한두 명이 아닙니다. 신경성예요. 과민성 대장 증후군이라고, 다들 가스 주머니 하나씩 차고 다닙니다. 술 담배 끊고, 신경 쓰지 말고, 약 꾸준히 드세요.」

의사와 약사의 단골 메뉴는 신경을 많이 쓰지 말라는 것이었다. 그들에 의하면, 신경과민이 만병의 원인이었다. 모든 게 과민하게 작용하는 내 탓이라는 소리로 들렸다. 하지만 신경 쓸 일이 없는데도 굳이 일을 만들어 신경 쓰는 사람은 없는 법이었다. 의사나 약사도 그걸 알 터였다. 그러니까 똥이 순응하지 않는 것은 처방이 잘못돼서가 아니라 내가 운동을 안 하고, 신경을 많이 쓰는 탓이라고 그들은 말하는 거였다. 하지만 나에게도 할 말은 있었다. 돌팔이들 같으니라고.

나는 티슈 포장지를 계속 만지작거렸다. 화장실에 들어갈 때가 돼 가고 있었다. 그랬다. 나는 언제든 화장실에 갈 수 있어야 하고, 내가 문을 열었을 때 화장실은 비어 있어야 했다. 그러므로 기차에 올랐을 때 차창 밖을 바라보며 경관을 감상할 자유가 나에게는 없었다. 철로 변 풍경은 어느 곳이든 도심의 2, 30년 전 풍경과 닮아 있기 마련인데 대동 역과 만우 역 사이의 바깥은 3, 40년 전 풍경과 비슷했다. 나는 이따금 눈을 흘끔거려 그 풍경들을 잠깐씩 살필 뿐이었다. 다 타버린 연탄을 버린 집이 보이고, 소를 앞세워 쟁기질을 하는 사람이 보이고, 소쿠리를 들고 쑥을 캐는 사람들이 보였다. 어쩌다 고층 아파트도 보이지만 들판 사이에 들어선 그것은 거대한 송신탑처럼 볼품없었다.

나는 얼른 눈길을 거두어들였다. 낮은 지붕들을 볼 때는 그럭저럭 참을 만한데 아파트 단지를 보면 부아가 치밀어 견딜 수 없었다. 8개월 전만 해도 나는 서울 변두리에 집을 가진, 토지분 재산세와 건물분 재산세를 내는 시민이었다. 17평에 불과하고, 융자금이 집값의 절반이나 되기는 했지만. 그러나 집이 날아갔고, 나는 졸지에 대동 역에서도 30분은 가야 하는 연립주택으로 쫓겨난 처지였다. 그뿐이 아니다. 과민성 대장 증후군이라는 병까지 거느리고 있는 신세였다. 먹고 마시는 것이 다 어디로 가는지 배 안은 가스로 가득 찼다. 얼핏 보면 복잡한 병 같지만 이 증상의 정체란 적당한 간격으로 똥을 눌 수 없는 거였다. 하찮은 것의 무게에 짓눌린 꼴이었다. 이게 다 놈들 때문에 얻은 병이었다.

궁둥이 쪽으로 묘한 떨림이 오기 시작했다. 나는 아랫배 쪽이 꾸르륵거리면서 몇 차례 가스가 빠져나가는 기운을 감지했다. 농구공만 한 풍선에서 바람 빠져나가듯 하는 녀석도 있었고, 야구공만 한 풍선에서 바람 빠져나가듯 하는 녀석도 있었다. 기회였다. 가스가 빠져나갈 정도로라도 괄약근이 움직일 때 자극을 주어야 똥을 끌어낼 수 있었다. 보다 확실한 때를 기다리는 것은 무모했다. 기차는 한 시간밖에 달리지 않기 때문에 확실한 사인이 와도 일 처리를 못할 수 있는 것이다. 나는 성큼 다가가 화장실 안으로 들어섰다.

기차 화장실에 들어선 나는 우선 바닥보다 한 뼘쯤 높은 변기 위로 올라섰고, 그다음에는 변기가 놓인 바닥보다 역시 한 뼘쯤 높은 선반에 가방을 올려놓았다. 벨트를 풀고 엉덩이를 까내리면 일단은 준비 끝이었고 어느 정도 여유를 찾을 수 있었다. 똥을 끌어낼 수 있다는 경험칙이 가져다준 여유였다.

지금이야 여유를 누리지만 기차를 탄 첫날은 한껏 긴장해 있었다. 불룩한 배를 쓸어내리며 화장실에 들어섰던 것은 자리를 내줘야 할 일이 생겨서였다. 두세 정거장을 지나 기차가 멈췄을 때 무슨 기념관 개관식이라도 있었는지 양복 상의 왼쪽에 행사 리본을 단 노인들이 잔뜩 올라타는 것이었다. 나는 변기 덮개 위에라도 앉아 가겠다는 심사로 자리를 양보하고 화장실을 찾은 거였는데 공교롭게도 변기는 궁둥이를 얹을 수 없는 재래식이었다. 그럼에도 불구하고 엉덩이를 까내리고 앉았던 것은 혹시 똥이 나와 주지 않을까 하는 마음에서였다. 변기 위에 쭈그려 앉고 보니 그 자세에서 고개만 돌리면 밖을 볼 수 있게끔 창문이 설치돼 있었다. 그나마 좋은 구도였다. 나는 엉덩이를 까내린 채 휙휙 지나치는 산과 들을 감상하기 시작했다. 멀리로는 산이 지나갔고, 가까이로는 황토 빛 논밭과 낮은 지붕의 집들이 지나갔다. 가끔 여자들의 모습도 보였다. 나는 어차피 궁둥이를 내놓은 참이었으므로 여자의 옷을 벗기는 상상에 젖어 보기도 했다. 엉덩이를 드러낸 채 여자의 옷을 벗기는 일은 적당히 외설스러웠고, 적당히 자극적이었다.

문제가 생긴 것은 그렇게 시간이 얼마쯤 흘렀을 때였다. 나는 종아리와 허벅지가 맞닿은 채로 쭈그려 앉아 있는 것이 몹시 힘들다는 것을 알았다. 궁둥이가 변기에 닿을 듯 말 듯 처져 있다 보니 두 다리가 몸무게의 두 배를 지탱하는 느낌이었다. 종아리에 알이 밸 것 같았다. 하지만 그 자세를 포기할 수 없는 것이, 기대하지도 않았던 신호가 오고 있었다. 그것은 똥이 보내는 신호였다. 놀랍게도 똥이 밖으로 나가겠다는 전갈을 보내오고 있었다. 그 전갈을 접수하는 것은 괄약근이었다. 의도하지 않았는데도 괄약근이 특유의 운동을 시작하는 것이 느껴졌다. 잠시 후 똥이 나온다면 그것은 기쁘면서도 허망한 일일 터였다. 이렇게 쉽게, 이렇게 자연스럽게 똥이 나오리라고는 기대조차 하지 않았으므로. 기차가 커브를 도는지, 아니면 건널목을 지나는지 좀 거칠게 움직였으므로 나는 벽체에 설치된 손잡이를 잡았다. 그러자 몸뚱이 전체에 힘이 가해졌는지 최초의 똥이 변기에 툭, 떨어지는 소리가 들렸다. 그 소리는 체조 요정이 마무리 착지를 하는 것처럼 가볍게 들렸다. 아름다운 소리였다. 황홀했다. 나는 마침내 그야말로 아무런 투자 없이, 똥을 누는 데 성공한 것이었다. 그것으로 끝난 게 아니었다. 나는 여러 정황으로 미루어 제2, 제3의 낙하물이 기다리고 있다는 것을 알았다. 그것은 쾌변이었다. 이미 쾌변이 진행되고 있었으므로 나는 담배 한 대를 피워 물었고, 손잡이를 잡은 채 이 돌연한 상황이 왜, 어떻게 전개된 것인가를 더듬어 보기 시작했다.

곰곰 짚어 보니 쾌변을 불러온 이유 중의 하나는 재래식 변기임이 분명했다. 쪼그려 앉아 몸 전체를 다리로 지탱하다 보면 어쩔 수 없이 궁둥이가 아래로 처지게 돼 있었다. 그 자세는 두 짝의 궁둥이가 좀 더 좌우로 갈라지도록 하는 데 유용했다. 게다가 좌변기를 주로 이용했던 사람이 재래식 변기에 앉음으로써 사용하지 않았던 근육을 도리 없이 움직이게 돼 있었다. 그러니까 똥을 끌어내기 위해 애쓰던 근육들이 응원군을 맞은 셈이었다. 의사 말이 맞았다. 쾌변을 낳은 이유는 또 있었다. 기차는 시종일관 덜컹거리는 운송 수단이었다. 그저 단순히 움직이는 게 아니라 커브를 만나고, 건널목을 지나는 게 기차였다. 그럴 때마다 사람의 신체 구조는 관성의 법칙을 따를 수밖에 없으므로 역시 몸뚱이의 여러 근육이 움직이게 돼 있었다. 쾌변의 희열을 누리면서 나는 기차의 재래식 화장실이 변비 환자에게 꽤 유용한 공간이라고 결론을 내렸다. 아이 러브 토일렛, 이렇게 사랑이라도 고백하고 싶은 심정이었다.

나는 교외선 기차에 처음 올랐던 날 엉덩이를 까내리고 앉아 의외로 쾌변의 기쁨을 누렸던 것을 떠올리면서 제법 여유 있게 화장실 내부를 둘러보았다.

기차 화장실의 구조는 독특했다. 동선은 간결했지만, 구석구석에 편의 시설이 배치돼 있었다. 그럴 때는 기차 화장실을 설계한 사람이 궁금해지곤 했다. 나는 상상했다. 그는 분명 가난한 사람이었을 거라고. 교외선 기차의 화장실은 아주 좁기 때문이었다. 나는 또 상상했다. 그는 출장을 많이 다녀 본 사람이었을 거라고. 교외선 화장실에는 황송하게도 가방 따위의 짐을 놓을 수 있는 선반도 있기 때문이었다. 그는 기차 화장실에서 볼일을 보다가 옆으로 쓰러졌거나 쓰러질 뻔한 경험이 있는 사람인지도 모를 일이었다. 교외선 기차의 화장실에는 변기 옆에 손잡이가 있기 때문이었다. 수도꼭지와 세면기를 모서리 쪽에 반원통 모양으로 설치한 것을 보면 그는 좁은 공간을 효과적으로 수납하는 데도 눈썰미가 뛰어난 사람일 것 같았다.

그러나 완벽한 공간 설계가 불가능하듯이 아쉬운 점도 있었다. 무엇보다 휴지 걸이가 너무 낮았다. 그 탓에 물 내림 스위치를 누르면 수압으로 인해 휴지까지 물이 튀었다. 그것은 치

명적인 단점이었다. 뒤에 들어오는 사람은 똥물이 튄 휴지로 궁둥이를 닦아 내야 한다는 점에서 그랬다. 화장실 설계사는 어쩌면 키가 작은 사람인지도 모를 일이었다.

나는 뒤로 밀려나는 고층 아파트 단지들을 흘깃거렸다. 만우역이 가까워지고 있었다. 그러다가 나는 또 안으로 고개를 돌려 화장실 구조에 대한 상념에 잠겼다. 기차 화장실은 벽을 보고 앉게 돼 있었다. 해서 누군가 기차 안을 들여다본다 해도 궁둥짝의 옆을 볼 수밖에 없었다. 그러니 기차 화장실은 볼일 보는 사람의 초상권을 보호해 주지만 똥을 누는 사람은 고개만 돌리면 차창 밖을 감상할 수 있었다. 프라이버시를 존중해 주면서 계절의 모습을 감상할 수 있도록 기차 여행의 즐거움을 주는 공간, 그곳이 바로 한 평이 될까 말까 한 기차 화장실이었다.

「보쇼, 아직도 멀었습니까?」

화장실 문이 몇 번 덜컹거리고, 낯선 목소리가 엉덩이를 거쳐 날아들었다. '아직도'라고 하는 걸 보면 문밖의 사내는 몇 차례 노크를 한 모양이었다. 그러나 미안해할 일은 아니었다. 기차 화장실에서는 노크 소리가 잘 들리지 않는다. 기차 바퀴가 침목을 찍어 누르며 내달리는 소리는 요의나 변의를 느끼는 사람의 노크 소리를 가볍게 삼키기도 하지만 화장실을 먼저 차지한 사람의 느긋함이 웬만한 노크 소리를 무심히 넘겨 버리기도 하는 것이다. 그러고 보면 기득권을 쥐고 있는 자의 느긋함이란 일종의 폭력이기도 했다. 어찌 됐든 상대방의 다급함을 모르쇠 하는 것도 폭력에 해당할 수 있으니 말이다. 내가 어물어물 대답을 삼키고 있는 사이 문밖의 사내 목소리가 또 들려왔다.

「거참. 나도 볼일 좀 봅시다. 급해서 그래요.」

문밖의 사내는 이번엔 문을 잡아채 흔들었다. 몇 차례 노크를 하는데도 안쪽에서 반응이 없으면 문고리를 잡아 앞뒤로 흔드는 것은 어느 화장실에서나 정해진 순서에 가까운데 그 소리를 들어보면 요의나 변의가 얼마나 차올랐는지 알 수 있었다.

「예, 다 돼 갑니다.」

나는 짐짓 여유 있게 대답했다. '다 돼 갑니다' 소리를 앞세워 여유를 보이는 것은, 이건 밥 먹다가 숟가락 놓고 손님 맞는 것과는 다르지 않느냐, 싸기 싫으면 좀 더 참아 보라는 뜻이었다.

내가 화장실을 내주기 위해 서두르지 않은 것은 그만한 이유가 있어서였다. 기차 화장실은 공용이지만 그가 융통성을 발휘할 필요성을 느끼지 않을 정도로 아직은 여유가 있다는 판단이었다. 그는 기차 맨 앞쪽의 화장실로 가지 않고 이쪽 화장실에만 매달려 있는 것이다. 용변이 생각보다 급하지 않을 수도 있다는 단서였다. 그는 5분 이상도 참을 수 있을 터였다. 내 경험으로는 그랬다. 정말로 다급하면 '급해서 그래요, 나도 볼일 좀 봅시다'라고 외칠 수 없었다. 눈물겨울 정도로 다급한 요의나 변의는 쥐어짜는 소리를 내게 만드는 법이었다. 그리고 쥐어짜는 소리와 더불어 발을 동동 구르는 소리까지 들려야 했다. 누구든 아주 다급하면 발을 구르게 돼 있지 않은가. 발을 동동 구

르면 상대방에게 자신의 절박한 처지를 전달할 수도 있고 괄약
근을 웬만큼 조절할 수도 있기 때문에 매우 효과적이었다. 내
입장과는 반대로 밀려 나오는 똥을 막아 내기 위해 발을 구르
며 괄약근을 조절하는 인간의 모습이라니. 초라해 보이지만 그
것이 사람이었다. 그러면서 사람은, 사람이란 이렇게 하찮을
듯싶은 일에 속수무책일 때가 많다는 걸 깨닫는 존재였다.
　「씨팔, 미치겠구먼.」
　문밖의 사람이 미치든 말든 나는 여전히 괄약근 쪽에만 신경
을 쏟았다. 그가 절박한 상태라 해도, 문제는 나에게 문밖의 사
정을 보아줄 여유가 없다는 점이었다. 내 작업은 아직 끝나지
않은 것이다.
　나는 작업에 좀 더 밀도를 가하기 시작했다. 밀도를 가하는
방법이란 기차의 매력을 적극 이용하는 거였다. 기차의 매력은
계속 흔들린다는 거였다. 나는 그 리듬이 좌변기 위에 얹힌 궁
둥이에 전달되도록 긴장을 풀어야 했다. 그러면서 힘을 강하게
주고 약하게 주는 작업을 반복해야 했다. 그럴 때 기차의 덜컹
거림이 변비 환자의 괄약근을 어떻게 활성화시키는가에 대한
분석은 다른 사람의 몫이었다. 나에게 중요한 것은, 밖으로 나
오려는 똥과 괄약근이 가장 이상적인 만남을 갖도록 애쓰는 것
이었다. 그 작업은 섬세한 힘의 안배를 요구했다. 기차가 언제
커브를 돌지, 건널목을 지날지 모르기 때문에 똥이 고개를 내
밀 즈음에는 힘과 더불어 마인드 컨트롤까지 해야 할 정도였

다. 힘을 너무 주면 똥은 짧게 토막 져 떨어지게 되고, 또 다른 똥이 고개를 내밀 때까지 속수무책으로 기다려야 했다. 힘을 너무 약하게 줘도 부작용이 뒤따랐다. 고개를 내밀던 똥이 항문 안쪽으로 숨어들어 움쩍도 안 할 수 있었다. 변비 환자들이 의사나 약사 앞에 가서 똥이 나오다가 들어간다고 하소연하는 것도 이런 경우였다. 그러므로 힘의 안배와 더불어 여기서 끝나면 어떡하나와 같은 패배주의에 사로잡혀서는 안 되었다. 그러면 낭패였다. 일주일에 한 번 어렵사리 시간을 내 기차를 타는 것인데, 작업을 성사시키지 못하고 바지를 끌어올리는 것은 도로(徒勞)에 다름 아니었다. 의사와 약사도 해결하지 못한 문제를 기차 안에서는 자연스럽게 해소할 수 있는데 그 공간을 쉽사리 포기하는 사람은 없을 거였다.

나는 비닐봉지 속의 티슈를 한 장 한 장 꺼내기 시작했다. 특별한 경우가 아닌 한 나는 마무리를 위해 처음에는 여덟 장을, 두 번째에는 여섯 장을 쓰곤 했다. 첫 번째 여덟 장은 남들이 하는 대로의 용도에 썼다. 두 번째로 꺼낸 여섯 장은 애프터서비스용이었다. 여섯 장의 티슈를 궁둥이 밑으로 가져간 후 분을 바르듯이 항문 주위를 살짝살짝 토닥여 주는 것이다. 그렇게 하지 않으면 돌덩이 같은 똥을 밀어낸 항문이 헐어 버려서 며칠 동안 쓰라림을 견뎌야 했다. 하지만 그렇게 토닥이다 보면 아내의 볼조차 그렇듯 토닥여 준 적이 없다는 생각이 들곤 했다.

　이제 바지를 끌어올리고 벨트를 채운 후 거울 앞에 서서 손을 씻는 순서였다. 거울 앞에 서자 놈의 얼굴이 떠올랐다. 거울엔 내 얼굴만 비쳐야 하는데 저 뒤로 놈의 얼굴이 떠오른 것이다. 이게 다 누구 때문에 치르는 주간 행사인지 네놈은 알 것이다. 기차가 좀 더 빨리 달렸으면 싶어졌다.

　이번에는 놈에게서 꼭 돈을 받아 집을 되찾아야 할 텐데……. 내가 놈이라고 부르는 것은 놈이 야비해서였다. 야비한 놈에게 속은 게 분해서였다. 놈은 내 약점을 이용했다. 다른 것도 아니고, 내가 자긍심을 가지고 있는 학문과 학문을 하는 자들이 현실에 어둡다는 것 두 가지를 한꺼번에 이용했다. 그리고 나는 지금 일주일치 똥을 한꺼번에 끌어내느라 배겨 나지 못하고 있는 거였다.

「학생들에게 물어보니 유통 시스템에 대한 논문을 준비하신다더군요. 현장 감각도 익힐 겸 저희들 좀 도와주시죠. 저흰 물류 회산데요, 일손이 부족해서 학생들 좀 소개시켜 달라고 왔습니다. 학생들 알바 비용은 다른 곳보다 많이 줄 겁니다.」

　놈의 밑에서 일하는 직원들이 전화를 걸어 이런저런 사정을 설명한 후 학과 사무실로 찾아왔을 때 나는 반색했다. 방학 때 아르바이트 자리를 신청한 녀석들이 줄지어 서 있는 판에 정기적으로, 그리고 가능한 한 많은 학생에게 일할 기회를 주겠다는 제안을 마다할 이유는 없었다. 경영학과 조교에게는 그런 역할을 해야 하는 것도 일종의 가시 방석이자 권력이었다. 아르바이트 자리를 알아봐 주기도 해야 했고, 기업체에서 아르바이트할 학생들을 요청해 오면 잡음이 생기지 않게 알아서 처리하는 것도 일이었다.

학과 사무실로 찾아온 놈의 직원은 셋이었다. 상품 품목이 수백 수천 가지라서 그걸 분류하는 작업을 학생들에게 맡기고 싶다고 했다. 나는 다섯 명의 명단을 주었고, 그들은 학생들의 신원을 보증해 줘야 상품 분류를 안심하고 맡길 수 있다고 토를 달았다. 일단 다섯 명만 쓰지만 일하는 것 봐서 열 명 스무 명 쓰는 것은 시간문제라고 사탕발림하기도 했다.

「도장 좀 주시죠. 다섯 명의 신원을 보증해 주셔야 합니다. 추천서도 써 주셔야 하고요. 이게 추천서와 신원 보증 서류입니다만, 자 보시죠. 모두 열 장입니다.」

그게 다였다. 처음 두 장의 신원 보증 서류에 도장이 찍힐 때까지만, 나는 내 도장이 찍히는 서류의 제목을 보았다. 그러나 나머지 여덟 장 중의 한 장은 인감 증명을 떼는 위임장이었고, 또 한 장은 외상 거래 대금을 갚겠다는 지급 보증 서류였던 것이다. 그것도 모른 채 나는 신경을 분산시키기 위해 바람잡이로 나선 놈들의 일행이 이것저것 묻는 것에 일일이 답해 주느라 감쪽같이 속아 넘어간 것이었다. 놈들이 돌아가고 나면 다섯 명의 학생을 불러 아르바이트 자리가 생겼다며 과제물을 내줄 생각도 하고 있었다. 유통 시스템이 제조업 경쟁력에 미치는 영향이란 논문을 쓰는 데 유통 현장의 데이터는 필수적이기 때문이었다. 나로서는 좋은 기회였다. 일반 회사와 인연을 맺어 놓으면 전임 강사가 됐을 때도 이런저런 도움이 될 거라는 생각도 들었다.

「학생을 다섯 명이나 써준다니 고맙습니다. 사장님과 학과장님이 인사라도 나눠야 예의지만 학과장님은 마침 교환 교수로 떠날 준비를 하시느라 좀 바쁘십니다. 사장님께 한번 뵙고 싶다고 말씀드려 주십시오.」

나는 정년을 1년 6개월밖에 남겨 두지 않은 김 교수가 교환교수로 떠날 준비를 하고 있다고 둘러댄 것에 대해 양심의 가책을 느끼지 않았다. 내가 물류 회사 사장을 대신 만나는 것은 만사를 피곤해하는 김 교수를 위해서도, 나를 위해서도 좋은 일이었다.

놈의 밑에서 일하는 녀석들은 눈치가 빨랐다. 녀석들은 내가 말하는 뜻을 정확하게 읽어 냈다. 놈들은 서류를 챙겨 돌아간 지 이틀 만에 사장을 만날 날짜와 시간을 알려 왔던 것이다.

「바닥 면적만 오백 평이지요. 이 층에 설치한 마루까지 합치면 정확하게 팔백이십 평입니다.」

놈이 2층을 올려다보며 와보니 어떠냐는 표정을 지었을 때 나는 그곳이 거대한 물류 센터라는 데 동의했다. 좀 어수선한 분위기이긴 했지만 조립식 창고에는 물건이 산더미처럼 쌓여 있었고, 직원들은 종이 상자에 갖가지 상품을 담느라 땀을 흘리고 있었다. 옷걸이에서부터 휴지통, 청바지와 원피스, 스탠

드와 토스터, 주걱과 프라이팬, 이태리타월과 빨랫비누, 샌들과 운동화…… 주부라면 한번쯤 눈길을 보낼 수밖에 없는 물건들이 난민들에게 나눠 줄 구호품처럼 널려 있었다.

「이런 거 팔아서 무슨 돈이 되겠느냐 생각하시겠지만 장사란 십 원짜리에서 백만 원짜리까지 다 팔아야 합니다. 구색이 중요하단 얘기죠. IMF 때 껌 장사는 안 망했는데 자동차 회사가 망한 이유가 뭔지 아십니까. 그게 바로 껌 장사를 우습게 알았기 때문입니다. 아무튼 상품 종류가 워낙 많아서 학생들이 고생 좀 해야 할 겁니다.」

「별말씀을요. 그래도 전공에 도움이 되는 아르바이트이니까 열심히들 할 겁니다. 제가 리포트까지 내줬으니 열심히 안 할 수 없을 겁니다.」

「그렇습니까. 아무튼 서로 잘됐습니다. 산학 협동이란 게 바로 이런 거 아닙니까. 언제 제가 근사하게 한잔 사겠습니다. 오후에 물류 센터장들과 회의를 하기로 돼 있어서 말이죠. 이런 물류 센터가 전국에 예닐곱 개 됩니다. 보름에 한 번씩 전국 센터장 회의를 하는데, 마침 오늘이 그날입니다.」

산학 협동이란 말과 전국 센터장 회의라는 말에 힘을 주면서 사장은 호탕하게 웃었다. 사장과 나는 굳게 악수를 나누고 돌아섰다. 나는 그가 소주 한잔 하겠느냐는 전화를 곧 해올 것이라고 믿었다. 말이 소주이지, 근사하게 한잔 하자고 했던 것으로 보아 금세 의기투합해서 2차, 3차까지도 하게 될 것 같았다.

한잔 하겠느냐는 사장의 전화보다 먼저 돌아온 쪽은 아르바이트를 나갔던 학생들이었다. 꼭 일주일 만이었다. 녀석들의 말을 듣고서야 나는 그들이 땡털이 조직이라는 것을 알았다.

「거기가 물류 센터는 물류 센터인데, 그 사람들 땡털이었어요. 일주일씩 장사하고 다른 곳으로 옮긴다고, 이젠 옮겨 가는 지방 애들을 써야 한대요.」

「땡털이? 하여튼 고생들 했다. 그나저나, 아르바이트 비는 많이 받았냐?」

「선생님도 참. 떨이로 파는 물건들 말예요. 자, 골라잡아 천 원, 골라잡아 삼천 원 이러는 거. 알바 비는 월말에 통장으로 넣어 준다던데요. 원래 알바 비는 그 자리에서 주는 건데…….」

일 처리가 매끄럽지 않다는 느낌이 들기는 했지만 그때만 해도 엄청난 음모가 숨어 있으리라고는 짐작할 수 없었다. 놈들은 아주 예의 바르게 접근했고, 그럼으로써 내가 어떤 경계심을 갖는 것을 봉쇄해 놓은 때문이었다. 그런데 놈들은 학생들의 아르바이트 비는 둘째 치고, 내 집을 빼앗는 공작을 진행하고 있었던 것이다.

학생들이 돌아오고 나서 열흘쯤 됐을 때 압류 통지서가 날아왔지만 역시 나는 크게 긴장하지 않았다. 놈의 행방을 어렵지 않게 찾아냈기 때문이었다. 놈은 밑의 직원들이 회사를 살리기 위해 무리수를 둔 것 같다고 했고, 사나흘만 말미를 주면 압류가 풀릴 수 있도록 부채를 해결하겠노라며 머리를 조아렸고,

나중에는 고급 일식집에 데려가 자연산 도다리 회까지 샀다. 해결된다는 것은 내 아파트를 되찾을 수 있다는 것을 의미했다. 나는 자연산 도다리 회 맛을 생각하며 가벼운 걸음으로 돌아왔지만 약속은 지켜지지 않았고, 놈이 똑같은 말을 주워섬기는 동안 계절은 세 번이나 바뀌었다. 이제 네 번째 계절이 다가올 참이었다.

학생들의 말대로, 놈의 직업은 땡털이였다. 놈은 이쪽에서 탁탁 턴 다음 저쪽으로 감쪽같이 옮겨 가고, 저쪽에서 탁탁 턴 다음에는 또 다른 곳으로 옮겨 가 탁탁 털었다. 슈퍼마켓에서 만 원씩 하는 물건이 놈의 땡털이 매장에서는 2천 원에 팔렸다. 천 원짜리 물건이 수두룩한 대신 만 원 넘는 물건은 구경할 수도 없었다. 놈의 허풍대로라면, 놈은 자선 사업가와 다름없는 셈이었다.

「우리네 정보망 대단합니다. 어느 회사는 몇 월 며칠에 어음이 몰려 있다, 어느 회사는 재고 부담이 엄청난데 창고를 임대할 자금조차 없다. 그런 회사들 물건은 우리가 부르는 게 값입니다. 그런 회사 등쳐 먹는 것 같지만 영세한 제조 업체 수십 군데를 살렸다고 해도 과언이 아니죠. 표창장 받을 일이라고요. 문 닫을 회사만 살립니까. 서민들에게 무진장 싼 값에 물건을 공급하니까 물가 안정에도 기여하고 서민 생활도 보호하는 셈이죠. 그러자니 우리도 힘들 때가 있는 겁니다. 대량 구매해서 소량으로 파니까 가끔 자금난에 시달리는 거죠.」

놈의 논리에는 빈틈이 없었다. 해괴한 논리이지만 해괴하다는 것 외에 그것을 반박할 논리가 박사 과정까지 마친 나에게는 준비되어 있지 않았다. 하긴, 아무래도 상관없는 일이었다. 중요한 것은 놈이 말한 대로 힘들 때가 있다는 것이고, 그래서 내 아파트를 계속 돌려받지 못했다는 것이었다.

놈은 땡털이 물건을 떼오는 회사에 현금을 지급하는 대신 귀신도 모르게, 아니 귀신이 알았다 해도 손쓸 수 없도록 재빨리 내 아파트를 저당 잡혀 버렸다. 아파트는 놈이 머뭇거리며 시간을 끄는 사이, 집을 되찾을 해결책을 내놓을 거라고 내가 방심하고 있는 사이 채권 회사로 넘어가 버렸다. 그러므로 놈은 법대로라면 이미 교도소에 가 있어야 하지만 교도소에 가지도 않았고 여전히 영세 업체를 살리고, 서민 생활을 보호하는 역할을 수행 중이었다.

여기까지 생각하자 거울 저 안쪽에서 놈이 슬며시 웃는 모습이 보이는 듯했다. 내가 괄약근을 섬세하게 움직이는 요령을 터득했다면 놈은 나 같은 사람을 요리하는 방법을 터득한 사람이었다. 놈은 언제나 나에게 희망을 주어 돌려보내곤 했다. 나에게 희망을 주긴 하지만 놈은 자신의 지갑에는 손도 대지 않으면서 시간을 버는 특별한 재주를 갖고 있었다. 그가 희망을 주는 방법은 점심 한 끼를 해결하는 것처럼 간단했다.

「이놈의 물류 사업이라는 게 철을 많이 타서 일시적으로 좀 고전할 뿐이죠. 걱정하지 마세요. 구조 조정도 웬만큼 됐고, 지난주부터 매출도 늘고 있습니다. 다음번에 오시면 꼭 좋은 소식 있을 겁니다. 이 바닥에서 어떻게 오늘까지 버텼겠습니까. 푼돈 긁어모으는 노하우에다 신용, 그걸로 버텨 온 겁니다.」

나는 놈의 호소력 있는 목소리를 또 떠올렸다. 또 속은 것은 아닐까 걱정이 되었지만 그 자리에 있을 때는 놈의 말에 조금도 틀린 구석이 없어 보이고, 그래서 이번 약속은 꼭 지켜 달라는 말 외에 달리 할 말이 없어지곤 했다. 그게 놈의 화법이 지닌 마력이었다. 그렇게 호소력 있는 목소리로 놈은 여름에는 가을 경기가 괜찮다고 말했고, 가을에는 겨울 경기가 괜찮다고 말했다. 그깟 아파트 한 채, 내가 살던 곳보다 더 큰 평수를 사주는 거 일주일 장사만 잘되면 끝난다고도 했다. 그 일주일이 스물네 번 지나갔고, 내가 그를 찾아가는 것도 스물네 번째였다. 놈은 이제 봄 경기가 괜찮다고 말할 차례였다. 하지만 더이상 물러설 수 없다. 오늘은 집을 포기하더라도 검찰 청사나 경찰서로 놈의 멱살을 잡아끌고 들어가야겠다는 생각이 솟구쳤다. 기차가 좀 더 빨리 달렸으면 좋겠다는 생각이 치미는 것도 그런 때문이었다. 어떻게든 녀석과 결판을 내야겠다고 작정했으므로 마음이 변하기 전에 놈 앞에 서야 했다.

쾌변의 소망을 이룬 후에 화장실 밖으로 나서는 것처럼 기분 좋은 일은 없었다. 늘 그랬다. 아주 복잡한 일을 해결한 기분이었다. 사실, 복잡한 일은 아니었지만 난제를 푼 것만은 확실했다. 또 한 번 일주일치 배변을 마무리했으므로.

「당신, 누굴 엿 먹이는 거야 뭐야.」

문을 열고 나오자 화장실 밖에 서 있던 사람이 난데없이 고함을 쳤지만 나는 미안하다는 내색조차 하지 않았다. 그가 쏜살같이 화장실 안으로 들어갔다면 뒤통수에 대고 미안하다는 말을 했을지도 모른다. 살다 보면 늘 복병을 만나듯이, 그 역시 그런 사람의 하나일 뿐이라는 생각이었다.

「제가 속이 좀 안 좋아서 말이죠. 변비가 심해서 오래 걸리거든요.」

나는 목소리를 낮게 깔았다. 같이 흥분하면 좀 더 지저분한 싸움이 되고, 나중에는 싸움의 성격이 모호해지게 돼 있었다. 나이를 따지게 되고, 형도 없느냐 에미 애비도 없느냐를 들먹이게 될 터였다. 그런 얘기는 강의 시간표가 마음에 들지 않는다고 단박에 화부터 내던, 나이 먹은 시간 강사에게서 여러 번 들은 처지였다. 하지만 나는 나이 먹은 강사를 우대하지 않았다. 나이가 적어도 본교의 전임 강사를 우대해야 하고, 나 또한 그 자리에 서기 위해 갖은 고생을 다하고 있는 처지인 것이다.

나는 그에게 '나는 기차 화장실에서만, 그것도 겨우 일주일에 한 번 해결하는 딱한 처지'라고 얘기하지 않았다. 장점이자 단점이지만, 대화 상대가 아닌 사람이라고 판단되면 얘기를 길게 끌지 않는 게 내가 살아가는 원칙 중의 하나였다.

「뭐, 변비? 팔자 편한 소리 하고 있네. 그거야 참았다가 나중에 눠도 되는 거 아뇨. 나는 설사란 말이요, 설사.」

그 소리에도 나는 모르쇠로 일관했다. 실제로 설사 환자라면 그는 문을 부술 태세라도 보였어야 했다. 앞뒤가 안 맞는 낯선 사내의 목소리가 목덜미 쪽으로 날아들면서 화장실 문 닫히는 소리가 들렸다. 나는 등 뒤로 사라진 사내를 향해 별다른 감정을 느끼지 않으려고 애썼다. 그는 증오의 대상이 아니었다. 증오의 대상은 어디까지나 놈이었다. 그리고 내가 집착하는 것은 두 눈 시퍼렇게 뜨고 있는 가운데 휘발성 물체처럼 사라져 버린 내 집이었다. 그 집이 지금 내 모든 불행의 단서였다.

졸지에 집을 빼앗기고 대동 역 밖으로 나앉게 되자 아내는 코딱지만 한 집도 못 지키느냐며 며칠 동안 누워 있기만 했고, 누워서도 투덜거리는 것을 쉬지 않았다.

「세상 물정 몰라도 그렇지. 내일모레 경제학 박사 된다는 사람이 땡털이에게 당하질 않나. 저런 남잘 믿고 살아야 하다니, 나도 참 한심하지.」

「팔짱 끼고 있었던 게 아니라, 그때 좀 바빴다고. 그리고 지금 그 애길 해서, 뭐 하겠어. 시골 생활 해보는 것도 괜찮지 생각하고 이사하자고. 멀어서 그렇지 공기 하나는 정말 좋던데, 뭐. 가지 않으면 어쩔 도리도 없잖아.」

「공기가 좋다고? 그래요. 내가 남편 잘 만나서 아주 호강하고 살게 생겼네.」

며칠 앓고 난 아내는 짐을 싸면서 경영학과 교수 하겠다는
사람이 집 한 채도 지키지 못하느냐고 밤새 눈물을 흘렸다. 장
모도 마찬가지였다. 「사람 하고는, 가만히 서 있는 집도 내주는
사람이 어떻게 유통을 연구하누.」 말은 다르지만 뜻은 같았다.
아내도 장모도, 내 앞날이 뻔할 뻔 자는 아닌가 싶어 고개를 갸
우뚱거리는 게 분명했다. 사기꾼에게 집을 빼앗기고, 아내가
병을 얻어 시름시름 앓고 있는 것만으로도 나는 온갖 신경을
곤두세울 수밖에 없었다. 똥이 안 나오기 시작한 것도 무리는
아니었다.

나는 다시 자리를 찾아가 앉았다. 아파트 단지들이 더 자주
보였다. 아파트와 일반 주택가들 사이로 솟아오른 십자가들도
더 자주, 더 선명하게 보였다. 거리를 지나는 자동차들도 점점
늘어났다. 그런 모습을 보면서 나는 전의를 북돋워야 한다고
스스로에게 다짐했다. 녀석을 코너에 몰아넣고 싶을 때마다 오
히려 녀석이 나를 코너에 모는 것을 경계해야 했다. 최근 몇 주
동안 놈은 갈수록 유들유들해진다는 느낌을 주고 있었다.

「압니다. 집이 선생님의 전부라는 거. 그래서 드리는 말씀인
데 선생님에겐 집이 전부지만 우리에겐 사소할 수도 있지요.
땡털이 한 번만 근사하게 끝나면 선생님 집을 해결하는 건
간단하다고 몇 번이나 얘기했습니까. 이왕 기다려 온 거 조
금만 더 기다리세요. 갚을 생각이 없으면 선생님의 사정거리
안에서 이렇게 계속 사업을 벌이겠습니까. 맘만 먹으면 벌써

자취를 감췄을 겁니다. 제가 숨을 데가 없어서 이러고 있겠
냐고요. 걱정 마세요. 곧 해결됩니다.」

놈이 토씨 몇 개만 바꿔 같은 말을 하고, 다른 채권자들에게
도 그럴 거라는 짐작을 하면서도 나는 놈의 멱살을 틀어잡지
못했다. 놈의 말에도 일리가 있어 보이는 때문이었다. 실제로
놈이 자취를 감추지 않고 있는 것 하나만은 엄연한 사실이었
다. 그런 말을 할 때 놈의 눈빛은 아주 진실해 보였고 목소리
역시 진지하게 들렸다. 놈의 주머니에서 돈이 나오지 않는 것
하나만 빼면 모두 진실 그 자체였다.

아니, 제외시켜야 할 것이 한 가지 있긴 했다. 놈은 내가 붉으
락푸르락한 얼굴로 나타날 때까지 시치미를 뚝 떼고 있었다.
나는 놈들의 땡털이 현장을 찾느라 동분서주해야 했다. 전국을
헤맸다는 것만으로 무지막지하게 고생했다고 말하는 것은 아
니었다. 학생들의 얘기를 들어 보니 놈이 땡털이 매장에서 건
플래카드는 ‘오늘이 마지막 엽기 세일’이었다. 나는 놈을 찾아
나선 첫날 ‘오늘이 마지막 엽기 세일’을 찾아 헤맸지만 실패했
다. 고생도 고생이지만 난감한 일도 기다리고 있었다. 놈을 찾
아 나설 때마다 학교를 비워야 하는 게 문제였다. 조교에게는
학교의 모든 사람이 상전인 때문이었다. 교수는 교수대로, 교
직원은 교직원대로 눈치를 살피게 만드는 시어머니였다. 김 교
수는 내가 없으면 아무 일도 못했다. 볼펜 한 자루도 손에 쥐어
주기를 원했고, 분필 한 통도 갖다 바치기를 원할 때도 있었다.

어떤 때는 운전기사가 되기도 하고, 민원서류를 떼러 갔다 오는 심부름센터 직원 역할도 해야 했다. 교직원 역시 마찬가지였다. 교수에게 하지 못할 얘기는 모두 조교에게 퍼붓기 일쑤였다. 퍼붓기는 해야겠는데 교수 심기를 건드려서 좋을 것 없다는 걸 잘 알기 때문이었다. 교수들 중 누가 다음 교무 처장으로 올지, 총장으로 올라설지 모르는 일이므로. 학생들은 말할 필요도 없는 상전이었다. 언제부터인가 학생들은 명민한 교육 소비자의 권리를 찾으려 하고 있었고, 찾아가고 있는 중이었다. 교수나 교직원은 인정이라도 있었지만 학생들은 원칙만 내세우는 고집쟁이들이었다. 그런 현장을 비우는 것은 교수와 교직원, 학생들로부터 조교를 바꿔야 한다는 주장을 불러들이는 것과 다름없는 일이었다.

첫 번째 추적에서 놈을 찾는 데 실패한 후 나는 학생들에게서 좀 더 자세한 정보를 얻어 두 번째만에 놈을 찾아내는 데 성공했다. 정보를 종합하니 놈들이 멀리 가지 않았다는 확신이 들었고, '오늘이 마지막 엽기 세일'이란 플래카드에 집착하지 않아야 한다는 느낌이 들었던 것이다.

「분천이나 성천으로 갔을 거예요. 그 사람들이 회의하는 걸 들은 적이 있거든요. 수천과 안천, 공천과 양천, 남천과 북천, 이런 식으로 계속 돈다고 하던데요. 포스터를 수천 장씩 붙이니까 조금만 신경 쓰면 찾아낼 수 있을 거예요.」

학생들의 얘기를 듣고 놈을 찾아냈을 때, 놈은 엉뚱하게도

'잊지 못해 또 왔네, 성원 감사 세일'이란 플래카드와 포스터를 내걸고 있었다. 그 후로 관찰해 보니 놈은 다섯 종류의 플래카드를 번갈아 내걸고 있었다. '오늘이 마지막 엽기 세일', '믿거나 말거나 마진 제로 세일', '○○지역 주민 앙코르 세일', 그리고 가장 최근에 등장한 것은 '미국도 놀라는 테러 세일'이었다. 순서대로라면 오늘은 '○○지역 주민 앙코르 세일'일 터였다. 놈은 그 플래카드를 위성 도시 주변의 읍면 단위 골목골목에 돌아가며 붙이곤 했다. 세일 구호를 여러 개 동원하는 데는 그럴 만한 이유가 있었다. 같은 지역에 같은 플래카드를 계속 내걸지 않으므로 사람들은 다른 회사가 들어와 세일을 하는 줄 알고 세일에 맛을 들여 꾸역꾸역 찾아와 지갑을 꺼내는 것이었다. 그것이 손님을 끌어 모으는 그들의 고도화된 상술이었다.

놈의 상술이 그렇듯이 나는 화술에서 놈의 상대가 되지 못했다. 화술에서 실수한 것 중의 하나는 내가 과민성 대장 증후군에 시달리고 있다는 것을 말한 것이었다. 그다음에 나는 놈의 유도 질문에 걸려들어 기 싸움에서 밀린 적도 있었다. 놈이 「요즘도 변비 때문에 고생하십니까」라고 물었을 때 「요즘엔 다행히 좀 나아졌습니다」라고 실토했고 그 바람에 놈의 경계심을 누그러뜨리는 실수를 한 것이었다. 놈은 내가 극도로 화가 나서 약국과 병원을 전전할 정도로 변비에 시달렸지만 이제 웬만해졌으며, 그런 정황으로 볼 때 한동안 더 버텨도 좋을 것이라는 판단을 한 것 같았다. 그리고 아직 내 집을 돌려주지 않고 있는 거였다.

기차가 속도를 줄이기 시작했다. 이제 내려야 할 터였다. 나는 티슈를 가방에 챙겨 넣은 다음 기차표를 꺼내 들고 승강대에서 내려섰고, 개찰구에 표를 던지기 전까지 서너 차례 뒤를 돌아다보았다. 기차에서 내리긴 했지만 기차에 내 똥이 남아 있기 때문일까, 기차의 몸체가 단순히 쇳덩이로 보이지 않았다.

놈을 찾기 위해 역사에서 빠져나와 남천행 버스로 갈아타고 15분쯤 달리자 놈이 내건 포스터가 눈에 들어왔다. 그런데 이상했다. '○○지역 주민 앙코르 세일'이 아니라 '오, 세일 코리아'였다. 생소했다. '오, 세일 코리아'라니. 놈은 이제 월드컵 흉내를 내고 있었다. 하지만 그게 나와 무슨 상관인가. 나는 세일 장소를 살폈다. 역시 9층 건물의 9층, 그 장소였다. 그 건물은 엘리베이터가 홀수에서만 서고, 주차장은 지하 2, 3층에 있었다. 여전히 그 건물에서 세일을 한다는 것은 그 건물의 9층에 세 들어오려는 사람이 나타나지 않았다는 것을 뜻했다. 어쩌면 놈이 그 건물에 세 들어오려는 사람들을 방해했을지도 모르는 일이었다. 땡털이를 하려면 2, 3백 평쯤 되는 매장이 있어야 하고, 주차장이 여유 있어야 하고, 교통편이 좋아야 했다. 그런 장소를 임대하려는 사람이 나타나면 놈이 반가워할 까닭이 없었다.

세일 장소를 찾아가는 마음은 전보다 가벼웠다. 오늘은 좀 더 강하게 나가기로 작정한 터 아닌가. 몇 사람에게 자문을 받아 고소 절차까지 알아 뒀으니 겁날 게 없었다. 나는 더 이상의 기다림은 없다는 투로, 최대한 낮은 목소리로 최후통첩을 할 작정이었다.

'오, 세일 코리아' 세일이 벌어지는 곳은 아수라장에 가까웠다. '메이커 팬티가 만 원에 석 장' '언니 이리 와보세요' '자, 죽이는 물건들 구경하고 가세요' 물건을 사려는 사람도 팔려는 사람도 얼굴이 벌겋게 달아올라 있었다. 나는 상품 더미와 사람들 사이를 뚫고 사무실 쪽으로 걸음을 옮겼다. 사무실은 언제나 구석 자리에 있었다. 나는 그곳으로 갔지만 놈의 얼굴은 보이지 않았다. 놈은 늘 사무실에서 전자계산기를 두드리거나 전화통에 매달려 누군가에게 싹싹 빌거나 큰소리를 치곤 했었다.

「누굴 찾으신다고요?」

그렇게 묻는 낯선 사내의 얼굴은 이내 짜증스러움으로 뒤덮였다.

「아, 강 사장? 그 친군 손 털었습니다. 지난주부터 우리가 인수해 영업합니다. 허, 어딜 가서 찾느냐?」

사내가 잠시 말을 끊고 내 얼굴을 쳐다보았다.

「이거 어떻게 말씀드려야 하나. 강 사장이 제 발로 경찰서 찾아갔답디다. 지금쯤 유치장이나 구치소에 있을 거요. 얼마나 먹혔는지 모르겠지만 포기하는 게 좋을 겁니다. 불알 두 쪽 간신히 챙겨서 들어간 사람한테 뭘 받아 내겠소. 얼마나 해먹었는지 빚쟁이들 등쌀에 다 죽어 갈 처지가 되니까 잡아넣기도 전에 제가 알아서 손 털고 들어갑디다. 내가 볼 땐 병원으로 가야 할 것 같던데, 차라리 교도소가 낫겠다고 자수했다지 뭐요.」

낯선 사내는 그놈과 닮은꼴이었다. 말이며 행동에 막힘이 없었다.

나는 도리 없이, 등 떠밀리듯 사무실 밖으로 나오고 말았다. 모든 게 끝났지만 소득이 없었던 건 아니라는 생각이 들었다. 제 발로 경찰서를 찾아가는 사람도 있다는 것을 안 것도 소득이라면 소득이었다. 놈이 하필이면 제 발로 경찰서를 찾아갔다니. 내 손으로 끌고 갔어야 하는데. 아니다. 사람들은, 고소한다고 해서 집을 돌려받을 수 있다고 생각하면 오산이라고 충고하기도 했었다. 어르고 달래라, 어차피 채권이 확보되지 않은 마당이니 배 째라고 들이미는 상황은 만들지 마라, 사기죄로 들어가봐야 집행 유예 받고 나오기 십상이다, 뭐 이런 충고들이었다. 하지만 놈이 사라졌다는 것은 분한 일이었다. 놈은 기어이 내 딱한 처지를 외면했으며, 그것으로 미루어 놈은 애초부터 내 집을 돌려줄 생각이 없었다는 사실이 증명된 셈이었다.

이제 돌아가는 일만 남아 있었다. 돌아가기 위해서는 기차를 타야 했고, 기차를 타기 위해서는 버스에 올라야 했다. 나는 버스에 오르면서 이젠 기차에 오를 일도 없어졌다는 것을 알았고, 또 하나의 문제가 도사리고 있다는 것을 알았다. 내가 기차를 타지 않게 됐을 때는 집을 돌려받은 후일 거라고 나는 단정하고 있었다. 집만 돌려받으면 기차에 오르지 않아도 내 똥에게 출구를 열어 줄 수 있을 거라는 믿음 때문이었다. 그런데 집을 돌려받지도 못한 상태에서 기차에 오를 명분이 없어져 버린 셈이었다. 놈은 집을 돌려주기는커녕 내가 기차에 오를 권리마저 빼앗아 간 격이었다. 놈에게 자세히 얘기하진 않았지만, 교외선 기차의 화장실이 나에게 얼마나 중요한 역할을 했던가. 나는 기차 안에서 침목 위를 달리는 덜컹거림과 엉덩이를 축 처지게 해 똥이 나올 통로를 확보해 주는 재래식 화장실의 구조에 힘입어 똥을 누었었다. 그리고 그 재래식 화장실을 찾아 들 수 있었던 것은 놈을 만나러 간다는 명분 때문에 가능했었다. 집을 되찾는 것이 가장 절박했지만, 놈을 만나러 가는 횟수가 거듭될수록 기차 화장실에 앉아 괄약근을 조절하는 것도 절박하게 느껴지곤 하지 않았던가. 그런데 감쪽같이 사라지다니, 비겁한 놈이었다.

버스에서 내려 만우 역으로 가면서 나는 생각했다. 나는 집을 되찾기 위해 스물네 번이나 기차를 탔다. 기차에 탔을 때마다 똥을 누었다. 그러니까 스물네 번 똥을 누었다. 집을 되찾기 위해서라는 명분 뒤에 쾌변이 있었던 것이다. 그러자 눈앞에 기차가 떠올랐다. 기차 화장실이 떠올랐다. 기차는 내 집을 찾기 위해 놈을 만나러 가는 수단이었지만 화장실은 일주일치의 똥을 처리하기 위한 공간이었다. 이제 그 공간을 포기해야 한다니. 나는 놈이 마지막에 내걸었던 플래카드에 씌어 있는 것처럼 몇 차례나 테러를 당한 기분이었다. 사기 수법으로 내 집을 빼앗았으니 그것 역시 테러이고, 제 발로 경찰서를 찾아가 몸을 숨김으로써 나에게서 쾌변이 보장된 화장실을 빼앗았으니 그것 역시 테러였다.

「대동 역이요.」

매표소 안으로 돈을 집어넣으면서 나는 잠시 후 올라탈 기차를 떠올렸다. 기차는 여섯 량, 앞뒤 칸에는 화장실이 있었지만 더 이상 그 재래식 화장실을 이용할 수 없다고 생각하니 쓸쓸했다. 아이 러브 토일럿, 나는 입속으로만 되뇐 후 개찰구를 향해 다가갔다.

나는 풍란을 키운다네

오늘 또 한 녀석이 죽었다. 죽었다고 단정하기는 이르다. 죽은 것처럼 보인다는 말이 맞을 것이다. 죽었다는 단정과 죽은 것 같다는 추측 사이의 차이는 바로 죽음과 삶 사이의 거리처럼 까마득하지 않은가. 그 거리는 무한대와 다름없고, 전자계산기로도 재기 어려울 만큼 복잡한 세계와 같다.

나는 다섯 개의 풍란 분(盆) 사이로 눈길을 던지며 죽었다든지, 죽은 것 같다든지 하는 생각을 접기로 했다. 생각이란 하면 할수록 엉키게 마련이어서, 죽었는가와 죽지 않았는가를 판단하는 데 많은 시간을 허비하는 것은 소모전으로 끝날 가능성이 높았다. 가장 좋은 방법, 그리고 가장 확실한 방법이 있었다. 엘리베이터를 타고 내려가 화분 가게 여자에게 내밀면 진단은 금세 나오는 것이다. 꽃집 여자에게 보여 주면 진단은 대부분 서너 가지 중의 하나로 정리되었고, 어떤 진단이든 진단이 내려지기까지 1, 2분 이상이 걸리지 않았다.

「죽었네요. 살리기 힘들겠는데요. 물을 자주 주셨어야 했는데, 물을 줬다 안 줬다 하셨죠? 물을 자주 줘야 한다고 말씀드렸던 것 같은데. 어떡하죠.」

꽃집 여자는 진단을 마치고 난 다음에는 꼭 '어떡하죠'라는 말을 매다는 버릇이 있었다. 그녀의 목소리는 약간 비음이었는데, 그녀가 비음 섞인 소리를 낼 때 꽃집 밖에서는 봉두난발을 한 사내가 마대 자루에 담긴 흙을 꺼내 화분에 담다가 여자와 나를 흘깃거리곤 했다. 외양만 보면 꽃집 여자의 일꾼 같기도 하고, 하는 양으로 보아서는 꽃집 여자를 짝사랑하는 사내 같기도 한데 실상은 남편이라고 했다. 어떻든 뭔가 어울리지 않는 일을 하는 사람으로 보이는 것만은 분명했다. 어떤 때, 그는 도를 닦는 사람으로 보이기도 했다. 그러나 나는 사내를 오래 지켜보지는 않았다. 화분 가게 여자가 비음 섞인 소리를 내는 동안 나는 그녀의 가슴을 훔쳐보는 데 더 매력을 느끼곤 했다. 음탕한 생각을 키우고 있어서는 아니었다. 꽃집 여자의 키가 내 얼굴 하나만큼 큰 탓이고, 한여름인데도 그녀의 옷은 웬만해서는 브래지어 색깔조차 비춰 주지 않기 때문이었다. 화분을 들어 올리기 위해 허리를 숙일 때도 가슴이 팬 부위를 보인 적이 없었으므로 그녀의 가슴께를 볼 때 나는 신비로움을 가눠야 했다. 감춰져 있다는 것은, 그 무엇이든 감춰져 있다는 사실 하나만으로도 신비로운 법이었다.

그랬다. 그녀는 늘 무채색의 티셔츠를 입고, 허리를 숙여도 가슴의 무게 때문에 목덜미 아래쪽이 늘어지는 옷을 입지 않는, 자기 검열에 민감한 감각을 가지고 있었다. 그러니까 그녀는 '알 수 없는 신비로움에 가까운 태를 지니고 있다' 이렇게 얘기할 수 있었다. 그러므로 나는 그녀가 '자, 결론은 났는데 난을 어쩌시겠습니까'라고 묻듯이 나를 내려다보고 있을 때 이미 결론을 내려 놓고 있었다.

어쨌든 당신의 가슴을 감싸고 있는 브래지어가 B컵인 것만은 분명하다. 내가 B컵의 가슴을 가진 여자에게 브래지어를 선물한 경험이 많아서 그런 것을 아는 것은 아니다. 속옷 장사를 10년 가까이 한 친구를 두고 있는 탓이다.

그럴 때 꽃집 여자와 꽃집 밖에서 흙을 고르고 있는 사내와 나 사이에는 잠깐 정적이 흐르곤 했는데 그 정적을 깨뜨리는 쪽은 흙을 고르고 있던 사내였다.

「애 울어요, 애. 아이고, 저놈은 손님만 오면 왜 저렇게 숨넘어가게 우나 몰라. 아, 혜은이 운다니깐요.」

사내는 꽃집 앞에서부터 길게 이어져 있는 복도 끝의 막다른 곳에 자리한 전파사를 바라보고 있었는데, 그 가게 앞에는 유모차가 한 대 서 있었고, 유모차 앞에는 사내 서넛이 러닝셔츠 차림에 수건을 목에 두른 채 맥주를 마시고 있었다. 한 사내는 전파사 주인, 또 한 사내는 전파사와 기역 자로 붙어 있는 슈퍼 사내, 또 한 사내는 슈퍼와는 뒤집힌 기역 자로 잇닿아 있는 중고 가구점 주인, 그리고 중고 가구점 종업원이었다.

　사내들 중에서 가장 실속 있는 장사를 하는 치는 중고 가구점 주인이었다. 오피스텔이란 곳은 워낙 이사가 잦은 터라 그의 가게는 물건을 내놓는 사람, 사가는 사람이 절반이라는 얘기가 정설이었는데, 가구점 주변을 어슬렁거려 보면 실제로 물건을 사려는 사람과 팔려는 사람이 절묘하게도 비슷한 경우가 많았다. 슈퍼 주인의 얘기로는 그 중고 가구점 사내가 적어도 세 배 장사는 한다는 거였다. 게다가 슈퍼 주인처럼 자기 물건 갖다 먹고 마시는 바람에 헛 매출을 올리는 일이 없으니 웬만한 중소 기업 사장보다 낫다는 게 슈퍼 주인의 볼멘소리였다. 그래도 어느 장사든 힘든 구석은 있는 법이어서 그는 책상이나 서랍장 같은, 무게깨나 나가는 것을 배달해 주고 내려올 때면 수건 하나를 땀으로 적셔 내기가 예사였다. 기운 없는 사람은 중고 가구점을 운영할 수 없다는 것은 그 가게에 걸린, 쉰내 나는 수건의 수만 보아도 알 수 있었다. 어쨌든 그들은 모두 맥주를 즐겨 마시는 편이었고, 그러므로 그들의 공통분모는 기분이 좋으면 좋은 대로, 나쁘면 나쁜 대로 핑계 김에 맥주를 마셔 댄다는 것이었다. 맥주를 마시지 않는 사람은 단 한 명, 유모차에서 울고 있는 아이, 혜은이였다. 내가 생각하기에 아이가 우는 것은 사내들이 맥주를 마시느라 얼러 주지 않기 때문이지 꽃집 여자가 손님을 상대하고 있어서가 아닌 것 같았다.

　「아이 깜짝이야. 숨넘어가게 우는 건 아닌데 왜 소리를 치고

그래요. 김 사장니임, 금방 갈 테니까 혜은이 유모차 좀 밀어
주세요.」

꽃집 여자가 전파사 쪽을 향해 고함을 칠 때 나는 흙을 고르
는 사내를 흘깃 훔쳐보면서 '꽃집 부부가 꽤 고심 끝에 아이 이
름을 지었구나' 하는 생각을 저작했다. 혜은이보다는 은혜라는
이름이 부르기 쉽고 감칠맛 나는데도 구태여 혜은이라고 지은
것은 은혜라는 이름이 평범해 보인다는 데 꽃집 부부의 의견이
일치했을 거였다.

내가 그런 생각을 저작하든 말든 사내는 오른손으로 흙을 갈
퀴질해 잔돌과 실뿌리 같은 것을 골라내는 데만 열중할 뿐 전
파사 앞의 유모차와 사내들이 마셔 대는 맥주에는 아무 관심도
없는 듯했다. 그 아이가 사내의 아이인지, 꽃집 여자의 아이인
지, 아니면 사내와 꽃집 여자의 아이인지 도무지 짐작되지 않
을 정도였다. 그래도 나로서는 마음이 조급해져 지체할 수 없
었다. 어차피 풍란 한 녀석이 죽었다는 진단을 받은 처지이니
사내 앞에다 풍란의 이끼를 털어 낸 다음 빈 화분만 가지고 엘
리베이터를 타느냐, 또 다른 풍란 한 뿌리를 산 다음 돌아서느
냐 둘 중의 한 가지 선택을 하면 꽃집 여자는 금세 유모차를 향
해 달려갈 수 있을 터였다. 나는 3천 원을 건네준 다음 주황색
화분에 담긴 풍란 하나를 집어 들었다. 잘 키울 수 있을지 자신
할 수는 없지만, 이끼 밖으로 드러난 뿌리는 제법 푸르고 굵었
다. 건강하다는 증거였다. 경험이 많은 것은 아니지만, 좋은 풍

란은 잎의 상태로 갈리지 않았다. 뿌리가 푸르고 굵어야 건강한 풍란이었다. 뿌리에 흰빛이 많은 것도 있고, 푸른빛이 많은 것도 있었지만 대체로 푸른빛이 많은 것이 오래 자라고, 새잎도 잘 밀어 올린다고 꽃집 여자가 말했었다. 그러나 나는 좀 오래 사느냐 아니냐만 확인했을 뿐 새잎이 나오는 모습을 본 적이 없었다. 새잎이 나오기는커녕 하나하나 죽어 가는 것을 겪는 중이었고, 그 덕분에 꽃집 여자를 자주 볼 수 있었으며, 그래서 꽃집 여자의 신비로운 가슴을 볼 수 있을 뿐이었다. 어떻게 보면 나는 대책 없이 풍란을 죽여 내보내는 사내에 불과했고, 그 대신 신비로운 가슴을 감상하는 실속을 차리고 있는 사내이기도 했다. 물론, 내가 풍란을 계속 죽여 내보내면서도 풍란만을 키우겠다고 고집하는 것은 아니었다. 고집은 꽃집 여자가 부렸다.

「풍란처럼 키우기 쉬운 것도 없어요.」

꽃집 여자가 다른 식물은 아예 권하지도 않았거니와 식물의 이름을 잘 구별하지 못하는 나로서는 희고 푸른 뿌리를 겉으로 드러내 놓고 있는 풍란만큼은 이름과 개체를 동시에 기억하기에 맞춤이다 싶어 풍란 외의 식물에는 거의 눈길을 주지 않았다. 그러고 보니 풍란, 이렇게 불러 보면 이름도 제법 운치가 있는 것 같았다. 헤이 풍란, 이렇게 불러 놓고 보면 앙증맞지도 않고 거칠지도 않은 이름이기도 했다. 풍란, 소녀의 이름 같기도 했고, 성숙한 여인의 이름 같기도 했으며 뿌리를 드러내고 산다는 점에서 사람으로 치면 꽤 진솔한 축에 드는 모습을 지니고 있기도 했다. 뿌리를 드러내 놓고 산다는 것이 그리 쉬운 일인가. 쉽지 않은 정도가 아니라, 불가능한 일이었다. 그러나 풍란은 뿌리를 다 드러내 놓고 제 삶을 살다가 가곤 했다.

그날 밤 나는 사전을 뒤적거려 풍란의 꽃말이 질투라는 것을 알았다. 풍란이 죽는다는 것은 질투라는 상징의 옷을 거둬들이는 행위인 셈이었다. '꽃말치고는 참 희한하기도 하지' 그러면서 나는 질투라고 되뇐 후 잠을 청하기 위해 이불을 끌어당겼다.

질투라는 꽃말을 지닌 풍란은 살아 있을 때나 죽었을 때나 제 몸의 뿌리를 다 드러낸다. 비인간적이기도 하고, 지극히 인간적이기도 한 한살이를 보내는 셈이었다. 그러니까 풍란에 기대 정의하자면 사람은 대체로 두 종류라고 해야 옳았다. 뿌리를 다 드러내 놓고 사는 사람과 양파 껍질처럼 알맹이를 깊이 감춰 놓고 살아가는 사람 말이다.

세상에 뿌리를 다 드러내고 살거나 죽거나 하는 난은 풍란밖에 없을 것이다. 처음 풍란 분 하나를 사들고 엘리베이터에 올랐을 때, 나는 뿌리가 겉으로 드러난 부실한 분이기 때문에 꽃집 여자가 재고 처리를 위해 싼값에 판 것은 아닌가 의심했다. 집들이에 가거나 개업식에 갈 때 선물로 화분을 산 적이 있기는 하지만 한 번도 3천 원짜리 화분이 있다는 얘기를 들은 적은 없었던 것이다. 체면치레를 위해서라도, 3천 원짜리 분이 있다고 해도 그걸 샀을 리는 없지만 말이다. 나는 체면이 잔뜩 구겨진 기분이었고, 꽃집 여자로부터 하찮은 사람으로 여겨진 듯했으며, 엘리베이터에 함께 탄 사람들 중에서 가장 초라한 사람으로 전락한 느낌이었다. 무릇 모든 물건은 그걸 사기 위해 지갑을 열 때와 지갑을 닫은 후의 생각이 다르도록 만드는 법이었으므로, 풍란을 살 때 화분 하나에 3천 원이면 참 싸다는 생각을 했으면서도 돌아서서는 속아 산 것은 아닐까 미심쩍어하고 있는 참이었다. 그래도 숨을 쉬고 꽃을 피운다는 식물이 화분까지 합쳐서 3천 원밖에 안 한다는 것은 괜찮은 일이었다. 그래 놓고도 나는 불량 화분을 산 것은 아닌가 하는 미심쩍은 기분을 떨치지 못했다. 차라리, 실수인 양 화분을 엘리베이터 바닥에 떨어뜨려 깨뜨리는 것이 낫지 않을까 하는 유혹을 받기까지 했다. 그런 판국에 키운 지 며칠도 지나지 않아 죽어버리는 풍란을 대하는 기분은 말 그대로 젬병이었다.

나는 기껏해야 한 평이 될까 말까 한 엘리베이터 안에서, 기껏해야 1분도 되기 전에 내 몸뚱이를 내려놓을 공간 안에서 운동장만 한 크기의 생각, 우물 속처럼 깊은 생각의 갈피에 사로잡힌 나를 향해 쓴웃음을 지었다. 여전히 3천 원짜리 화분을 사 나르는 데 대한 생각치고는 너무 복잡했다. 나 자신을 너무 치졸한 사람으로 몰아가는 느낌이었다. 나는 결국 스스로와 타협하고 말았다.

이것은 뿌리에 관한 문제다. 뿌리의 깊고 얕음에 대한 문제가 아니라 뿌리의 드러남에 관한 문제다. 괜히 꽃집 여자에 대한 의심을 키울 필요는 없다. 내가 키워야 할 것은 정작 풍란 아닌가.

그랬다. 내가 키워야 할 것은 풍란이었다. 그리고 풍란에 대해 말할 수 있는 기회가 왔을 때 풍란이 어떤 식물이냐고 자분 자분 설명할 수 있을 정도는 되어야 했다. 풍란, 풍란은 뿌리를 드러내 놓고 자라는 식물이라는 설명이 가장 적확하고 유효하다. 녀석은 정말로 뿌리를 다 드러내 놓고 사는 식물인 것이다. 하지만 뿌리의 드러남과 드러나지 않음, 그것이 화분을 사는 데 어떤 영향을 미쳤다고 할 수는 없었다. 영향을 미친 것은 화분의 용도였다. 꽃집 여자는 물었었다.

「어디 선물하시게요?」

내가 고개를 젓자 그녀는 연이어 「그럼 집에서 키우시려는 거군요」라고 말했고, 곧장 풍란을 키워 보라고 권했었다. 풍란, 나는 풍란이 어떤 것인지 모르고 있었다. 아니, 대부분의 식물 이름을 모르고 있었다. 누군가가 알려 주면 기억 속에서 그 식물 이름을 언젠가 들었다는 게 떠오르기도 했다. 하지만 아주 잠깐뿐이었다. 2, 3일쯤 지나면 도무지 식물 이름이라고는 몇 개조차 알지 못하는 사람으로 변해 버리곤 했다. 흔하디 흔한 고무나무나 행운목, 선인장, 뭐 그 정도가 내가 아는 식물의 전부였다. 그 행운목이나 선인장, 고무나무, 이런 것들의 이름을 안다는 것은 거의 모르는 것과 같았다. 그 식물들을 모르는 사람은 거의 없었고, 따라서 나에게 고무나무나 행운목 따위를 가리키며 저게 뭐냐고 묻는 사람은 없었다.

「풍란이란 게 어떻게 생겨 먹은 건데요?」

「호호, 말을 참 재밌게 하시네요. 어떻게 생겨 먹긴요, 지금 풍란 앞에 서 계시네요, 뭐.」

내 앞에 줄지어 서 있는 화분은 거의 주먹만 한 크기였고, 거기에는 간장 종지만 한 이끼가 덮여 있었으며, 이끼 위로 굵은 철사 모양의 뿌리가 드러나 있었다. 도무지 난이라고는 봐 줄 수 없는 모양새였다. 난이라는 것은 모름지기 화분의 모양새는 물론, 줄기가 미끈하게 뻗어 올라가 있고 나중에 꽃이 피면 10리 밖까지 향이 풍긴다는 모양새를 갖추고 있는 줄 알고 있었다.

「값도 싸고, 공간도 차지하지 않고, 잘 자라고. 여기 사는 분들은 풍란을 많이 키워요. 한번 키워 보세요, 네?」

내가 풍란을 사게 된 것은 '값도 싸고 공간도 차지하지 않고' 때문이 아니었다. '여기 사는 분들', 그 말이 내 갈등을 가라앉혀 주었다. 그렇다. 중뿔나서 좋을 일 없다, 남들 사는 대로 사는 것처럼 무난한 것이 없다는 것은 어머니의 지론이었다. 발 따뜻하게 하고 잠잘 수 있으면 그게 행복이다, 큰 욕심 내지 마라. 어머니는 그러나 늘 이불을 걸어차며 자는 버릇을 가지고 있었고, 나 역시 어머니를 닮은 잠버릇을 가지고 있었다. 어머니와 나는 이튿날 아침, 이불을 걸어차고 자지 않았다고 우기

는 점까지도 닮은꼴이었다. 다른 게 있다면 어머니와 나 두 사
람 모두에게 감기 기운이 찾아왔을 때 나는 약을 먹고, 어머니
는 약을 먹지 않는다는 점이었다. 전화선을 타고 들려오는 어
머니의 목소리에 감기 기운이 있는 것 같아 감기 걸리셨느냐고
물으면 어머니의 대답은 늘 한 가지였다. 감기는 무슨 감기, 자
다가 일어나서 그럴 거다. 어머니의 말대로라면 어머니는 아침
에도 자고 저녁에도 자고, 시도 때도 없이 잠을 잔다는 얘기가
된다. 나는 여기 사는 사람들은 풍란을 많이 키운다는 말을 듣
고 어머니의 얘기대로 중뿔나게 남들이 안 키우는 식물을 키우
려고 해봐야 별 볼일 없을 거라는 데 스스로와 타협했다. 단순
하게도 어른 말 들어서 손해날 게 없다는 얘기에 생각이 미쳤
던 것이다.

풍란 분 하나를 들고 엘리베이터 안에서 어머니를 떠올렸던
것은 별다른 사연이 있어서가 아니었다. 엘리베이터가 내려오
기를 기다리고 있을 때 꽃집 여자가 깜빡 잊었다는 듯이 가게
앞으로 삐죽 고개를 내밀고는 「풍란은 물을 매일 주셔야 돼요」
했던 것이다. 그건 참 곤란한 주문이었다. 나는 게으른 사람이
화초를 잘 키운다는 말을 금과옥조처럼 여기는 편이었고, 그러
므로 언제든 마음만 먹으면 내 손으로 무슨 식물이든 키울 수
있다고 자신해 온 터였다. 그런데 꽃집 여자의 얘기를 듣고 보
니 난감했다. 그렇다고 물을 매일 주지 않아도 되는 식물로 바
꾸겠다고 하는 것도 염치없는 노릇이었다. 내가 들고 있는 풍

란은 겨우 3천 원짜리였다. 그때 어머니가 떠올랐던 것이다. 어머니는 내가 화분을 좀 사자는 애기를 건네면 아주 간단히 그 청을 물리치곤 했었다.

「그런 소리 하지 마라. 게으른 사람이 화분 잘 키운다는 애기 못 들었냐. 화분 들여놓은 것만 보고도 게으른 사람 취급받는 거, 난 싫다. 잘 자라면 몰라도, 물을 주지 않았는데 화분이 죽기라도 해봐라. 돈 없애서 손해지, 게으른 사람이 꽃도 못 키운다고 흉잡혀서 손해지. 이왕 사는 거, 왜 흉잡히고 사냐.」

어머니는 아주 지혜로운 사람이었다. 어쩌면 게으르지 않은 사람인지도 모를 일이었다. 그러나 이상한 것은 어머니가 화분 하나 들여놓는 것을 왜 그리 못마땅해했느냐는 점이었다. 이상한 것은 또 있다. 어머니가 떠오를 때는 대부분 못마땅한 일을 겪었을 때이고, 더러는 황당무계한 일을 겪었을 때다. 이건 결국 어머니의 죽음에서 내가 벗어나지 못하고 있다는 뜻이 되고, 어머니가 현실의 내 삶을 지배하고 있다는 뜻이 된다. 어머니가 왜 나이 40이 다 돼 가는 아들의 삶을 여전히 지배하고 있는지 모르겠다. 그리고 새삼스럽게 무슨 식물인가를 키워 보겠다고 꽃집엘 들러 풍란을 사게 됐는지 역시 모를 일이었다. 나는 지금 어머니와 다른 삶을 살고 싶어 하고, 그 다른 삶을 겨우 식물 키우는 것에서 찾으려고 하는 것인가. 어쩌면 어머니도 식물을 키우고 싶어 하지는 않았을까. 물론 확실한 답은 모른다. 무슨 일인가로 화원에 들어갔던 어머니가 화분의 무게를 못 이겨 무너져 내린 진열대와 화분에 머리를 맞고 돌아가셨다는 것만으로 그렇게 짐작해 볼 뿐이다. 평생 화분 근처에는 가지도 않던 사람이 화원에 들어갔다가 화분에 머리를 맞고 돌아가시다니, 운명치고는 얄궂은 운명이었다. 나는 좀체 식물을 키우지 않았던 내가 스스로 꽃집에 들러 화분을 샀다는 것이 의아스러웠다. 꿈에서라도 어머니를 만나면 나는 여전히 어머니의 충고대로 게으른 사람으로 흉잡히기 싫어서 식물 따위는 키우지 않는다고 말해야 한다는 압박감이 들 정도였다. 아무렴, 그래야 자식 노릇을 제대로 하는 걸 거였다.

죽은 식물이 들어앉은 화분을 처리하는 일은 언제나 고통스럽다. 고통스럽다는 말은 좀 엄살일지 모르지만, 고약한 기분이 되는 것은 사실이다. 특히, 화분을 비우기 위해 흙을 덜어 낼 때는 괜한 석별의 느낌까지 떠안게 된다. 키우던 식물이 죽어 버렸을 때, 처음에는 화분을 통째로 쓰레기 봉지에 넣었었다. 식물의 줄기와 잎을 흙과 구별해 수거하기 시작한 것은 식물보다 화분 값이 비싼 경우가 많다는 것을 안 후부터였는데, 화분에서 흙을 쏟아 내고 보면 으레 식물의 죽은 뿌리가 눈앞으로 달려들었다. 그것은 저 위, 화분 위로 수액을 밀어 올리고, 꽃을 피우게 했던 모세 혈관이었다. 나는 가늘디가는 실뿌리들의 연약함과 그 연약한 몸으로 수액을 밀어 올렸던 안간힘을 떠올려 보곤 했다. 가엾다는 생각밖에는 들지 않았다. 모든 생명체란 저마다 안간힘을 다해 서로의 세포를 떠받치고 있는 법이었다. 그걸 가르쳐 준 사람은 꽃집 여자였지만 꽃집 여자가 아니더라도 희고 가느다란 실뿌리들의 뒤엉킴을 보고 있노라면 딱했다. 죽고 난 후에야 버려지기 위해 세상에 모습을 드러내는 게 식물의 뿌리였다.

꽃집 여자는 죽고 난 후에도 죽음의 뿌리를 드러내지 않고 있다. 나는 형사의 우스꽝스러운 질문을 떠올렸다.

「꽃집 여자와는 어떻게 알게 됐죠?」

우스꽝스러운 질문이었지만 나는 웃을 수 없었다. 나는 형사 앞에서 웃는 사람을 보지 못했다는 것을 알았고, 나 역시 예외일 수 없다는 것을 형사 앞에서 깨달았다. 나는 어쨌든, 살인 사건과 관련된 참고인 신분이었다. 말 한마디가 내 인생을 좌우할 수 있는 일이었다.

「어떻게라기보다…… 가끔 화분을 사러 갔거든요.」

「내가 그걸 몰라서 묻는 게 아니라는 건 선생이 더 잘 알 텐데. 화분을 살 때마다 꽃집 여자와 꽤 오래 얘길 했다던데요. 통화도 자주 했던데. 주로 선생이 걸었더군요. 사흘 전에는 십사 분 이십칠 초. 꽃집 여자와 한밤중에 십사 분 넘게 통화할 일이 뭐 있습니까. 단순히 손님과 꽃집 주인의 관계라면 말이죠. 무슨 얘길 했던 겁니까. 내 얘긴 어떤 사이냐 이거예요. 아시겠습니까.」

내가 형사 입장이라 해도 그것은 꽤 의미 있는 단서였다. 꽃집 주인과 손님이 14분 넘게 통화할 일이란 단순하게 넘길 일이 아니었다. 더구나 죽음과 관련된 일이라면 더욱 그럴 터였다.

「그게 뭐, 대수로운 일이 있어서가 아니라 화분을 새로 하나 샀는데 죽은 것 같아서 물을 잘못 준 건가, 살릴 수는 없는가 그런 걸 물어본 거죠. 사흘 전에는 가게까지 내려가는 게 귀찮아서 전화로 물어본 건데, 내가 불량 화분을 판 거 아니냐 이런 식으로 따지는 것으로 생각했는지 좀 자세히 설명해 줍디다. 꽃집 여자가 워낙 친절한 편이기도 하고. 그게 무슨 문제가 됩니까.」

나는, 내가 생각해도 14분 27초라는 시간은 단서로 삼을 만한 꼬투리로 충분하다는 느낌을 주지 않으려고 애쓰면서 형사의 안색을 살폈다. 무사히 빠져나가려면 형사가 내 얘기에 고개를 주억거리는 시늉이라도 해보여야 했다.

「선생에게만 친절했던 건지 누가 압니까. 그러니까 주로 화분 얘기만 주고받았다 이겁니까? 이건 아주 중요한 사건예요. 살인 사건이다 이겁니다. 그러니까 대충 막 둘러대면 곤란합니다. 여차하면 거짓말 탐지기 갖다 댈지도 모른다 이거요. 탐문 수사도 계속할 거고. 그나저나 오피스텔에 사는 남자들은 화분을 참 많이 키우는구면. 홀아비에다, 총각에다, 뭐, 멀쩡한 사람이 별로 없어. 이 작자들, 할 일이 없으니 꽃에 물이나 주자 이건가. 아, 선생은 법적으로는 가족이 있는데 왜 혼자 삽니까?」

「그건, 이 사건과는 무관한 질문 아닙니까. 내 프라이버시
고…… 대답하지 않아도 되겠죠?」

「프라이버시다, 그래서 대답하기 싫으시다? 하긴…….」

대개의 경우 목소리를 낮게 까는 형사가 유능한 법이다. 호
통 치고 책상을 꽝꽝 치는 형사들은 대부분 폭력 사범 잡아넣
는 데 솜씨를 보일 뿐이다. 그래서인지 그런 치들은 대부분 인
상조차 폭력 사범과 비슷해서 신분증을 보기 전에는 그가 폭력
사범인지 형사인지 쉽게 알 수가 없다. 무릇 형사가 등장하는
영화들이 그걸 증명해 주지 않던가. 그 영화들을 본 형사들이
영화사나 감독을 상대로 명예 훼손 운운하며 상연 정지 신청을
안 하는 것이 바로 그 증거다. 아무튼 나를 담당한 형사는 제법
유능한 편이었다. 내가 범인이 아니라는 결론까지는 아니더라
도 일단 내보내자는 결론을 내린 것이다. 그렇지만 기분은 개
운치 않았다. 나는 살인 사건에 연루되어 경찰서에서 조사를
받았고, 살인에 희생된 사람은 내가 늘 보아 왔던, 내가 단골로
드나드는 꽃집의 여자였다.

나는 비로소 내가 방금 전 경찰서에서 놓여났고, 꽃집 여자
가 죽었다는 것을 다시 받아들였다. 형사 말이 맞다. 나는 아주
중요한 사건의 참고인이 돼 버린 것이다. 살다 보니 별일이 다
있다는 말이 비로소 실감 났다. 그리고 또 하나의 실감은 꽃집
여자가 죽었고, 어머니가 꽃집에서 죽었다는 사실이었다. 좀
억지스럽긴 했지만 집들이나 개업식 때가 아니면 꽃집 근처에

도 안 가는 나에게 두 개의 죽음이 꽃집과 연관돼 있고, 급기야 그 일로 난생처음 경찰서에서 조서까지 꾸미는 처지가 됐다는 것이 영 개운치 않았다. 경찰이 누구인가. 간단했다. 경찰은 무서운 사람이고, 도둑뿐만 아니라 멀쩡한 사람도 제 발이 저리게 만드는 존재였다. 멀리서 보아도 왠지 피해 가고 싶은 충동을 일게 할 때가 한두 번이었던가.

그렇다. 경찰은 언제나 무섭다. 죄를 짓지 않았는데도 경찰이 다가오면 나도 모르게 언젠가 죄를 지었던 것은 아닌가 싶을 정도로 뭔가 켕기게 만드는 대상이 바로 경찰이다. 민중의 지팡이라는 사람들이 어쩌다 그런 인식을 나에게 심어 주었는지는 모르지만 나는 언제나, 차를 몰고 갈 때나 보도블록 위를 걸어갈 때나 그와 비슷한 느낌을 받았고, 그때마다 어깨를 움츠리고는 했다.

잠에서 깬 것은 새벽녘에 요란하게 울려 대는 사이렌 소리 때문이었다. 사이렌 소리가 잠깐 휴지기를 가질 때는 사람들의 웅성거리는 소리가 8층 높이까지 제법 크게 날아올랐다. 다시 누워 버릴까 하면서도 나는 손바닥만 한 창문에 눈꼽 낀 눈을 들이대었다. 오피스텔의 현관에도, 길 건너편에도 사람들이 잔뜩 모여 있는 게 보였다. 당사자에게는 불행이지만 다른 사람들에게는 구경거리가 될 만한 일이 벌어진 게 틀림없었다. 나는 다시 잠을 청하는 일을 포기했다. 뭐랄까. 8층 아래의 소동이 나와는 까맣게 먼 거리의 일이라는 느낌이 들지 않았다. 적어도 내가 밥 먹고 잠자는 빌딩에서 일어난 일인 것만은 분명했으므로, 그 소동의 앞뒤를 새벽잠의 일부와 바꾸는 게 크게 나쁠 것은 없을 것 같았다.

엘리베이터를 타고 아래층으로 내려가자 1층 현관 앞에는 순찰차가 대여섯 대나 모여 경광등을 돌리고 있었고, 사람들은 꾸역꾸역 지하 1층으로 내려가고 있었다. 자진해서 내려가는 것이 아니었다. 엘리베이터에서 내린 사람들은 죄다 지하 1층으로 내려가야 한다고 경찰이 목청을 돋우고 있었다. 경찰이 목청을 돋우지 않아도 그렇게 할 수밖에 없는 것이, 건물 전체를 전경들이 에워싸고 있어서 밖으로 나갈 도리도 없었다. 그들은 모두, 무장공비라도 잡을 기세로 물 샐 틈 없이 빌딩을 겹겹이 포위하고 있었던 것이다. 그게 다가 아니었다. 경찰의 일부는 층계를 이용해 오피스텔 안으로 잠입해 들어가고 있었고, 또 다른 경찰의 일부는 오피스텔 안에서 잠이 덜 깬 듯한 사람들을 호위하듯 데리고 나오고 있었다. 나는 안도했다. 스스로 내려오지 않았다면 경찰에 의해 불려 나와야 했을 터였다.

꽃집 여자가 죽었다는군. 누구? 꽃집 여자가 죽다니? 어제저녁에도 봤는데. 이게 무슨 아닌 밤중의 도깨비 같은 소리야. 살인 사건이다 이거네.

지하로 내려가는 계단을 밟으며 나는 꽃집 여자가 죽었다는 소리를 여러 갈래로 들었다. 꽃집 여자가 죽다니. 나 역시 어제 저녁 그녀를 보았었다. 내가 잠자리로 삼고 있는 오피스텔에는 꽃집이라야 단 한 집이었고, 그 꽃집 여자는 나에게 풍란을 판 사람이었다. 풍란을 팔고, 풍란을 잘 키우는 법에 대해 얘기해 준 사람이었다. 또 있었다. 꽃집 여자는 말했었다. ‘풍란의 뿌리 이게요, 지리산 산신 마야고가 버린 옷의 실오라기예요. 마야고는 반야를 짝사랑했거든요. 반야에게 선물하려고 베를 짜고 옷을 만들었죠.’

어라, 그러니까 우리들 중 누군가가 꽃집 여자를 죽였을지도 모른다, 그래서 우리를 지하실로 다 내몬다 이 얘기네? 이거, 잠자기는 다 틀렸구먼.

우리나라 경찰이 다 그렇지, 뭐. 아이고 꽃집 여자를 죽인 사람이 ‘나 여기 있소’ 하고 이 건물에 잘도 남아 있겠다. 우리나라 경찰은 아직도 멀었다니까. 하긴 등잔 밑이 어둡다고, 가까운 데 살인범이 있을지도 모르지. 요즘 살인범들은 경찰을 가지고 놀잖아. 아이고야, 이거 졸려 죽겠는데 이런 식으로 사람을 몰아넣으면 어떡해. 과학적인 수사를 해야지. 하여튼 우리나라 경찰은 멀었다니까. 툭하면 경찰권 독립 어쩌고 해대는데 이래 가지고서야 무슨 독립을 하겠어. 대한 독립 만세나 외치라지.

재미있게 들으라고 하는 얘기였지만 다 그렇고 그런 얘기였다. 재미있지도 않고 그다지 건조하지도 않았다. 그래서인지 지하실로 내려가는 사람들 중 웃는 사람은 아무도 없었다. 지하실에 다다랐을 때 꽃집은 ‘출입 금지 수사 중’이라는 글자가 새겨진 헝겊 띠로 둘러싸여 있었다. 무슨 사건이 있을 때마다 텔레비전에서 수없이 보아 온, 개나리를 떠올리게 만드는 노란빛 천이었다. 그 노란 천은 살인 현장을 알리는 표식으로 쓰기에는 너무 예뻤다.

내가 경찰 앞에 섰을 때 처음 받은 질문은 꽃집 여자를 아느냐는 것이었다. 「네」라고 나는 대답했다. 나는 꽃집 여자의 가게에서 몇 차례 풍란을 샀고, 통화까지 한 적이 있었지만 그게 살인범을 잡는 데 꼬투리가 될 수는 없을 터이므로 속일 필요가 없었다. 세탁소에서 드라이클리닝한 옷을 찾아왔는데 때가 덜 빠졌다면 드라이클리닝이 잘못됐다고 전화를 하는 것은 당연했다. 꽃 역시 그랬다. 나는 살인 용의자가 아니라는 것을 증명하듯 전화 통화를 한 적도 있다고 대답해 주었다. 형사는 내 휴대폰 번호를 물어본 다음 적어 넣었고 정보를 줘서 고맙다는 듯이 아주 정중하게 「아, 그랬습니까」 하고 응대하더니 「이쪽으로 서시겠습니까」라는 말과 함께 앳돼 보이는 전경인지 의경인지 모를 사내에게 고갯짓을 해가며 단호하게 말했다.

「이 양반도 데려가.」

내가 두려워하는 표정을 지었는지, 그는 나에게도 한마디 덧붙였다.

「잠깐이면 될 겁니다. 우리 직원들과 좀 동행해 주셔야겠습니다.」

아주 웃기는 상황이었다. 멀쩡하게 잠을 자다가 불구경인지 싸움 구경인지, 아무튼 무슨 눈요깃거리가 생겼나 싶어 엘리베이터를 타고 내려온 것인데 꽃집 여자가 죽었다느니 하는 소리가 들리고, 무슨 범법자 취급을 받으며 어딘가로 끌려가게 되었다는 것은 아주 재수 없는 일임에 분명했다. 아닌 말로 꽃집 여자에게 꽃을 산 사람들은 모두 죄인 취급을 받아야 하는 것인가 싶어 나는 계단에서 내려올 때 어느 사내가 했던 말에 동의해 주었다. 과학적인 수사를 해야지. 하여튼 대한민국 경찰은……대한 독립 만세나 외치라지. 과학적인 수사와는 전혀 상관없는 방식의 수사 기법 때문에 형사 앞에 앉아야 한다는 것은 손해배상을 청구하고도 남을 일이었다. 이런 판국이니 경찰이 수사 결과를 검찰에 넘기면 재수사 지시를 받는 일이 허다한 것 아니냐는 억하심정까지 들었다. 경찰이란 제일 먼저 알리바이부터 캐고 들어야 유능한 경찰인 줄 아는 무리들이었다.

「어제저녁부터 새벽까지 어디에 있었습니까?」

나는 잤다고 불퉁스러운 목소리로 대답했다. 잤다는 것은 아주 불리한 진술이었다.

「잔 것을 증명해 줄 사람이 있습니까? 가족 말고 말입니다.」

나는 혼자 살고 있으므로 내가 잠자는 것을 본 사람은 없을 거라고 대답했다. 내가 잠자는 것을 본 쪽은 창문으로 스며든 달빛이거나 별빛 정도일 터였다. 또 있었다. 내 방의 다 죽어버린 풍란들이 보았을 터였다. 하지만 달이든 별이든 풍란이든, 그것들이 나의 알리바이를 어떻게 증명해 줄 수 있겠는가.

경찰로서는 반가운 대답이었을 것이다. 점점 캐들어 갈 수 있으며, 알리바이가 애매한 사내 하나를 용의자로 체포했다고 윗사람에게 보고할 수 있을 터이므로 말이다.

내가 혼자 잠자는 것을 본 사람이 아무도 없다는 대답을 할 때 나는 표정을 들키지 않기 위해 무진 애를 썼다. 사실, 그 말은 거짓이었다. 나는 저녁 내내 줄곧 혼자 있지는 않았다. 내가 풍란의 상태에 대해 묻기 위해 전화를 하고 나서 10여 분쯤 지났을 때 누군가 노크를 하기에 배꼽만 한 확대경으로 내다보니 꽃집 여자였다. 나는 문을 열어 주었다. 그녀의 손에는 주먹만 한 풍란이 들려 있었다.

「이거 받으세요. 한두 번도 아니고, 번번이 풍란이 죽는다니 마음이 편치 않아서 하나 드리려고요. 제가 불량 화분을 판 것 같잖아요. 장사로 쳐도 그래요. 화분이 자꾸 죽으면 손님 떨어지거든요. 잘 자라면 다른 것도 키우고 싶어서 또 사러 오고 그러다 단골 되고 그러는데.」

그녀는 내 방을 찬찬히 둘러보았다. 내가 짐짓 미안해하면서 풍란 분을 선뜻 건네받지 않기도 했지만 그녀 또한 얼른 풍란을 건네줄 생각은 아닌 듯했다.

「일 때문에 오긴 했지만 나도 손님인데, 커피 한 잔도 안 주세요?」

내가 커피 물을 가스레인지 위에 올려놓기 위해 주방 쪽으로 다가갈 때 꽃집 여자의 향기가 후루룩 날아들었다. 그것은 인

공 향이 아니라 꽃집에서 하루 종일 일하는 여자의 몸에 밴, 식물들의 향기였다. 그 향기는 신선했고, 신선했기 때문에 아뜩하게 다가왔다.

「하루 종일 서 있었더니 다리가 아파 죽겠어요. 꽃 가게 하는 것도 중노동예요. 과자 파는 가게 같지 않고, 가게 안에 있는 게 다 숨을 쉬잖아요. 화분 파는 것보다 그놈들 숨 편히 쉬게 하는 게 더 힘들어요. 얼마나 잔신경이 쓰이는지.」

나는 그럴 것이라고 믿었다. 서 있는다는 것은 몹시 피곤한 일이었고, 수십 가지 식물들이 싱싱하게 자라도록 관리하는 게 쉬운 일은 아니지 싶었다. 그렇게 생각하자 그녀가 아주 신성한 일을 하는 사람으로 보였다. 나는 그녀의 다리를 주물러 주고 싶었고, 나도 모르게 그녀의 종아리를 두 손으로 움켜쥐고 말았다. 그녀는 내 손에 잡힌 종아리를 빼내려고 잠시 어색한 트위스트를 추듯 했다. 그녀의 종아리를 붙들었을 때만 해도 나는 그녀가 여전히 풍란 분을 들고 있는 줄 몰랐다. 풍란 분을 들고 있다는 것을 알았을 때는 이미 그녀가 분을 떨어뜨려 방바닥에 흙과 이끼가 사방으로 흩어졌을 때였다. 나는 그녀의 종아리를 붙든 채로 멀뚱히 산산조각 난 풍란 분을 바라보았다. 그녀는 더 이상 트위스트 추듯 두 다리를 꼬지 않아도 되었다.

「어머, 이걸 어째.」

어쩔 방법이 무엇인가. 아주 간단했다. 그냥 쓸어 담으면 되는 일이었고, 다음에는 쓰레기통에 넣으면 되는 일이었다. 하지만 그녀도 나도 그러지 않았다. 나는 죽어 버린 풍란일지라도 이끼와 흙과 실뿌리들을 별도로 수습하는 버릇을 지니고 있는 터였다. 그녀는 깨진 화분 조각을 수습하기 위해 허리를 숙였고, 그녀의 머리카락이 내 얼굴을 스치고 지나가는 순간 나는, 내가 풍란 화분을 수습하는 일보다 그녀를 수습하는 일에 더 관심을 갖고 있다는 것을 알았다. 나는 그녀의 목에 팔을 둘렀고, 그녀의 체온을 느꼈다. 따뜻했다. 그녀의 목덜미는 미끄러지듯, 그러나 미끄러지지 않은 채 내 손을 받아들였다. 나는 화분 밖으로 내동댕이쳐진 풍란은 잠시 내버려 둘 수밖에 없다고 생각했다.

그녀는 내 손길을 완강하게 뿌리치지는 않았다. 완강하지 않다는 것은 본능적으로든 아니든, 그녀가 살아 있는 여자라는 뜻일 수도 있었다. 본능적으로든 아니든 그녀 역시 나에게 어떤 종류의 감정을 가지고 있었다는 뜻이기도 했다. 그 모든 게 아니라 하더라도 무엇인가, 아무튼 무엇인가, 자신의 뜻을 전달하는 수단일 터였다.

늘 폴라 티셔츠를 입고 다님으로써 자신의 가슴을 완강하게 닫아 놓고 있던 그녀의 가슴은 단지 외형으로서만 그렇게 존재하는 것인 모양이었다. 가슴만이 아니었다. 그녀는 열어 보이고 싶은 욕망을 단속하기 위해 일부러 꼭꼭 싸놓은 단지처럼, 매듭 하나가 풀리자 아주 자연스럽게, 그것도 부드럽게 그녀의 살들을 보여 주었다. 그것은 스웨터의 털실 한 가닥이 풀리면서 스웨터의 원형 대신 둥근 실타래 하나가 만들어지는 것과 비슷했다. 이상하면서도 자연스러운 일이었다. 그렇다고 그녀가 이성을 잃은 것은 아닌 것 같았다.

「설마 했더니, 멀쩡한 풍란이 하나도 없네요. 이상하네. 남자 분들한테는 생육 상태가 좋은 걸로 드리는 편인데. 정말 이상하네.」

「그럴 리가 없긴, 그럼 내가 먹어 치우기라도 한다 이건가요? 다 죽어 버렸어요. 정말로 다. 혹시 다시 살아날 수도 있지 않을까 해서 버리지도 못하고…….」

「제가 매일 물을 줘야 한다고 말씀드렸던 것 같은데, 저는 풍란만 사가시길래 풍란 키우는 데 재미 들리신 줄 알았지 뭐예요. 제대로 못 키우실 거면 뭐 하러 계속 사 나른 거예요? 꽃 가게 해서 먹고살지만 살아 있는 게 죽어 나간다고 해서 좋아할 꽃 가게는 없어요. 잘 자라는 걸 보는 게 얼마나 좋은 일인데요.」

그녀는 자신의 목덜미를 나에게 맡겨 둔 채로 자분자분 말을 이어 갔다. 그녀는 꽃 가게 연합 회장의 대변인 같았다.

「그놈의 풍란이 체제에 순응하지 못해서 그렇죠, 뭐.」

꽃집 여자의 살내를 맡으면서 나는, 그녀와 내가 나누는 대화가 적당한 것인지를 생각했다. 그녀의 몸에서는 식물 향이 번져 나오고 있는데 나는 체제와 순응에 대해 얘기하고 있었다. 얼마나 겉도는 대화인가. 그녀의 몸이 식물 향을 싹 거두어들인다

해도, 그녀의 몸이 싸늘하게 식어 버린다 해도 할 말이 없을 것 같았다.

「꽃집을 하다 보니 꽃을 잘 죽이는 사람들은 매력이 참 없어 보이더라고요. 나쁜 놈, 정말 죽여 버리고 싶어요.」

나는 어느덧 그녀의 몸속에 들어가기 직전이었고, 그녀는 이미 내 몸을 받아들일 준비를 하고 있는 것처럼 여겨지는 분위기였다. 그런 점에서 그녀의 말은 앞뒤가 맞지 않았다. 그녀의 기준대로라면 나는 매력 없는 남자인데도 그녀는 나를 받아들일 준비를 하고 있었다. 앞뒤가 안 맞는 것은 또 있었다. 그녀는 울먹이듯 나쁜 놈을 연발하고 있었고, 누구인지 모를 어떤 사람을 죽여 버리고 싶다는 애길 하고 있었다. 그 누구란, 그녀가 나쁜 놈이라고 말한 것으로 보아 남자일 것이라고 나는 넘겨짚었고, 그 남자란 매일 맥주 파티를 하고 있는 사내들 중의 한 명일지도 모른다고 넘겨짚었다. 나는 그녀의 몸속에서 내가 풍란의 건강한 뿌리처럼 굵고, 잎을 밀어 올릴 수 있을 만큼 힘 있는 사내라는 것을 증명하고 싶었지만 그녀 몸 밖의 내 무골 덩어리는 마냥 흐느적거리고 있었다. 어쩌면 그녀는 내 무골 덩어리를 무력화시키는 아주 교묘한 화법을 동원하고 있는지도 모를 일이었다. 답답했다. 이 마당에 '나쁜 놈, 죽여 버리고 싶어요'라니.

「무슨 소릴 하고 있는 거죠. 누굴 죽여 버리고 싶다는 거예요? 나요?」

74

내 무골 덩어리가 측은할 정도로, 마치 누에로 변해 가는 듯
한 것을 느껴야 하는 기분은 참담했다. 욕망의 극점을 보여 주
지도 못한 채 사그라지는 불꽃보다 가엾은 것은 없는 법이었
다. 내 방의 풍란들이 어떻게 시들어 갔고, 마침내 죽음에 이르
렀는지를 내 무골 덩어리가 증명해 주는 듯싶었다.

「아저씨, 왜 죽여요. 남편이란 작자, 누가 좀 죽여 줬으면 좋
겠는데. 그래 줄 수 있겠어요?」

「남편요? 분갈이도 열심히 하고, 딸도 참 예뻐하고, 그렇던
데. 바람이라도 피워요?」

「바람을 피우면 모른 척 눈감아 버리면 그만이지 뭐가 걱정
이겠어요. 꽃집을 하려면 모종 가지러 농장에 자주 가야 돼
요. 나쁜 놈, 자기가 농장에 가 있는 사이 내가 남자와 놀아난
다고 얼마나 의심하는지 알아요? 죽일 놈, 자기가 농장 갔을
때 화분 사간 사람을 다 대라는 거예요. 남잔지 여잔지, 남자
면 어떤 남잔지, 몇 살인지, 코는 어떻게 생겼고 눈은 어떻게
생겼고. 그 사람들을 다 기억해 내라는 거예요. 가게에 들렀
던 사람들을 기억해 내느라고 조금만 머뭇거리면 꾸며 대느
라고 그런다고 쥐어박고, 발로 차고. 아저씨가 왜 풍란만 사
가는지 대라고 그러는데, 내가 그걸 알 수가 있어야 말이죠.
엊그제는 그걸 모른다고 얼마나 때리는지. 오죽하면 우리 애
기, 피검사를 다섯 번이나 했다고요. 혈액형이 맞나 틀리나.
다른 남자 애일지 누가 아느냐는 거지요. 그게 정신병자지

사람예요? 우리 혜은이가 에이형이거든요. 우리 혜은이, 불쌍해서 미치겠어요. 그런데 전파사 아저씨가 에이형예요. 그 아저씨가 또 우리 혜은이를 너무 좋아하는 것도 문제고. 내가 너무 치밀해서 에이형인 사람과 바람을 피웠다는 건데. 도저히 못 살겠어요. 그놈이 죽든 내가 죽든 사생결단을 해야지. 저기요, 그래서 부탁하는 건데 감쪽같이 좀 죽여 주세요. 제발요.」

그녀는 순식간에 그 많은 말들을 쏟아 내느라 '제발요' 할 때는 거의 숨이 넘어갈 것처럼 보였다. 식물 향기가 밴 그녀의 맨살에 내 살을 비비며 '죽여 주세요' 소리를 듣는 것은 얼마나 자극적인가. 그러나 그녀가 죽여 달라는 것은 그녀의 남편이었다. 끔찍한 일이었다. 순간, 나는 그녀가 진저리를 치는 것과 리듬을 맞춰 내 몸뚱이가 부르르 떠는 것을 느꼈다. 그것도 괜찮은 느낌이었다. 그녀의 몸뚱이와 리듬을 맞추는 것만으로도 나는 그녀를 다 가진 듯한 느낌 속으로 빠져들었던 것이다. 이런 인연을 뭐라고 규정해야 하는가. 나는 그녀가 울면 나도 눈물을 뚝뚝 흘리게 될 것 같았고, 그녀가 배시시 웃으면 나도 배시시 웃을 것 같은 느낌에 사로잡혔다. 제발요, 하필이면 제발 남편을 죽여 달라는 얘기가 나온 그 순간에 말이다. 물론, 그러므로 나는 그녀와 내가 아주 변태적인 상상 섹스를 벌인 것처럼 생각됐고, 그런 상상 섹스도 이 세상에 당연히 존재한다는 것을 처음 안 기분이었다. 일상적인 섹스에 너무 익숙하고, 그것이 너무 권태스러워 일부러 각본을 짜놓고 기형적으로 육체를 탐닉한 것처럼 말이다.

'우리는 지금 질펀한 섹스를 벌이고 있는 것이다'라고 나는 받아들였다. 아니, 나도 모르게 그렇게 말한 모양이었다. '우리는 지금 질펀한 섹스를 벌이고 있는 것이다'라고. 그녀는 어머 어머 하더니 갑자기 「그러게 말예요」라고 말했던 것이다. 놀란 것은 그녀가 아니라 나였다. 나는 놀림감이 된 것 같기도 했고, 살인을 청부받은 느낌이기도 했다. 누에처럼 변해 버린 무골 덩어리를 확인하는 참담함과 느닷없이 살인을 부탁받는 괴이쩍음을 동시에 가누는 일이란 쉽지 않았다.

제기랄. 나는 나도 모르게 뱉어 버렸다. 어느새 내 손길에서 벗어난 꽃집 여자가 옷을 입는 소리가 들려왔던 것이다. 그 소리는 나비가 날아오르기 위해 자신의 날개를 확인하는 것처럼 신비롭게 들렸다. 옷을 입는 것이 아니라 비늘을 다 떼어 냈다가 자신의 세상으로 돌아가기 위해 스스로 비늘을 하나 하나 붙이는 소리 같았다.

그녀가 하나 하나 옷을 입을수록 그녀의 몸은 빛나기 시작했다. 마침내 내가 벗겨 냈던 그녀의 옷이 다시 그녀의 몸을 완벽하게 감쌌을 때 나는 한 마리 나비가 내 방을 환히 비추고 있다는 것을 알았다.

「어딜 가려고요.」

그녀는 「어디긴요」라고 말한 다음 「가게에 가봐야죠」라고 토를 달았다. 맞는 말이었다. 그녀가 나에게 와 있었던 동안 그녀의 남편은 시간을 재고 있었을지도 모르고, 그것과 상관없이 그녀의 가게는 밤 열두 시 넘어서까지 문을 열어 놓고 있는 경우가 많았다. 그녀가 가게에 가봐야 한다며 옷을 주섬주섬 입는 것은 자리를 피하기 위한 임기응변도 아니고 위선도 아니었다. 그녀가 풍란처럼 내 방에만 들어앉아 있을 수만은 없는 일이었다. 그런데도 나에게는 그녀가 꽃을 한 송이 사러 간다고 말한 것처럼 들렸다.

「꼭 날아가기 직전의 나비 같네요.」

「누가요.」

「누구긴, 당신 말예요.」

그녀가 자신의 몸에 비늘을 붙이는 시간은 아주 긴 듯했지만 실상 아주 짧았다. 그녀는 옷을 다 입고, 벽에, 아니 책장에 기댄 채 나를 물끄러미 내려다보았다. 그제서야 나는 내가 여전히 누워 있다는 것을 알았고, 어쩌면 나는 잠기운 때문에 그녀가 비늘을 붙이고 있다는 환상에 빠져 있었던 것인지도 모른다고 생각했다. 그녀가 비스듬히 기대 있었으므로 그녀의 종아리와 치마 안의, 그러니까 허벅지와 손수건을 반으로 접은 것 같은 팬티가 눈에 들어왔다. 그것은 아주 묘한 느낌을 주는 빛의 덩어리였다. 다시 그녀의 발과 종아리와 무릎과 허벅지를 지나 그녀의 몸속으로 들어가고 싶다는 생각이 간절했다. 나는 누운 채로 그녀의 종아리를 쓰다듬었다. 그러자 그녀는 살짝 몸을 틀었고, 짬을 두었다가 내 손이 닿지 않는 곳으로 궁둥이를 옮겨 갔다.

「조금 전까지는 내 인생에 없었던 순간예요.」

아주 먼 곳으로 떠나기 위해 날갯짓을 하기 직전의 나비가 하는 말 같았다. 어쩌면 그녀는 정말로 나비일 수도 있으리라. 나는 그녀의 말에 동의했다. 그녀의 말은, 당신과 내가 몸을 합치기 직전까지 갔던 것은 하나의 가상공간이었다고 말하는 것과 같았다. 나 역시 그랬다. 나는 그녀와 함께 있었던 시간에 생긴 일을 잊지 못할 것이었고, 그것도 하나의 인생이라고 부를 수 있을 것이었다. 그녀 또한 나와 함께한 인생을 잊지 못할 것이었다. 그것이 단 한순간이라고 한들 말이다.

「얘기하지 않아도 상관없지만, 한 가지 알고 싶은 게 있어요.」

「말해 봐요」라고 나는 말했다. 「사실은 뭘 하는 사람인지 굉장히 궁금했어요. 풍란도 풍란이지만 그걸 물어보고 싶었거든요」라고 그녀는 책장에 등을 기댄 채 물었다.

나는 외국에서 공부하고 돌아왔으나 그사이 아내가 어디론가 사라져 버렸으며, 그렇지만 아내를 찾는 일보다 나를 원하는 대학을 찾는 일에 몰두하고 있었으며, 그런 와중에 어머니가 화분에 머리를 맞아 돌아가셨고, 상을 치른다 뭐다 하다 보니 아직 나를 원하는 대학을 찾지 못한 처지라고 마라톤 선수처럼 숨을 몰아쉬며 말했다.

「어머니가요? 흙처럼 무거운 게 없긴 한데, 어쩌다 그런 일이. 좋은 일은 하나도 없었군요. 그래서 요즘 풍란 키우는 데 재미를 붙여 보려는 거였군요. 음, 어머니는 돌아가셨고…… 아유, 궁금해라. 대학을 먼저 찾을까, 아내를 먼저 찾을까.」

그녀의 말을 듣고 보니 나 역시 궁금해지는 것을 어쩔 수 없었다. 내가 찾지 않아도 아내 스스로 내 앞에 나타날 수도 있는 것이리라. 대학 역시 그렇게 될 수도 있을 터였다. 어느 쪽이든, 둘 다 아니든, 상관없는 일이었다. 나는 아내의 행방에 대해서도, 대학의 행방에 대해서도 확신할 수 있는 처지가 아니었으므로 대답할 수 없었다. 대신 나는 어머니를 떠올렸다. 가끔 김치를 들고 나타났다가 사라지는 어머니는 내가 풍란을 키우는 것을 보고는 '징그럽다, 키우지 마라, 속내를 다 드러낸 식물을 키울 게 뭐냐'고 힐난했었다. 처음에는 그게 무슨 뜻인지 몰랐었다. 어머니는 두세 번 얘기했는데도 내가 알아듣지 못하자 '뿌리를 다 드러내 놓고 살면서도 그렇지 않은 척하는 여자를 찾아서 뭐 하느냐'고, 아주 노골적으로 경멸했다. 아내가 뿌리를 어떻게 드러냈는지는 정확히 모르지만, 중요한 것은 어머니가 뿌리를 다 드러내 놓고 사는 생명체에 대해서는 그게 사람이든 식물이든 아주 안 좋게 생각한다는 점은 분명했다. 어머니는 그 뒤로 한 달 넘게 김치를 가져오지 않았다. 나는 아내가 돌이킬 수 없는 약점을 어머니에게 들켰다고 생각했다. 그게 무엇인지는 구태여 알려고 할 필요가 없었다. 아내가 돌아오지 않고 있는데 그걸 알아서 무엇 한단 말인가. 그런데 알고 보니 어머니는 나에게 김치를 나르는 대신 무슨 사연인지 꽃집을 오가곤 했던 모양이었다. 그리고 화분에 맞아 자신의 죽음을 앞당기는 어처구니없는 운명과 조우했던 것이다.

「이사하세요. 와서 보니 여기서는 꽃이 못 살겠네요. 어쩌면 사람이 살 수 없는 곳인지 몰라요. 이 얘길 꼭 해주고 싶었어요. 꽃이 못 사는 곳에서 사는 건 사람이 사는 게 아니라는 거죠. 공기가 흐르지 않는 집이 가끔 있어요. 이사하세요. 아, 방문 기념으로 풍란에 얽힌 얘기 알려 드릴까요? 풍란의 뿌리 이게요…… 마야고는 반야를 짝사랑했거든요. 반야에게 선물하려고 베를 짜고…….」

그녀의 말이 끝나자 현관문이 닫혔다. 그녀와 나 사이에는 거대한 철판이 가로막고 있었다. 철판 이쪽과 저쪽의 간격은 아주 멀게 느껴졌다. 그것은 풍란을 어떻게 키워야 하는지 알고 있는 여자와 풍란을 키울 줄 모르는 사내와의 거리였다. 나는 현관에 귀를 대고 그녀의 발짝 소리가 조금씩 작아지는 것을 들었고, 마침내 그녀의 발짝 소리가 전혀 들리지 않는다는 것을 알았다. 나는 돌아서서 죽어 버린 풍란 화분을 향해 손을 가져갔다. 나는 언제나 풍란의 뿌리 밑, 이끼 쪽에 엄지와 검지를 갖다 대보는 것으로 난의 상태를 확인하곤 했다. 내 손은 꽤 건조하기 때문이었다.

내 손과 피부는 어머니를 닮았다. 그게 중요한 것은 아니다. 나는 풍란이 어떤 상태에 있는지 제법 섬세하게 점검한다. 어느 한 손가락의 판단만으로는 화분의 수분 상태를 정확히 알 수 없으므로 정확한 진단을 위해 두 손가락을 이용해 화분의 물이 바짝 말랐는지 아닌지를 가늠하는 것이다. 양쪽 손가락 모두에 꺼칠한 느낌이 닿는다. 그러면 물을 준다. 꽃집 여자가 물을 주라고 했으니 물을 주는 것이다. 그런데, 그렇게 해도 풍란은 계속 죽었고 꽃집 여자는 살내를 잔뜩 남기고 가면서 나에게 이사를 하는 게 좋겠다고 명령하다시피 말했다. 그리고 그녀는 밖으로 사라져 버렸다. 얼마나 황당한 애기인가. 차라리 대학에 자리를 얻는 일에 관해 애기했더라면 아무렇지도 않았을 것이다. 어색하기는 하지만 그래도 아내를 찾아야 하는 것 아니냐고 애기했어도 이사하라는 애기보다 낯설지는 않았을 것이다. 나는 자꾸만 꽃이 못 사는 곳에서 사는 건 사람이 사는 게 아니라고 단정한 꽃집 여자의 말을 떠올렸다. 풍란도 살지 못하는 곳에서 사람이 산다는 것은 공기가 너무 나쁘다거나, 그나마의 공기도 제대로 흐르지 못할 만큼 통풍이 안 되는 공간이라는 애기까지 덧붙인 것을 보면 무시할 수 있는 애기는 아니었다. 나는 이사를 해야 하는 것은 아닌가 생각했다. 미련은 없었다. 미련이 있다면, 그것은 이사할 경우 꽃집 여자를 보지 못하게 된다는 점일 터였다. 꽃집 여자를 보려면 차를 타고 오거나 먼 걸음을 하거나 해야 하리라.

나는 다시 풍란 분을 향해 눈길을 보냈다. 다섯 개의 화분 중 세 개의 풍란은 내가 보기에도 다 죽어 버렸고, 나머지 두 개의

풍란도 온전치 못했다. 잎은 검푸른빛을 띠고 있었고, 철사 같
은 뿌리들은 중간 중간 흑갈색으로 변해 있었다. 흑갈색이 차
지한 면적은 시간이 지날수록 커져 가고, 그러다 보면 두 개의
풍란도 숨을 거둘 터였다. 나는 꺼칠하게 말라 버린 풍란 화분
의 이끼에서 손을 거둬들이다가 그녀가 남긴 풍란에 얽힌 이야
기의 한 대목을 움켜쥐었다.

「마야고는 베를 짜서 옷을 만들어 놓고 반야를 기다렸는데,
반야는 마야고를 못 본 척하고 쇠별 꽃밭으로 가버린 거예
요. 마야고는 자신이 짠 옷이 쓸모없게 된 것을 알고 절망해
서 옷을 갈기갈기 찢어 버렸죠. 그래도 화가 풀리지 않으니
까 반야를 현혹시킨 쇠별꽃을 지리산에서 피지 못하게 했다
지 뭐예요. 마야고가 찢어서 버린 옷의 실오라기들이 나중에
풍란이 됐다는 건데…… 후후, 그게 바로 질투의 힘이죠,
뭐.」

풍란의 꽃말인 질투를 생각하면서 나는 형사가 다시 부를 수
도 있으니 의심받지 않으려면 협조 잘하라고 으름장 놓았던 것
을 떠올렸다. 그는 또 잘 먹고 죽은 사람은 때깔도 곱다더니 그
여자는 죽어서도 섹시하더라고, 전혀 형사답지 않은 소리까지
늘어놓은 다음 내 등을 떠밀었다. 나가도 좋다는 뜻이었다. 나
는 천만다행으로 살인 용의자 혐의를 벗었다는 데 안도했지만
홀가분한 기분은 아니었다. 형사가 근엄한 표정을 지음으로써

꼭 범인을 잡고야 말겠다는 의지를 보여 줬어도 나를 참고인으로 데려온 것을 이해할까 말까인데, 형사와 폭력 사범은 아침을 먹고 어디로 출근하는가를 확인하기 전에는 형사인지 폭력 사범인지 분간할 수 없다는 평소의 생각을 다시 확인시켜 주듯이 죽은 사람 장례도 치르기 전에 그 여자는 죽어서도 섹시하더라 운운했던 것이다.

그때, 나는 꽃집 여자를 지상에서 사라지게 한 범인이 누구인지 꼭 검거해야 한다고 강렬하게 원하는 쪽은 형사가 아니라 나라는 느낌이 들었다. 한심하게도 나는 그녀가 말한 대로 이사를 해야겠다는 생각을 잠깐 했었으며, 이사를 하게 되면 그녀를 못 보게 된다는 사실을 안타깝게 받아들였었다. 바로 그 밤에 말이다. 그런데 그녀는 그 밤이 다 지나기 전 누군가의 손에 죽임을 당한 것이다. 식물이 살지 못하는 공간에서 사람이 어찌 살겠느냐고, 그동안 내가 들어왔던 말 중에서 나를 진심으로 위하는 느낌으로 다가왔던 말을 던져 놓고 사라진 그녀가 말이다. 문득 나는 슬픔에 사로잡혔고, 강력 사건의 대부분은 면식범의 소행으로 밝혀진 경우가 많았다는 것을 떠올렸다. 제일 먼저 슈퍼 주인이 떠올랐고, 전파사 남자와 늘 분갈이를 하고 있던 표정 없는 그녀의 남편이 떠올랐다. 또 있었다. 중고 가구점 남자와 종업원도 떠올랐다. 그들은 단순하게 생각할 때 아주 유력한 용의자였다. 또 있었다. 슈퍼 주인의 아내였다. 그녀는 가끔 자신의 남편이 맥주 한두 병이라도 슬쩍 들고 나갈라 치면 악다구니를 쓰며 맥주병을 빼앗곤 했고, 빼앗은 맥주병으로 남편의 뒤통수라도 칠 듯 팔을 치켜들고는 했었다. 그녀는 또한 다른 남정네들과 달리 혜은이를 돌보는 일이 거의 없었다. 슈퍼 사내가 꽃집 여자네 혜은이를 예뻐한다는 점만으로도 그녀는 질투를 할 수도 있었다. 꽃집 여자는 말했었다. 질투의 힘에 대해서 말이다.

아무튼, 그들 모두는 꽃집 여자의 생활 방식을 손금 보듯 훤히 아는 처지였고, 그녀가 안심하고 아이를 맡길 정도로 신뢰하는 사이였다. 그들 중 누군가가 칼로 목을 찌르는 시늉을 하고, 화분을 들어 머리를 내리칠 시늉을 하더라도 그녀로서는 '장난도 심하시지' 해가며 웃었을 것 같았다. 무조건적인 신뢰로 보이는 것들은 간혹 목숨을 요구하기도 하는 것이다.

나는 경찰서에서 나와 일부러 내가 묵고 있는 오피스텔 빌딩의 지하상가로 들어섰다. 중국산 우렁으로 된장을 끓여 내는 식당에서는 살인 사건이 일어난 뒤숭숭한 분위기에도 아랑곳없이 식당 아주머니 서너 명이 식탁 위에 화투장을 내려치고 있었다. 우렁 된장 아주머니 앞에 천 원짜리 지폐가 꽤 쌓여 있는 것으로 보아 '쓰리 고' 몇 번쯤은 한 듯했고 다른 아주머니들의 얼굴은 그다지 기분이 좋아 보이지 않았다.

「아저씨이.」

내가 그곳을 곁눈질하며 지나치려 하자 광을 판 뒤 쉬고 있었는지, 아니면 단순히 구경만 하고 있었는지 라면집 여자가

문을 열고 뛰쳐나왔다. 꽃집으로 향하는 상가 복도를 지나는
사람은 나뿐이었으므로 '아저씨이'는 나였고, 나는 당연히 고개
를 돌려 라면집 여자를 돌아보았다.

「아이고, 무사히 나오셨네. 우리가 얼마나 걱정했다고요. 이
  빌딩 남자들 씨를 말리는구나 싶었지 뭐유. 그래, 범인은 잡
  았대요? 누구래요 누구?」

범인이 누구인지 알았으면 나는 지하상가 쪽으로 방향을 잡
지 않았을 거였다. 경찰서에 붙잡혀 있었던 시간이 하루 남짓
됐지만 여차하면 살인 용의자가 될 수 있는 처지였으니 엘리베
이터 타는 것조차 답답해 한걸음에 서너 계단씩 뛰어올라가 잠
구덩이에 빠졌을 터였다.

「글쎄요, 아주머니는 누가 범인인 것 같아요?」

「아이고 아저씨도 참. 내가 그걸 알면 진작에 신고했지 화투
  판에나 엉덩이 붙이고 있다가 라면 끓여 번 돈 털어먹고 있
  겠수? 돈도 돈 있는 집을 알아보는지 그놈의 고스톱도 영 안
  돼. 쳤다 하면 싸고, 죽으려고 하면 밀려 치게 되고. 그나저
  나 아저씨 혼자 나온 거 보니 다른 남자들은 아직도 조사받
  고 있나 보네. 쯧쯧, 어떤 미친놈이 그런 짓을. 흉악하기도
  하지.」

라면집 여자는 혀를 차며 다시 가게 안으로 들어가 고스톱
판으로 섞여들었고, 나는 줄지어 선 가게들 안쪽을 훔쳐보면서
상가 복도를 지나 엘리베이터 쪽으로 갔다. 라면집 여자 말대

로 슈퍼 남자도 보이지 않았고, 전파사 사내며 중고 가구점 사내들도 보이지 않았다. 꽃집 남자도 보이지 않았는데 그가 경찰서에 있는지 영안실에서 문상객을 맞고 있는지는 알 수 없는 일이었다. 상가는 마치 재개발 직전이라서 모두 철시한 모습을 하고 있었는데, 나는 그제서야 나도 문상을 가야 하는 것은 아닐까 하는 생각에 사로잡혔다. 다른 사람들이 어떻게 생각하든, 나는 그녀의 단골이었고, 더군다나 그녀가 숨지기 전 그녀의 살내를 맡은 처지였다. 또 풍란에 얽힌 애기까지 전해 들은 터였다. 더더군다나 그녀로부터 풍란 키우는 법을 배우고, 식물도 살지 못하는 곳에서 사람이 어떻게 살겠느냐고, 이사 가라는 고언까지 들은 처지였다. 그러므로 마땅히, 문상을 가야 도리지 싶었다.

문상을 가기 위해 다시 빌딩 밖으로 나서면서 나는, 어머니가 화분에 머리를 맞고 돌아가셨을 때 꽃집 주인이 사흘 내내 빈소를 지켰던 사실을 떠올렸다. 꽃집 주인에게도 잘못은 있었다. 화분 진열을 좀 더 안전하게 해놓았어야 하는 책임이 그에게 있었던 것이다. 그러나 아버지와 나, 그리고 동생은 꽃집 주인에게 가혹하게 하지 않기로 결론을 낸 처지였다. 우리는 다 같이 어머니의 운명이 그렇게 예정되어 있었던 것이라고, 어머니의 죽음 때문에 꽃집을 해서 겨우 먹고사는 사람의 예금 통장을 허는 사람이 되지는 말자는 데 합의했던 것이다. 그런데도, 꽃집 남자는 사흘 내내 빈소를 떠나지 않았었다. 고맙고 측은한 일인 동시에 그가 우리 가족의 결정에 대해 얼마나 미심쩍어하고 있는가를 증명시켜 주는 일이기도 했다. 그렇다고 나와 동생이 가슴을 뒤집어 보여 줄 수도 없는 일이었으므로 답답한 쪽은 꽃집 주인이 아니라 어머니의 상을 치르고 있는 동생과 나, 그리고 아버지였다.

화분에 머리를 맞아 돌아가신 어머니의 기억을 떨쳐 내며 나는 꽃집 여자의 영전에 국화 한 송이를 바치고 두 번 절했다. 이제 상주와 맞절을 해야 할 차례였다. 나는 꽃집 여자의 영정에서 몸을 돌려 상주를 향해 섰고, 그 순간 몇 명의 상주 중에 꽃집 여자의 남편이 없다는 것을 알았다. 늘 가게 앞에 퍼질러 앉아 흙 속에서 돌과 실뿌리 따위를 골라내던 사내가 보이지 않았던 것이다. 나는 전혀 낯모르는 상주들과 마주 서서 절을 했고, 절을 하고 난 뒤 무릎을 꿇고 앉아 ‘경황이 없으시겠습니다’라는 말만 경황없이 남긴 채 얼른 일어섰다. 순서로 치면 ‘나는 이러저러한 사람입니다’라고 해야 옳았으나 ‘저는 풍란을 자주 샀던 사람입니다’라고 말할 수는 없는 노릇이었다.

상주들 앞에서 물러나 구두를 꿰어 신고 나오려는데 문상객들 중의 한 사람이 일어나 나에게로 다가왔다. 그가 누구인지 나는 금세 알아보았다. 중고 가구점 주인이었다.

「경찰서까지 잡혀 갔단 얘긴 들었는데…… 애꿎게 고생한 양반이 문상을 다 오시고……. 우리 가게에서도 진열장을 하나 사가셨던가? 에어컨도 사가고. 고생했수다.」

그의 얘기를 듣고 보니 내 인격이 갑자기 올라간 느낌이기도 했고, 화분 몇 번 사간 처지에 주제넘게 문상까지 하러 온 사내 취급을 받는 느낌이기도 했다. 어떻게 보면 중고 가구점 사내에게서 '또 필요한 물건은 없느냐, 내가 얼굴을 익혀 두었으니 물건 사러 오면 좀 싸게 해주리다' 하는 얘기를 들은 기분이기도 했다.

「왔으니 목이라도 축이고 가셔야지. 살인범 누명을 쓸 뻔했으니 한잔 캭, 기분 전환하란 얘기죠. 에이, 죽일 놈들. 세상에 믿을 놈 없다더니…….」

에이 죽일 놈들, 이라는 말이 나오지 않았다면 나는 문상객들의 틈바구니에 끼지 않았을 것이다. 그 말속에 어쩐지 꽃집 여자의 남편이 부재중인 근거가 섞여 있는 듯해서 나는 못 이기는 척 술추렴을 하고 있는 문상객들의 술상 앞에 궁둥이를 내렸다. 술상 앞에는 전파사 사내도 있었고 슈퍼 주인과 그의 아내도 있었다.

「범인은 아직 못 잡았답니까.」

나는 전파사 사내가 따라 준 소주를 한번에 털어 넣었다. 정말이지, 싹 씻어 내고 싶었다. 풍란을 키워 보겠다고 안간힘 썼던 일도, 꽃집 여자가 살해당한 일도, 형사에게 집요한 질문을 받았던 일도, 학교에 자리가 나기를 고대하며 여기저기 기웃거리고 다녔던 일도 다 씻어 내고 싶었다.

「이 양반, 보기보다 형광등이구먼. 내가 그러잖았소. 세상에 믿을 놈 하나 없다고. 경찰이 내보내 준 것만 해도 그렇지. 경찰이 혐의 없다고 순순히 내보내 줍니까. 혹시나 혹시나 해가며 계속 닦달하고, 요리조리 유도 심문하고.」

중고 가구점 사내도 씻어 낼 것이 많은 모양인지 소주를 탁 털어넣었다. 자초지종을 설명하는 것보다 소주 한 잔 마시는 것이 더 급하다는 시늉이었다.

「범인이 잡혔다잖아요. 그런데 참, 기가 막혀서. 죽을 놈은 안 죽고…… 하느님도 참 불공평하시지. 짐승만도 못한 인간 같으니라고.」

짐승만도 못한 인간과 불공평한 하느님 운운한 사람은 슈퍼 사내의 아내였는데, 나는 그 소리를 들으면서 이번에는 슈퍼 사내가 건네주는 소주잔을 받아 들었다.

「글쎄, 그 의뭉스러운 꽃집 남정네가 뭐라더라, 디엔에이, 그렇죠 여보? 디엔에이 검사. 혜은이가 자기 새끼인지 아닌지 알아보려고 그, 디, 디엔에이 검사까지 해봤다지 뭐예요. 의처증이 그렇게 무서운 건가? 여하튼 그 희한한 검사를 했는데도 아무 이상이 없는데 때리고 밟고 그러니 누가 견디겠어. 매에는 장사가 없다잖아. 안 그래요 여보? 오죽하면 새댁이 중고 가구 총각에게 남편 좀 죽여 달라고 부탁했겠어.」

도무지 알아들을 수 없는 소리였다. 죽은 사람은 꽃집 여자인데, 슈퍼 사내의 아내는 꽃집 여자가 누군가를 시켜 남편을 죽여 달라고 부탁했다는 얘기를 하고 있었다. 그러나 낯선 소리는 아니었다. 그녀는 나에게도 제발 남편을 좀 죽여 달라는 소리를 했었다.

「사람이, 횡설수설하기는. 보쇼, 명색이 상간데 여기서 살인 사건 얘기할 건 못 되지. 고인의 가족들도 있는데, 암, 지킬 건 지켜야지. 자, 한 잔만 더 하고 일어납시다.」

소주 한 잔을 더 마시고 일어나 영안실 밖으로 나왔을 때에서야 나는 슈퍼 사내의 아내가 횡설수설할 수밖에 없었던 자초지종을 알았다. 범인은 중고 가구점 종업원으로 밝혀졌다는 얘기였다. 중고 가구점 종업원은 꽃집 여자가 남편의 의처증 때문에 밤마다 구타를 당한다는 사실을 알고 있었고, 그 구타에는 걸핏하면 너 죽고 나 살자 식으로 목을 조르는 경우도 있어서 꽃집 여자가 멍 자국을 가리기 위해 한여름에도 늘 폴라 티를 입는다는 점도 알고 있었다는 것이다.

중고 가구점 종업원이 꽃집 여자를 사랑했던 것은 아닐까. 그랬을지도 모른다고 슈퍼 사내는 혀를 끌끌 차면서 말했다. 그래도 그렇지. 남편 죽여 달라는 여자나, 여자가 불쌍하다고 남편을 죽여 주겠다고 달려든 놈이나 다 똑같지 않느냐고.

「그러니까 내 얘기는 두 사람 사이에 정말 썸씽이 있었을지도 모른다 이 얘기요. 자장면 값 꾸어 달라는 부탁을 받은 것도 아니고…… 사람을 죽여 달라는 부탁을 하고, 그 부탁을 들어 주고, 그게 보통 사이겠느냐 이 말이오. 둘 다 정신 나간

사람이지. 아, 사랑하면 정신 나간 줄 모르게 정신이 나가게
돼 있다니까.」

이게 무슨 소리인가. 나는 이 사람들이 추리극의 한 토막에
대해 얘기하는 것은 아닌가 고개를 갸웃거리면서도 눈앞에 없
다고 해서 두 사람의 관계를 이상한 데로 끌고 가는 슈퍼 사내
야말로 꽃집 여자를 좋아했던 것인지도 모른다고 짐작했다. 그
의 얘기에서도 얼마간 질투의 힘이 느껴졌던 것이다.

「아저씨도 참. 그런 얘기 함부로 했다가 봉변이라도 당하면
어쩌시려고.」

내가 분위기를 바꿔 보려고, 실은 살인 사건의 전말이 어떻
게 됐단 말이냐고 채근하는 수단으로 말허리를 자르고 나서자,
그들은 나를 향해 보기보다 둔한 사람이라고 이죽거린 다음 애
기를 계속해 주었다.

그들의 얘기를 종합해 보면 죽어야 할 사람은 꽃집 남자였
다. 하지만 엉뚱하게도 꽃집 여자가 죽게 됐고, 거기에는 사람
의 운명이란 참으로 모를 것이라는 말을 증명하듯 얽히고설킨
죽음의 방정식이 도사리고 있었다.

거기에 사랑이 개입됐는지는 몰라도 꽃집 남자는 의처증이
꽤 심한 사람이었다. 그는 늘 분갈이에 열중하고 있었으나 분
갈이는 손이 하는 것이므로 두 눈으로는 꽃집에 드나드는 사람
들을 지켜보고 있었다. 그 눈길에 나도 걸려들었겠지만, 나보
다 먼저 걸려든 사람이 중고 가구점 종업원 사내였다.

다시 말하지만, 중고 가구점 종업원 사내가 꽃집 여자를 사랑했는지는 모르지만, 어쨌든 그는 꽃집 여자가 밤마다 남편의 구타에 시달리고 있다는 사실을 알고 있었고, 그 구타로부터 꽃집 여자를 구해 내야 한다는 의무감에 사로잡혀 있었다. 그가 형사 앞에서 그렇게 자백했다는 것이다.

그는 어느덧 꽃집 사내를 없애기 위한 살인 계획을 짜기 시작했고, 그날, 그러니까 어제 그 살인 계획을 실행에 옮기기로 작정했다. 어제는 마침 상가 사람들이 야유회를 갔다 온 날이었고, 야유회에서 상가로 돌아온 사람은 그리 많지 않았는데 상가로 돌아온 사람들 중에는 꽃집 여자와 그녀의 남편, 그리고 중고 가구점의 종업원이 포함돼 있었다. 말하자면, 꽃집 여자의 남편을 없앨 때 목격자를 최소화할 수 있는 최적의 조건이 만들어진 셈이었다.

중고 가구점 종업원 사내는 꽃집 여자의 남편이 분갈이를 시작하기 위해 모종삽과 화분 따위를 가게 앞으로 꺼내 들고 나올 때 전속력으로 질주해 꽃집 여자의 남편이 들고 있던 모종삽을 뺏어들었다. 그다음은 볼 것도 없이 모종삽으로 꽃집 여자 남편의 목을 찌르고, 남편이 억, 하고 넘어지는 찰나 가장 큰 화분을 들어 올려 꽃집 남편의 머리를 내리치는 것이었다. 물론 꽃집 여자를 구해 내기 위한 치밀한 살인 계획은 일견 순조로웠다. 모종삽으로 목을 찔린 꽃집 여자의 남편이 억 소리를 내며 뒤로 주저앉았다. 일이 계획대로 진척되는 것에 안도

한 중고 가구점 종업원 사내는 미리 점찍어 둔 화분을 들어 올리기 위해 진열대 위로 손을 뻗었다. 그때 변수가 등장했다. 꽃집 여자의 남편이 초인적인 힘을 발휘해 초인적인 스피드로 몸을 일으켰고, 역시 초인적인 순발력으로 인간 폭탄처럼 중고 가구점 종업원 사내를 향해 돌진했다. 중고 가구점 종업원은 기습을 당한 거였고, 당연히 본능적으로 방어 자세를 취할 수밖에 없었다. 그것은 돌진해 오는 꽃집 여자의 남편을 향해 들고 있던 화분을 내던지는 것이었다. 그는 실제로 그렇게 했다. 그러나 화분은 꽃집 남자의 머리에 맞지 않았다. 그 묵직한 화분이 날아오는 순간 꽃집 여자의 남편은 초인적인 순발력을 발휘한 것인지, 고통을 더 이상 참을 수 없어 고꾸라져 버린 것인지 알 수 없지만 순식간에 허리를 꺾으며 무너져 내렸다. 그의 머리 위를 지난 화분은 남편의 의처증으로부터 벗어날 기대에 부풀어 방심하고 있던 꽃집 여자의 머리에 맞고 말았다. 그것이 다였다. 만화 같은 얘기였으나 꽃집 여자는 그 화분에 맞는 순간 절명했으므로 절대로 만화 속의 이야기는 아니었다.

사람이 그렇게 죽을 수도 있다니, 내가 화분에 머리를 맞은 것처럼 머리가 깨질 듯이 아파 왔다. 뿌리를 다 드러내고 사는 것은 풍란뿐인 줄 알았는데 중고 가구점 종업원처럼 한 여자를 위해 뿌리를 다 드러내 살인 계획을 실천에 옮기는 사람이 있다는 게 믿기지 않았다.

나는 영안실을 나서 오래도록 걸어 오피스텔의 작은 방, 풍란조차 살지 못하는 방으로 돌아왔다. 모든 기억은 내가 풍란을 키움으로써 시작된 것 같았고, 그래서인지 꽃집 여자의 죽음에는 내 탓도 얼마간 섞여 있는 것 같았다. 아닌 말로, 내가 꽃집 여자 남편을 없애기 위해 화분을 쳐들었다면 인간애에 불타 시도된 살인 계획이 성공했을지도 모른다는 느낌이 들었다. 그가 누구이든, 그가 살인범인 것이 밝혀져 경찰서 형사 앞에서 취조를 당할지도 모른다고 해도 말이다.

그 밤, 나는 영안실에서 돌아와 이사를 결심했다. 이제 나에게는 풍란도 못 사는 곳에서 사람이 어떻게 사느냐, 그러니 이사하라는 말을 해줄 사람조차 없다는 것을 알았다. 얼마나 서글픈 일인가. 마땅히 이사를 해야 하는 것이었다. 이사를 해야겠다고 작정하고 보니 오피스텔에서 보낸 세월 동안 나는 아무것도 한 일이 없는 것 같았다. 아내를 찾은 것도 아니고, 대학을 찾은 것도 아니었다. 그저 풍란을 사다 나르고, 사다 나른 풍란을 죽여 내보낸 것이 내가 한 일이라면 일이었다. 또 있었다. 그것은 내가 풍란의 꽃말을 알았고, 풍란은 뿌리를 드러내고 살아가는 식물이라는 것을 알았다는 점이었다. 그렇더라도 뭔가 성취했다고 할 수는 없었다.

나는 문득, 고개를 틀어 오종종하니 모여 있는 선반 위의 풍란들을 돌아보았다. 다섯 개의 풍란 중 멀쩡한 풍란은 이제 단 하나, 어제 꽃집 여자가 들고 왔던, 방바닥에 떨어뜨림으로써 화분 밖으로 빠져나온 풍란뿐이었고 나머지는 다 죽었거나 거의 죽어 가고 있는 중이었다. 그것만으로도 이사를 해야 하는 이유는 분명했다. 어디로 이사할 것인가는 중요하지 않았다. 중요한 것은 풍란이 잘 자라는 곳, 아내를 찾고 대학을 찾는 것보다 풍란이 자랄 수 있도록 공기가 흐르는 곳이어야 한다는 점이라고, 부동산 중개소에 그 말을 꼭 하리라고 나는 곰곰 생각했다. 어쩐지, 꽃집 여자가 꿈에서라도 나타난다면, 나는 이제 풍란을 잘 키운다고 말해 주고 싶었다.

별

1

그녀는 격렬한 정사를 나누고 돌아가는 날에는 오랫동안 하늘을 올려다보는 버릇을 가지고 있었다. 그럴 때 나는 전조등을 꺼 그녀가 별자리를 쉽게 찾도록 도왔다. 그녀가 하늘을 올려다보는 모습은 언제나 경건해 보였다. 맑은 날도 그랬고, 흐린 날도 그랬다.

그녀가 별자리 찾는 것을 처음 본 날, 나는 그녀가 내 곁을 떠나기 아쉬워 머뭇거리는 줄 알았다. 가지 말라고 잡아야 하는 것은 아닐까 싶기도 했다. 내가 그런 말을 못해 주저한 것은 아니었다. 모든 신경을 하늘에 붙들어 두고 있는 그녀를 훼방해서는 안 될 것 같아서였다. 그녀에게선 의식을 집전하는 것 같은 엄숙한 분위기가 풍겼다.

「안 하던 일이라서 힘들겠지만 점점 나아질 거야. 일이란 건 점점 익숙해지게 돼 있어. 정 힘들면 말해. 다른 일을 맡길 수도 있어.」

「괜찮습니다. 쉬운 일은 없습니다.」

그날, 나는 힘들지 않다고 말했다. 대신에 나도 그녀를 따라 고개를 젖히고 하늘을 올려다보았다. 하늘엔 별들이 가득해 보였다. 얼마 만에 보는 별인가. 별이 어디론가 사라졌다 나타난 것은 아니었다. 내가 별을 보기 위해 고개를 쳐든 적이 없었을 뿐이었다.

그녀는 오래도록 하늘에서 시선을 떼지 않았지만 나는 그러지 못했다. 목이 아팠다. 별이 많다는 것을 확인한 것 외에는 별 소득이 없는 셈이었다. 기껏해야 북두칠성 정도가 기억날 뿐이었다.

「특별히 기억나는 별자리가 없는 모양이지? 고개를 쳐든 다음 어떤 방향에서 얼마나 오래 머무르느냐를 보면 무슨 별자리를 찾는지 대강 알 수 있거든. 무안해하지 마. 별자리를 찾아 뭘 어쩌겠어. 뭘 찾아야 한다는 건 피곤한 일이지.」

「아, 네.」

그녀의 말은 길지 않았다. 명료하고 사실적인 얘기만을 하는 것도 아니었다. 그녀의 말은 더러는 막연했고, 더러는 분명했다. 그래서 그녀를 이해하는 일이 쉽지 않았다.

「왜 여기에 공장을 세웠는지 알아? 여기저기 터를 알아보러 다니다가 길을 잘못 들었는데 금세 밤이 되더라고. 막막하더라고. 무심코 하늘을 봤지. 그날 참 별이 많았어. 공장 터와 별자리가 무슨 상관이냐. 그런데 그냥 그러고 싶었어. 막막해서 하늘을 봤는데 별이 보이고, 그다음엔 마음이 아주 편해졌어. 그래서 여기다 세운 거야. 저게 카시오페이아 자리야. 교만한 왕비가 벌을 받는 모습이라더군.」

그녀는 왕비의 다리, 무릎, 허리, 가슴, 겨드랑이를 연결하면 카시오페이아 자리가 된다고 말했고, 그곳은 모두 성감대라고 말하면서 웃었다. 그것이 그녀가 알려 준 별자리 얘기의 전부였다. 나는, 그녀가 아는 별자리가 무수히 많거나 카시오페이아 자리가 그녀가 아는 별자리의 전부일지도 모른다고 짐작했다. 그날 후로 그녀는 새로운 별자리를 알려 주지 않았던 것이다.

그녀의 목소리는 날씨에 따라 달랐다. 별이 보이는 날에는 맑은 편이었고, 별이 보이지 않을 때는 좀 가라앉는 편이었다. 확률적으로 그랬다. 확률이란 신념처럼 믿을 수는 없지만, 대체로 정확한 법이었다. 나는 그녀가 별을 볼 수 있는 날씨가 되기를 바랐다. 그녀의 목소리가 날씨와 다를 때도 있었다. 섹스에서 만족했다 싶은 날에는 날씨가 흐려도 목소리가 맑았고, 날씨가 맑아도 내가 그녀를 만족시키지 못했구나 싶은 날에는 목소리가 가라앉아 있는 경우가 많았다.

그러고 보면 그녀와 나는 꽤 많은 교합을 치른 셈이었다. 가끔, 나는 별자리를 찾는 척하면서 내심으로는 그녀와 몇 차례나 몸뚱이를 합쳤는가 헤아려 보고는 했다. 몸뚱이를 몇 번 합쳤는가 다 헤아리고 나서도 그녀가 여전히 하늘을 보고 있으면 그녀가 만족해했던 횟수가 몇 번이었던가를 헤아리고, 그다음에는 그녀가 나에게 반말을 한 횟수를 헤아리고, 그녀가 진창에 빠져 구두를 버렸다고 짜증을 낸 횟수를 헤아리고, 누군가로부터 전화가 걸려왔을 때 목소리를 잔뜩 낮춰 통화한 횟수를 헤아렸다. 그럴 때 내가 하는 일이란, 오직 그녀 곁에서 뭔가를 헤아리는 것이 다인 것 같았다. 하지만 나는 자신을 처량맞다고 생각하지 않았고, 그녀에게 미안하다는 느낌도 갖지 않으려 했다. 그게 그거였다. 그녀는 별을 헤고, 나는 별을 헤는 여자 옆에서 다른 것을 셈할 뿐이었다. 그녀 역시 별을 보는 것이 반드시 고상한 취미는 아니라고 했었다.

문득 그녀를 처음 만났던 때도 떠올랐다. 그녀에 대해 헤아릴 소재가 바닥났을 때였다. 무슨 일이든 헤아리기 위해서는 같은 일이 두 번 이상 중복돼야 가능한 것인데, 그녀는 같은 말이나 행동을 보이지 않는 편이었다. 그런 탓에 그녀는 늘 새롭게 보이기도 했지만 정작 그녀가 누구인가를 궁금하게 만들기도 했다. 그것이 그녀의 의식화된 행동인지 무의식중에 형성된 행동 패턴인지는 알 수 없는 일이었다.

그녀를 처음 만났을 때 그녀와 나의 입장은 달랐다. 나에게는 우연이었지만, 그녀는 뭔가 치밀한 계산을 한 게 틀림없었다. 택시 운전면허 시험장에서였다. 시험 답안지를 내고 나왔을 때 그녀가 먼저 말을 붙여 왔다. 그때 나는 택시 운전을 해볼 작정이지만 정말 운전을 하게 될지는 모르겠다고 종잡을 수 없는 생각을 깨물고 있었다.

「저기요.」

낯선 여자의 목소리를 들으면서 나는 자동차 보험의 사회적 기능은 무엇이냐는 문제의 답을 생각했다. 그 문제의 답은 평등적 기능, 강제적 기능, 보장적 기능, 도덕적 기능 중의 하나였다. 우면동이 있는 구는 어디냐고 묻는 문제의 답은 강남구, 서초구, 송파구, 동작구 중의 하나였다. 여객 자동차 운수 사업법 위반이 아닌 것은 무엇이냐는 문제의 답은 미터기 미사용, 차고 외 주차, 호객 행위, 할증료 수수 중의 하나였다. 그 문제들의 어느 항목에 동그라미를 쳤는지 기억이 감감했다. 사람을 옥죄지 않는 시험은 없다.

시험장 밖에는 택시 회사의 홍보물들이 널려 있었다. 숙식 제공, 전차량 오토, 전직원 완전 월급제. 정장을 차려입은 택시 회사 간부들이 허리를 굽히며 명함을 돌려 대느라 어수선한 분위기였다. 택시 운전면허 시험을 치른 게 아니라 사법 고시를 치르고 나온 느낌이었다.

지나친 친절을 경계해야 한다고 판단하지 않았더라면, 나는 택시 회사 홍보물 중 한두 장을 집어 들었을 거였다. 나는 초보 택시기사들이 사고를 많이 낸다는 얘길 귀동냥해 들었고, 초보 택시기사들은 일주일을 견디지 못하고 그만두거나 병원으로 직행하는 경우가 많다는 얘기 또한 여러 번 들었었다. 장기근속한 기사에게는 좋은 차를, 신입 기사에게는 언제 고장 날지 모를 차를 배정한다는 애기, 접촉 사고라도 내는 날에는 기사가 수리 비용을 물어야 한다는 애기는 시험장에서 들었다. 나는 택시기사가 되기 전에 택시기사 앞에 어떤 삶이 도사리고 있는지를 다 들었지만 시험을 포기하지는 않았다.

「저 좀 보실래요.」

여자의 목소리가 지목한 사람은 나였다. 여자는 무릎이 살짝 드러난 짧은 가죽 치마를 입고 있었고, 팥죽빛 가디건과 흰색 블라우스를 입고 있었다. 저녁 다섯 시 반만 되면 해가 넘어가는 늦가을 날에 그런 차림을 한 것을 보면 옷을 입을 줄 아는 여자였고, 멋을 위해 약간 움츠려야 하는 것 정도는 기꺼이 감수할 줄 아는 여자이기도 했다. 여자는 또한 아이섀도를 하지 않고도 예쁜 눈을 지니고 있었고, 양 볼만 도톰할 뿐 몸 전체에 살집이 붙어 있지는 않았다. 그래도 운전면허 시험을 볼 수는 있는 일이었다. 내 옆에서 시험을 치르던 여자도 옷을 잘 입었었고, 그녀의 목덜미에서는 성욕을 자극하는 묘한 향이 풍겼었다. 내 앞에서 시험을 치르던 남자의 목덜미에서는 내가 바르는 것과 같은 스킨 향이 풍겼었다. 그 스킨은 비싼 제품이었다. 그렇지만 나도, 그 남자와 그 여자도 택시 면허시험을 볼 수 있는 거였다.

「시험은 잘 봤나요? 일찍 나오셨군요.」

그녀는 정중한 투로 물었고, 나 역시 예의를 갖춰 대답했다. 언제 어느 때 누가 택시 손님이 될지 모른다고 생각하고 있는 터였다. 시험 시간에 늦을 것 같아 버스 안에서 발을 동동 구르며 생각한 게 바로 그거였다. 그런 생각이 시험에 붙을 것인가 떨어질 것인가보다 중요하게 다가왔었다. 모든 업무에는 자질이 중요하다는 것을 나는 알고 있었다.

연구소장의 지론이 그랬다. 자질이 없는 사람에겐 아무리 쉬운 일을 줘도 안된다고 그는 말하곤 했다. 택시기사의 자질은 사납금을 채우고 나서 가욋돈으로 다만 얼마라도 챙길 수 있어야 한다는 것일 터였다. 그런 현실을 앞당기기 위해서는 우수한 택시기사가 되는 것이었다. 우수한 택시기사는 미터 요금과 상관없이 말 상대를 잘해 주는 것만으로 2, 3일치 사납금을 주겠다는 손님을 놓치지 않아야 하는 법이었다. 나라고 해서 그런 손님을 만나지 말란 법이 없었다. 그런 사람에게 믿음을 주면, 그 손님이 장거리 주행의 단골이 되고 또 다른 장거리 손님을 소개해 주는 경우도 있다고 했다. 나라고 해서 개인적으로 연락을 주고받는, 그런 손님을 소개받지 말란 법은 없었다. 시험 감독관이 들어오기를 기다리고 있던 사람들이 수험표니 필기구 따위를 물끄러미 들여다보고 있다가 한두 마디씩 내뱉은 말들을 이리저리 꿰어 보니 그런 얘기들이었다. 그들은 일하기 좋은 택시 회사가 있을 수 있다는 가정을 하지는 않았지만, 택시기사가 전혀 돈벌이가 안되는 사양 직업이라고 단정하지도 않았다.

「시험이 다 그렇지요, 뭐. 아는 대로 쓰고 나오는 길입니다.

그런데…….」

그녀는 내 질문에 답하는 대신 차 한 잔 할 시간 있느냐고 물었고, 나는 괜찮다고 말했다. 시간이 없다고 한다면 그것은 거짓이었다. 시험 시간을 절반도 채우지 않고 나왔으니 마땅히 차 한 잔 나눌 시간이 있어야 했다.

차 한 잔을 마시고 나자 그녀는 점심을 함께하는 게 어떻겠느냐고 제안했고, 나는 거기에 동의했다. 나는 그녀가 자신을 부풀려서 소개하지 않는 게 마음에 들었고, 나에 대해 자세히 묻지 않는 게 마음에 들었다. 그러나 이상한 여자였다.

차 한 잔은 점심으로 이어졌고, 점심에 반주가 곁들여졌다. 그녀는 술을 마시면 얼굴이 금세 붉어지는 체질이었다. 나 역시 그랬다. 나는 소주를 먼저 마시고 맥주를 마시면 정신이 멀쩡하지만 맥주를 먼저 마시고 소주를 나중에 마시면 빨리 취하는 편이었으며, 같은 술을 계속 마시면 취하기도 전에 배가 아프거나 머리가 지끈지끈해서 나중에는 안주까지 다 토해 버리는 체질이었다. 토하고 난 후에는 술이 더 잘 들어가는 체질이기도 했다. 그런 날 나는 웬만해서는 계산대 앞에 서지 않았다.

「사실, 사람을 좀 알아보러 나왔어. 택시 운전하겠다고 나설 정도면 운전은 웬만큼 한다는 얘기잖아. 게다가 할 말 안 할 말을 가릴 줄 아는 사람이면 더 좋겠지. 당신은 말이 없는 것도 아니고 많은 것도 아닌 것 같네. 조건은 좋아. 운전하는 시간보다 운전 안 하는 시간이 더 많을 거야. 그런데 당신은

어쩐지 근무 조건보다 내가 누구인지를 더 궁금해하는 것 같
네. 후후, 좀 취하는데 어쩌지.」

그녀에게는 술을 마시면 말을 놓는 버릇도 있는 모양이었다.
나는 서른다섯이지만 그녀의 나이는 종잡을 수 없었다. 그녀의
얼굴은 자신이 30대 후반에서 40대 중반 어디쯤이라고 말하고
있었다. 누군가의 곁에 아무리 오래 있어도 나이를 짐작할 수
없는 일이 있는 것처럼 그녀가 어떤 사람인지 알 수 없을 것 같
다는 느낌이 그때 들었다. 나는 말을 놓는 그녀에게 내가 어떤
생각을 하고 있는지 들키지 않으려고 애썼다. 그런데도 그녀는
다 알고 있는 듯했다. 그녀는 한참 후에 「말 놔도 기분 나쁘지
않지?」라고 물었다. 나는 「네」라고 답했다. 나는 그녀가 결례
를 범하고 있다고 생각했을 뿐 기분 나쁘게 받아들인 건 아니
었다. 기분이 상하는 것과 상대방이 나에게 결례를 하고 있다
고 생각하는 것은 좀 다른 것이었다. 오히려 내가 그녀에게서
묘한 호기심을 느꼈다는 것이 중요했다.

「여러 가지 다 갖춘 사람을 찾으시는군요. 저야 뭐, 택시 면
허시험을 치른 마당이니까 어떻게 생각하셔도 좋습니다만,
어쩌면 오래 근무하지 못할지도 모릅니다. 솔직히, 이런 자리
가 얼떨떨하기도 하고요.」

연구소장이 여운을 남겨 놓았던 말이 떠올랐다. 그는 나에게
택시 면허시험에서 떨어지기를 빌겠다고 말했었고, 시험에 합
격해 취직을 했다가도 돌아올 수 있으면 돌아오라고 했었다. 나

는 「돌아가지 않을 겁니다」라고 말했었다. 그런데도 그의 말이 떠올랐다. 그는 사람 마음이란 어떻게 바뀔지 모르는 것이라고 말했었고, 나는 「그건 그렇지요」라고 말했었다. 그러나 돌아갈 생각은 정말이지 없었다. 오래 근무하지 못할 거라는 단서를 단 것은 아마도 그녀가 누구인지 모르기 때문일 거였다.

「나도 언제까지 쓰겠다고 약속할 수는 없어. 그럼 됐지? 그런데 말을 참 조리 있게 하네. 하긴 이빨이 가지런하니 말이 새 나갈 리가 없지. 운전에 대해서는 걱정하지 않아도 돼. 답안지를 빨리 내고 나온다는 것은 머리가 좋든가 머리는 나빠도 판단력은 빠르다는 증거거든. 운전할 때 판단력보다 중요한 것도 없잖아. 그거면 됐어. 그래서 답안지를 빨리 내고 나오는 사람 중에서 선택해야겠다고 작정하고 있었어. 인상도 괜찮고. 아침 여덟 시부터 여기 나와 있었어. 들어갈 때도 보고 나올 때도 보고 그러려고. 그런데 들어갈 때는 당신 못 본 것 같은데…….」

그녀는 자신의 판단에 대해 꽤 자부심을 가지고 있는 듯했다. 사람을 택하려면 그 정도의 투자는 해야 하는 것 아니냐고 묻는 것도 같았다.

「비가 와서 88도로가 꽤 막혔거든요. 그래서 88도로 빠져나오자마자 버스에서 내려 뛰었죠. 그래도 늦을 것 같아서 후문 계단으로 뛰어 올라갔고요. 그래서 못 보셨나 봅니다.」

「88도로가 아니라 올림픽 도로지. 도로 번호는 팔십팔 번이고. 무슨 시험이든 시험 보는 날은 좀 일찍 나와야지. 아니면 전철을 이용하든가. 고생했겠네. 이런 날엔 경찰들이 좀 도와주면 좋을 텐데. 하긴 택시기사 하겠다고 시험 치러 오는 사람들까지 실어 나르라고 하면 경찰들도 데모를 하고 나서겠지. 후후, 안 그래?」

그녀는 동생 나무라듯이 눈을 흘겼고 가볍게 웃기까지 했다. 후후, 여자들이 흔히 웃는 소리와는 좀 달랐다. 숫기가 좋은 여자였다. 그녀는 스스로 자신의 컵에 맥주를 따른 다음 천천히 잔을 들어 한꺼번에 마셨고, 나는 물끄러미 바라보고만 있었다. 맥주잔을 내려놓을 때 그녀는 좀 더 붉어진 낯빛으로 변했다. 아슬아슬했다. 그녀는 조금 전 취했다고 말했었다.

맥주잔을 내려놓은 그녀는 나에게 또 시간 괜찮으냐고 물었고, 나는 「네」라고 대답했다. 그녀는 나를 밀폐된 공간으로 데려갔고, 나는 그녀를 따라갔다. 차를 가져왔는데 이렇게 마셔 버렸으니 운전을 할 수 없다고 그녀는 말했고, 나는 거기에 동의했다. 나도 술을 마셨으니 그녀 대신 핸들을 잡을 수 없었다. 그녀는 쉬었다 가야겠다고 말했고, 나는 계속해서 그녀의 제안에 동의했다. 「봉급은 오늘 날짜부터 계산하라고 할 테니까 그리 알아 두고」라고 그녀는 말했다.

「그런데 어느 회사 어떤 분의 차를 몰아야 하는지 알아야 제가 찾아갈 수 있을 텐데요.」

「아, 내가 제일 중요한 걸 말해 주지 않았군. 내 차를 맡아야

해. 난 기사 구하는 걸 남의 손에 맡겨 본 적이 없어. 난 저기
서 좀 쉬었다 가야겠어.」

그녀가 먼저 카페 창밖으로 보이는 호텔을 가리켰고, 나는 가
만히 있었다. 나는 아직 그녀의 차를 몰 것인가 말 것인가를 결
정하지 않았는데, 그녀는 내 뜻에 아랑곳하지 않고 카페 계단을
위태롭게 걸어 내려갔고, 나는 그녀의 뒤를 따랐다. 그녀는 프
런트로 당당하게 걸어가 키를 받은 다음 나에게 건네주었다.

「올라가서 좀 쉬고 있어. 생각해 보니 이 근처에 아는 사람이
있어. 그 사람 만나고 나서 연락할 테니까 그때 내려오라고.」

뚱딴지 같은 소리였지만, 나를 고용하기로 작정한 사람이 그
렇다면 그런 거였다. 나는 그녀가 누군가와의 약속을 잊었다가
생각해 낸 줄 알았다. 지극히 사무적인 그녀의 목소리가 그런
확신이 들도록 했다. 하지만 여자는 5분도 지나지 않아 내려오
라는 전화를 거는 대신 자신이 직접 올라왔고, 내가 무안해할
겨를도 없이 내 목덜미에 양 팔을 두르더니 까치발을 들어 내
입술을 훔쳤다. 내 입술을 훔치면서 그녀는 '오래 기다렸지'라
고 물었고 '좀 쑥스러워서'라고 덧붙였다. 누가 오래 기다렸고,
뭐가 쑥스럽단 말인가. 나는 2, 3분밖에 기다리지 않았고, 그녀
는 쑥스러움과는 거리가 먼 행동을 하고 있었다. 뭐가 어떻게
돼 가는지 모를 일이었다. 그녀의 말대로라면, 내가 자신을 유
혹했다는 뜻이 되고, 자신도 유혹에 마음이 끌렸으나 선뜻 발
걸음이 내키지 않았다는 뜻이 되는데, 사실은 그 반대였다. 나

는 택시 면허시험을 치르고 나와 '저기요' 소리를 들은 이후 그녀의 뜻에만 따르고 있었다. 연구소장도 그랬었다. 그는 자신의 데이터를 따르라고 끊임없이 요구하면서도 자신이 그렇게 요구했다는 것을 대부분 잊고 있을 때가 많았다.

그녀는 자신의 혀로 내 입술을 열어 혀를 끌어당겼다. 두 개의 해면체가 뒤엉켰다. 두 해면체의 밖에서는 네 개의 입술이 뒤엉켜 있었다. 음, 그녀가 나를 음식 맛보듯 하고 있다는 느낌이 들었다. 음. 그 소리는, 괜찮군 혹은 훌륭하군, 혹은 왜 이리 밋밋해,라는 의미 중의 하나일 거였다. 뭐가 뭔지 모를 일이었다. 뭐가 뭔지 모르지만, 내 몸뚱이의 일부를 도둑맞고 있다는 느낌만은 확실했다. 그녀가 나를 훔치고 있다고, 나는 몽롱한 상태에서 자각했다. 그녀가 나를 왜 훔치고 있는지 알 수 없었다. 현명한 도둑은 여러 가지를 훔치지 않는 법이었다. 오랫동안 생각하고, 마침내 결론을 내릴 때는 어떻게 침입해 어떤 물건을 훔쳐 어떤 경로로 도망친다는 계획을 세우기 마련이었다. 그때, 도둑이 훔치기로 결정하는 대상은 쉽게 현금화할 수 있는 것, 무겁거나 깨지지 않는 것, 일련번호가 없는 것 순이었다. 그러므로 사람은 절도 대상의 맨 끝에 있기 마련이었다. 사람을 훔치는 것은 납치였다. 사람을 납치하기란 어렵지 않지만 납치한 후의 상황은 예상을 빗나가는 경우가 허다한 법이었다. 현금화하기 어렵고, 훔칠 때나 훔친 후에 병원에 갈 일이 생기기 쉽고, 결정적으로 일련번호가 매겨져 있었다. 누군가가 사라져 버리면 동사무소의 직원이 몇 차례의 작업으로 사라져 버린 사람의 주민 등록 번호를 조회하게 되고 그 번호를 가진 사람이 어느 날, 몇 시, 어느 곳에서 누구와 무엇을 하다가 사라져 버렸다는 것을 수사 기관에 통보할 수 있었다. 도둑이 웬만해서는 사람을 훔치지 않는 것은 바로 그런 이유였다.

내가 엉겁결에 빼앗긴 입술과 도둑들의 심리가 어떤 상관관계에 있는가를 저작하고 있는 사이 그녀는 또 다른 행동으로 옮겨 갔다. 그녀는 내 귀에 자신의 뜨거운 입김을 불어넣는 한편 내 허리를 동여매고 있는 벨트를 풀기 위해 손을 놀렸다.

「어떻게 푸는 거지. 생각보다 복잡하네.」

그녀는 숨을 몰아쉬며 말했다. 보통의 경우라면 남자가 여자의 치마에 손을 가져가 지퍼나 호크를 풀기 위해 애썼을 것이다. 그러므로 이것은 뭐라고 설명할 수 없는 정반대 상황이었다. 그녀는 벨트를 힘들게 풀어낸 것을 만회하려는 듯 바지 지퍼는 쉽게 내렸다. 지퍼가 내려가자 바지가 스르르 떨어져 발목에 걸렸다. 서늘한 기운이 종아리와 허벅지를 타고 올랐다. 그녀의 치마 역시 그녀의 발목을 향해 사뿐 내려앉았다. 내가 그녀의 치마 호크를 풀었는지 그녀 스스로 풀었는지 모를 일이었다. 치마가 몸뚱이에서 달아나기 무섭게 그녀의 입김이 더욱 뜨겁게 내 목덜미를 지지고 지나갔다.

「긴장하지 마. 이래 가지고 무슨 택시기사를 해. 긴장하면 사고 나기 쉬워. 당황하지 마. 아무 일도 없을 거야.」

간간이 그녀는 나를 달래려고 애썼지만 나는 불만스러웠다. 사실, 아무 일도 없는 게 아니라 아주 특별한, 굉장한 일이 벌어지는 중이었다. 나는 당황하지 않으려고 애썼지만 마음대로 되지 않았다. 사실 좀 무서웠다. 아무 일도 없는 게 아니라 당신이 엄청난 일을 벌이고 있지 않느냐고 퍼부어 주고 싶었다. 하지만 그녀는 말이 많은 사람을 싫어한다고 했었다. 말이 많아서도 안 되고 말이 없어서도 안 된다고 했었다. 또 한 가지는, 그녀의 살이 내 살에 부딪는 것이 내 아랫도리를 한없이 부풀리고 있다는 점이었다. 뭐가 뭔지 모르지만, 한 가지 극명한 사실은, 내 아랫도리의 어느 한 부분이 철근 덩어리처럼 변해 가고 있다는 것이었다.

「나하고 일하면 별을 많이 볼 수 있어. 별을 보면 맘이 편해지거든. 별을 볼 수 있다는 거, 흔한 조건이 아니야. 어때 근사하지 않아?」

그녀가 근사하지 않느냐고 묻는 것이 무엇인지 애매했다. 철근 덩어리 같은 것을 말하는지, 자신이 보여 주겠다는 별을 말하는지, 한낮의 캄캄한 호텔 방 분위기를 말하는지.

「고맙습니다.」

「고맙다니, 별 말이야? 고마울 것까진 없어. 내가 보여 주는 게 아니라 별이 그냥 거기 있는 거야. 보려고만 하면 얼마든지 볼 수 있는 게 별이라고.」

아직도 그녀는 취기에서 벗어나지 못하고 있었다. 나도 취하지 않았다고 자신할 수는 없었다. 그녀와 내가 취한 것은 확실하지만, 거기엔 차이가 있었다. 나는 술에 취한 게 아니라, 나도 모를 무엇인가에 취해 있었다.

그녀와 나는 더 이상 얘기를 주고받지 않았다. 그다음에는 살과 살의 부딪힘만이 방 안에 떠돌았다. 점점 방 기운이 더워지기 시작했다. 그녀는 잠시 나를 놓아준 다음 얼굴을 씻고 나왔고, 나는 그녀가 욕실에 들어간 사이 창문을 열어 몸의 열기를 식혔다. 그래도 달라지는 것은 없었다. 달라지기는커녕, 씻어 낸 열기보다 더 뜨거운 열기가 몰려왔다. 교성 때문이었다. 나는 그녀가 얼굴을 씻으면서 무슨 흥분제라도 삼키고 나온 것은 아닌가 생각했다. 하지만 그녀는 빈손으로 화장실에 들어갔었다.

나는 그녀의 교성을 들으면서 가끔 그녀의 살결에 묻혀 들어가는 환각에 숨이 막히곤 했다. 그녀는 곱고 팽팽한 살결을 지니고 있었고, 몸을 뒤트는 법을 알고 있었다. 그 살결과 몸의 뒤틀림이 나를 자극했다.

「움직임이 아주 좋네. 아주 먼 데로 여행을 갔다 온 느낌이었어. 물속이나 불 속 그런 곳 말이야. 그런 데 못 가봤지? 나는 가끔 가보는데 가보면 신라 시대일 때도 있고, 고구려 시대일 때도 있고, 원시 시대일 때도 있고 그래. 그런 식으로 시대를 뛰어넘는 느낌이었어.」

그녀의 몸에서 내 몸을 꺼낼 때 그녀가 건넨 말이었다. 그 말을 하는데도 가쁜 숨이 계속 뿜어져 나오고 있었다. 나는 아무 말도 못했다. 나 역시 숨이 가빴다.

「앞으론 적당히 말을 좀 하고 살아. 뭐든지 너무 가둬 두면 안 돼. 뭐든지 숨을 쉬고 싶어 하거든. 말이 헤프지만 않으면 돼.」

그녀가 옷을 입다 말고 핸드백에서 자동차 키를 꺼내 건네주며 말했다. 나는 그녀보다 일찍 나와 자동차를 대기시켰고, 그녀는 상석으로 오르는 차 문을 열어 줄 때까지 꼿꼿하게 서 있다가 몸을 밀어 넣었다. 아, 자동차 안에 몸을 밀어 넣기 전에 그녀는 잠시 하늘을 보았으나 이내 시선을 거두었다.

「가지.」

여자가 말했고, 나는 천천히 액셀러레이터를 밟았다. 그녀는 어디로 가자고 하지는 않았다. 한나절밖에 겪지 않았지만, 그녀의 성격으로 보아 자신이 행선지를 밝히지 않았다는 것을 모를 리 없었다. 거기에 대고 어디로 가자는 말씀이냐고 물을 수는 없었다. 그녀는 차에 오르기 전 잠시 하늘을 보았고, 차에 오른 후 '가지' 하고 말했다. 그게 그날 나에게 생긴 일의 거의 다였다.

2

무슨 결정을 앞두고 있을 때 나는 음악을 듣거나 면도를 했다. 음악과 면도는 서로 다른 것이었지만 내 신체 리듬에 주는 영향은 비슷했다.

빈 라덴이란 이름을 듣고, 비행기가 뉴욕의 쌍둥이 빌딩 허리 토막을 뚫고 들어가는 화면을 처음 본 이후 나는 〈윌리엄 텔 서곡〉을 듣거나 마리안 앤더슨의 노래를 번갈아 듣고 있었다. 당장 면도를 하지는 않았다. 〈윌리엄 텔 서곡〉을 들을 때면 아들의 머리 위에 놓인 사과에 화살을 쏘는 자의 절박한 심정이 떠오르곤 했다. 화살이 사과에 꽂히지 않으면 아들의 얼굴이나 가슴에 꽂힐 거였다. 그것은 사람이 죽느냐 사느냐의 문제였다. 나는 폭군의 모자를 향해 절을 하지 않았다는 이유로 그런 활 쏘기 벌을 받아야 하는가의 정당성 따위를 떠올리지는 않았다. 중요한 것은 활시위를 당기는 자의 절박한 심정이었다.

뉴스는 빈 라덴은 이슬람 종교 지도자이며, 그의 지시를 받은 추종 세력이 미국의 쌍둥이 빌딩을 향해 비행기 자살 테러를 감행했다고 설명했다. 만 명이 될지 오천 명이 될지 모를 사람의 목숨을 앗아 간 것으로 추정되며, 펜타곤에도 비행기 한 대가 떨어졌다는 아나운서의 멘트가 밤새 흘러나왔다. 테러 전문 연구소장이라는 지방 대학 교수가 전화 인터뷰를 통해 테러의 반도덕적 양상에 대해 중언부언하고 있었다. 그는 테러에 관한 연구소 현판만을 걸었을 뿐 테러에 관한 연구는 하는 둥 마는 둥 소일한 사람 같았다. 그의 코멘트는 자주 끊겼고, 그나마도 너무 단편적이었으며 추상적이었다. 뉴스 진행자의 얼굴에 곤혹스러워하는 표정이 자주 드러났다.

　연구소장에게 전화를 걸어야 한다는 생각이 자꾸 스쳐 갔다. 나는 전화를 걸지는 않았다. 미국의 크고 작은 움직임은 증권가의 필수 체크 사항이었다. 전화를 걸어야 하는 이유는 미국의 일이기 때문이었다. 내가 전화를 걸지 않은 것은, 미국의 일이기는 하지만 크고 작은 일 중의 하나가 아니라 너무 큰일이기 때문이었다. 너무 큰일 앞에서는 조급하게 투자 방향을 결정하지 말아야 했다. 시위를 당기는 윌리엄 텔의 절박한 심정이 떠올랐다.

　테러 전문 연구소장이 더듬거리는 사이 나는 시디를 갈아 끼웠다. 마리안 앤더슨이었다. 그 흑인 가수의 노래를 좋아하는 것은 음색 때문이었다. 그녀의 목소리는 늘 슬픔을 노래한다는 느낌이었다. 사실, 그녀가 부르는 노래 제목 하나도 정확하게 기억하는 게 없었지만 나는 자주 그녀의 노래를 들으며 의자 등받이를 젖히고, 목 받침대에 머리를 얹은 후, 눈을 감곤 했다. 윌리엄 텔처럼 절박한 심정으로 투자 방향을 결정하고 난 후일 때가 많았지만, 맥주 한 잔과 함께일 때도 있었다. 그녀의 허스키한 목소리는 허스키한 목소리가 슬픔을 전하는 데 효과적이라는 것을 증명시켜 주었고, 나중에는 알 수 없는 비의(悲意) 속으로 나를 데려가곤 했다. 마리안 앤더슨의 비의는 땅속 깊숙이 숨겨져 있는 슬픔을 땅 위로 끌어올리는 느낌이었다. 그 비의는 내가 하는 일의 슬픔과 닮은꼴이었다.

　나는 수십 억, 수백 억 단위의 투자 결정을 내리는 조직의 일원이었다. 나는 언제나 컴퓨터 모니터 앞에 앉아 거래량을 점검하고, 더블위칭데이의 주가를 예상하고, 전날의 외국 증시 동향을 점검하고, 한국은행이 콜 금리를 내릴 것인가 말 것인가에 대해 정보를 수집하며 지냈다. 그것이 나의 삶이었으며, 그 삶의 마지막은 활을 쏘는 것이었다. 일주일 중 닷새 동안 활을 쏘고, 화살이 어디에 맞았는가를 점검하는 일이 이어졌다. 화살이 어디에 맞았든 활을 쏘고 나면 나는 혼곤함에 지쳐 넘어지곤 했다. 그럴 때 듣곤 하는 것이 마리안 앤더슨이었다. 그녀는 나를 위로해 주었고, 나는 그 느낌에 젖어 활을 쏘는 에너지를 충전받곤 했다. 나는 마리안 앤더슨이 전해 주는 비의를 제대로 느끼지 못할 것 같아 15년이 지난 오디오를 바꾸지 않았다. 내 귀는 아주 오랫동안 구형 마란츠 스피커에 길들여져 있었다.

　투자 분석 연구소장이 전화를 걸어온 것은 마리안 앤더슨이 두 번째 노래를 마친 후였다. 나는 한쪽 귀로 폐허가 된 뉴욕 소식을 듣고 있었고, 한쪽 귀로는 마리안 앤더슨을 듣고 있었다. 내 두 눈은 나비넥타이 차림으로 건반을 두드리고 있는 피아니스트와 마름모꼴 무늬가 촘촘히 박힌 원피스 차림으로 노래하는 재킷 해설집 속의 마리안 앤더슨을 보고 있었다. 마리안 앤더슨의 몸뚱이는 10도 정도 기울어진 상태였다. 그녀는 광대뼈가 약간 튀어나온 얼굴이었는데, 눈을 감고 있었다. 그녀의 머리 위에 옥수수 자루만 한 마이크가 달려 있었다. 옥수수 자루만 한 마이크에 연결된 전선이 마이크 받침대에 둘둘 말려 있는 것도 보였다. 그 사진은 이상하게도 마이크와 그것을 감고 있는 받침대를 더욱 또렷하게 보여 주었다. 마리안 앤더슨은 마이크보다 초점이 덜 맞추어진 상태였고, 그래서 약간 실루엣 처리된 것처럼 보였다. 피아니스트는 완연하게 실루엣 처리되어 있었다. 피아니스트는 마이크의 왼편에, 마리안 앤더슨은 마이크의 오른편에 자리하고 있었다. 사진을 찍은 사람은 이 피사체들의 오른쪽, 그리고 피사체들보다 높은 곳에서 셔터를 누른 게 분명했다. 그렇더라도 마이크를 사진의 중심에 놓은 후 거기에 초점을 정확히 맞춘 것은 특별한 구도였다. 그런 사진은 대개 선택되지 않는 법이지만 내가 가지고 있는 마리안 앤더슨의 시디에는 그 사진이 들어 있었다. 그러니까 그 사진을 싣기로 결정한 사람은 아주 특별한 선택을 한 게 분명했다.

「뉴스 보고 있겠지?」

연구소장은 흥분된 목소리였다. 그는 모든 정보를 취합해 투자 방향을 결정짓는 투자 분석 연구소의 수장이었다. 그의 밑에는 열한 명의 연구원이 있었고 나는 그중의 한 명이었다. 「뉴욕이 폐허가 됐다면 우선 선물(先物)부터 조정해야 하겠지」라고 그는 말했다. 선물이란 미래의 주식 가격을 미리 정해 사고파는 상품이었다. 뉴욕이 폐허가 됐다면 선물 가격이 폭락할 것은 당연했다.

「사람 피 말리는군. 언제까지 이러고 살아야 하느냔 말이야. 예측 가능한 일이 일어나도 사람이 죽어 나갈 판인데 어떻게 이런 일이 일어나나 그래. 이태원도 아니고 용산 기지도 아니고, 어떻게 뉴욕 한복판이 주저앉고 국방성이 주저앉느냐 이 말이야. 빈 라덴, 뭐 하는 친구야?」

「글쎄요. 뉴스에 나온 대로, 이슬람 종교 지도자라는 것밖에는…… 인물 파일을 뒤져 봤는데, 경제계 쪽 사람이 아니라서 저한테도 데이터가 없습니다. 이스라엘에서 신학 공부하는 친구가 있어서 전화해 봤는데 안 받습니다.」

「이스라엘에서 신학 공부 하는 친구가 있다고? 그런데 이스라엘하고 빈 라덴하고 무슨 상관이 있나?」

「빈 라덴하고도 상관있지만 아프가니스탄하고도 상관이 있죠. 이스라엘에서도 아랍 인들이 탄압을 많이 받잖습니까. 거기에도 이슬람교 신자가 꽤 있다는 얘길 들은 것 같아서 말이죠.」

「그래? 그렇다면 스크린을 좀 잘해 보라고. 이것 참, 뭐가 뭔지 알 수가 있어야지. 그래, 뭐 하고 있어. 나가 봐야 하는 것 아냐?」

「글쎄요. 나가 봐야 될 것 같긴 한데, 일이 너무 커서 나가 봐야 무슨 결정을 할 수 있는 상태도 아닌 것 같습니다. 이건 하루 이틀에 정리될 일이 아니니까요.」

「무슨 소리야. 내일 아침이 돼 봐. 당장 팔아야 되느냐 말아야 되느냐 투자 방향을 내놓으라고 난리 법석들일 텐데. 꼭 뾰족한 수가 있어야 나가나. 뾰족한 수를 찾으려고 애쓴 흔적이라도 남겨야 할 것 아닌가 해서 하는 소리지.」

투자 결정권을 개인 애널리스트와 연구소로 이원화시킨 것은 회장의 뜻이었다. 몇몇 애널리스트들이 돈을 벌어들이면 다른 몇몇 애널리스트들이 그보다 많은 투자 손실을 입히는 일이 자주 발생하자 회장은 투자 분석 연구소 설립을 지시했다. 회장은 감성적 투자 결정을 자주 내리는 애널리스트들을 집중 관리하라는 지시를 소장에게 내렸다. 회장이 선을 대놓고 있는 정치인의 계좌 하나가 깡통처럼 변해 버렸고, 그 정치인이 '내 계좌는 깡통이 돼도 좋다. 그러나 다음 선거에서 낙선하면 그땐 책임져야 한다'고 호통 쳤다는 소리가 사내에 파다했다. 회장에게 그런 엄포를 놓고 돌아간 정치인의 보좌관은 회장의 아들뻘 되는 30대였다고 회장은 분개했다. 회장은 아들뻘 되는 보좌관이 돌아간 뒤 간신히 한마디를 했다.

「그놈 참 당돌하구먼. 나한테 이 억 원 들고 와서 계좌 개설해 놓고 간 걸 잊은 모양이야. 제 놈이 일 억 원 꿀꺽한 것을 내가 다 아는데. 그러고도 김 의원이 저 놈을 자르지 않는 걸 보면 참 대단해. 다른 놈을 쓰면 이 억을 떼먹고 일 억만 가져올 수도 있다고 생각하는 거겠지. 안 되겠어. 연구소를 하나 만들라구. 크로스로 투자 지표를 검증할 수 있는 장치를 마련하란 말이야. 미국 시장에 밝은 유학파와 국내파를 칠

대 삼으로 배치해서 연구소로 발령 내라고. 부시 쪽 경제 마인드를 잘 챙겨. 부시의 정치 자금은 거의 제조업 쪽에서 댄다잖아. 고어가 안 된 것은 안타깝지만 어쩌겠어. 코스닥 시장 비중을 십 프로쯤 줄여. 그리고 내수 시장 비율을 높이라고. 그러면 당분간은 균형이 맞을 거야. 코스닥 쪽에 미쳐 있던 투자자들에게 시장 상황을 잘 설명해서 거래소 쪽에 관심을 갖도록 유도하고 말이야.」

회장은 자신의 판단인 것처럼 얘기했지만 회장에게 누군가가 별도의 보고서를 올리고 있는 게 분명하다는 얘기가 분분했다. 회장은 그렇게 빨리 결정하고, 그렇게 빨리 부시의 경제 노선을 따를 사람이 아니었다. 퍼센티지까지 들먹이며 거래소와 코스닥 시장의 투자 지분을 설명하는 사람이 아니었다. 더구나 한국 주식 시장의 미국 시장 의탁성에 대해 늘 회의하던 사람이 바로 회장이었다. 돈 놓고 돈 먹기 식의 투자처럼 수익률이 높은 게임은 없다는 지론도 회장이 만들어 낸 것이었다. 그는 50억 원을 투자했다가 실패하면 곧장 백 억 원을 배팅한 일화도 가지고 있었다. 그것으로 증권 회사의 회장 자리까지 오른 사람이었다. 직원 조회 때면 그런 무용담을 자랑스레 떠벌리기도 했다. 그런데 그가 유학파를 연구소에 전진 배치하라고 지시한 것은 얼떨떨한 일이었다.

「한두 시간 안에 투자 방향을 결정할 일이 아닙니다. 미국이 반드시 복수를 하는 나라라는 거야 다 아는 사실이잖습니까.

자기들이야 인권 운운하지만, 외국인 몇 명 죽은 것에는 별 신경 안 써도 자국민이 죽어 나가는 것은 눈 뜨고 못 보는 사람들이죠. 선거에서 표가 떨어지니까요. 그런데 묘하게 된 것이 빈 라덴이란 사람, 이슬람 종교 지도자라고 하잖습니까. 미국과 이슬람이 맞붙었다는 게…… 이슬람이 아니더라도 마찬가집니다. 종교 전쟁치고 쉽게 끝나는 경우 없잖습니까.」

종교에 대해 더 얘기할 수 없는 것이 안타까웠다. 하지만 분명히 알고 있는 게 한 가지 있었다. 나는 신학 공부를 하던 친구가 이스라엘에서 보내왔던 사진 한 장을 떠올렸다. 그 사진은 녀석이 기드론 골짜기에서 찍은 것이라고 했다. 골짜기라고 했지만 사진에는 금빛 돔 지붕의 건물이 찍혀 있었다. 그 아래, 석회 상자 같은 것들이 잔뜩 놓여 있었다. 석회 상자 모습은 유대 인들의 무덤이고 금빛 돔 지붕을 한 건물은 이슬람 성전이라고 했다. 그 너머에 통곡의 벽이 있다는 애기까지 덧붙인 후에야 그는 이것이 이스라엘의 이해할 수 없는 마스크라고 토를 달았었다. 불안한 동거라고 했다. 불안한 동거를 청산할 수도 있는 이스라엘이 위험한 동거에 안주하고 있는 것이야말로 종교의 폭발성을 알기 때문이라고 그는 말했다. '너는 이해가 안 되겠지만' 하고 그는 또 덧붙였었다.

「이 사람들도 두려워하는 것이겠지. 이슬람 사원을 다 몰아내려다가 또 육일 전쟁을 치르고 싶지 않다는 고백인지도 몰라. 그땐 다행히 이겼지만 또 이긴다는 보장은 없거든. 아랍

인들에게 자신들의 신을 향해 경배할 시간과 공간을 최소한
이라도 보장해 주자, 그럼으로써 이스라엘을 둘러싸고 있는
아랍 국가들을 자극하지 말자, 뭐 그런 복안일 수도 있다는
것이지. 고도의 정치술이야. 종교가 이 사람들에게 고도의
정치력을 발휘하지 않을 수 없도록 만든 거야. 그래서 기드
론 골짜기에서 사진을 찍으면 이슬람 사원이 가장 멋있게 나
오는 거야. 아이러니한 일이지. 한국 같았으면 벌써 무너졌
을 사원이 여기서는 가장 잘 팔리는 관광 엽서의 모델이 돼
있다고.」

그때, 나는 오랫동안 황금빛 돔 지붕을 들여다보았다. 친구의
말대로 무서운 것은 종교였다. 그리고 더 무서운 것은 종교의
폭발성을 알고 그에 걸맞은 정치를 하고 있는 인간들이었다.
그런데 이스라엘에서 그런 아이러니를 곱씹는 것이 녀석에게
무슨 도움이 되는지 모를 일이었다. 그 곱씹음은 신자를 모으
는 것과는 무관할 터였다.

「그래도 미국의 패권주의에 넘어지지 않은 세력은 없어. 주
식 시장을 다 삼킨 것만 봐도 그렇잖아. 쉽게 끝나지 않는
다? 중요한 건, 쉽게 끝나건 안 끝나건 우리가 가만히 손 놓
고 있을 수 없다는 사실이지. 팔든가 사든가, 데이터를 내놓
는 게 우리 일이야. 투자 자문은 둘째 치고, 이럴 때 회장이
배팅하기 좋아하는 거 당신도 알잖아. 죽일 놈, 빈 라덴이 우
리 모가지를 붙였다 뗐다 하게 생겼어.」

「죄송합니다. 좀 소극적이기는 하지만 관망해 봐야 하지 않겠습니까? 다른 직원들 의견은 어떤지 모르겠지만 어떤 결정을 한다는 것 자체가 위험합니다.」

「오늘 따라 외교관 같은 소리만 하는군. 관망도 하나의 결정이란 걸 모르나? 잘 생각해 봐. 위험은 곧 기회야. 산이 깊으면 골짜기도 깊다고. 이것 참. 답답해 미치겠군.」

「압니다. 전 단지, 너무 엄청난 일이라서 말이죠. 빈 라덴에 대해서는 자세히 모르지만 어쨌든 종교가 개입돼 있다는 것은……. 이건 서로 다른 정신끼리의 싸움입니다. 가장 원초적인 싸움이 쉽게 결판나겠습니까. 그린스펀이 금리를 또 내릴 가능성도 낮고, 내려 봐야 특별한 영향을 못 줄 겁니다. 결국 내리막 밑에 내리막이 있다는 심리만 부추길 뿐이지요.」

「그럼 당신은 관망이 아니라 팔아야 한다는 애기잖아. 내 생각인데 말이야. 그 빈 라덴인가 뭔가 하는 친구가 벌인 일이라면 확실히 빈 라덴이 맞을 거야. 꽉 찬 라덴이라면 미국을 상대로 무지막지한 테러를 벌이지 않았을 거라고. 미국이 아무러면 빈 라덴 하나를 박살 내지 못하겠느냐고. 종교전이라고? 너무 넓게 보지 말라고. 지표란 지표는 모두 바닥이야. 당신 큰 모험 한번 해볼 생각 없어? 매수 말이야. 내 말 가볍게 듣지 말라고. 검토해 봐.」

「그럴 수도 있겠군요. 그래도 여러 사람 의견을 한번 들어 보시지요.」

「여러 사람 의견 들어 보고 자시고 할 것 없이 미국 쪽 사정을 더 자세히 알아봐. 그쪽 사정 당신보다 잘 아는 사람은 없어. 개네들 사정은 개네들이 가장 잘 알 테니까. 그리고 새벽같이 달려 나오라고. 다른 친구들 얘기 들어 봐야 뻔하지. 머리 긁적긁적하다가 소장님 말씀이 맞습니다 하는 거 내가 다 알아.」

「그 친구들 사정이긴 하지만 그 사람들도 막막해할 겁니다. 이건 데이터 싸움이 아니니까요. 그 친구들, 관념적인 문제에는 약합니다. 부딪쳐 본 적이 없어서 말이죠. 소장님이 전화하시기 전에도 여러 채널을 가동해 보고 있었습니다만.」

그가 송수화기 저쪽으로 사라진 후 나는 마리안 앤더슨의 볼륨을 더 높였다. 여러 채널을 가동하고 있다고 앞가림을 했지만 나는 기껏해야 마리안 앤더슨과 텔레비전 뉴스만을 가동하고 있었을 뿐이었다.

그 밤에 나는 어떤 채널도 가동하지 않았다. 마리안 앤더슨을 다시 틀지도 않았다. 나는 누웠다 일어났다를 몇 번인가 거듭했다. 예탁금이 얼마인가를 알아보지도 않았고, 6일 이동 평균선과 25일 이동 평균선의 움직임이 어떤 포물선을 그리고 있는지도 알아보지 않았다. 재경부 장관이 어떤 코멘트를 했는가에 귀를 기울이지도 않았다. 어떤 도표도, 어떤 추세도, 어떤 코멘트도 무용지물일 때가 있었다.

한 가지 결론을 내리기는 했다. 분명한 것은 내 앞에 세 갈래

길이 있다는 거였다. 한 가지는 매수, 한 가지는 매도, 마지막 한 가지는 관망이었다. 관망은 때로 아주 중요한 투자 형태였지만 소장은 나에게 회장의 배팅 스타일을 환기시켜 주었다.

세 가지 항목 중에서 한 가지를 택해야 할 때 사람은 세 가지 갈등을 겪기 마련이었다. 나 역시 그랬다. 그런 점에서 조직이란 잔인했다. 선택을 하지 않으면 살아남을 수 없는 곳이 조직이었다. 그 선택의 대가로 봉급을 받고 승진을 하고, 그러다가 영화를 누리기도 하고 직장에서 쫓겨나기도 하는 거였다.

뉴스에선 새로운 내용이 흘러나오지 않았다. 동어 반복적인 내용에다가 조사 몇 개를 바꾼 뉴스가 반복됐다. 오늘 무슨 일이 일어났는가를 알지 못하는 이들을 위해 들려주는 뉴스 같기도 했다. 기자들이 현장에 접근하는 것이 차단되고, 뉴스 정보원들이 입을 다물고 있거나 더 밝혀진 것이 없다는 브리핑을 반복하는 게 그 증거였다.

나는 마리안 앤더슨과도 작별하고, 윌리엄 텔과도 작별했다. 남은 것은 면도였다. 나는 욕실로 들어가 샤워 꼭지로 물이 나오도록 스위치를 조정했다. 더운물을 온몸에 적시는 것은 피를 잘 돌게 하는 데 효과적이었다. 피가 잘 돌면 이성적 판단을 하는 데 유리했다. 어느 경우에나 감상은 금물이었다. 나는 투자분석가이고, 신문과 잡지에 투자 요령을 기고하는 필진 중의 한 사람이며, 지난 해에는 가장 실적이 좋은 투자 분석가 열 명 중 한 명으로 뽑힌 사람이었다. 나는 그런 사실들을 자꾸만 되새겼다.

질레트 면도기의 날을 바꿔 끼우면서 나는 면도날의 여분이 더 이상 없다는 것을 알았다. 〈윌리엄 텔 서곡〉을 듣고, 마리안 앤더슨을 듣고, 그리고 면도를 한다고 나는 생각했다. 그것은 무슨 결정인가를 해야 한다는 것을 뜻했다.

수증기로 덮인 거울을 손바닥으로 문지르며 얼굴을 들이밀고 면도를 제대로 하려면 정신을 집중해야 했다. 잠깐 동안 얼굴을 또렷이 비춰 주었던 거울은 곧장 흐릿한 수증기에 덮여 버리기 일쑤였다. 그럴 때 면도날을 죽 내려 훑었다가는 상처를 입기 쉬웠다. 면도를 하다가 상처를 내면 피가 유난히 붉게 흘러나왔다. 쉽게 멎지도 않았다. 조금만 내버려 두면 피가 얼굴선을 따라 턱까지 이르러 좀 굵은 핏방울을 만든 다음 타일 바닥으로 툭 떨어지고, 흥건히 젖어 있던 욕실 바닥은 붉은빛으로 변해 갔다. 한두 방울의 피가 욕실 전체를 선연한 빛으로 물들이는 느낌이었다. 그런 모습은 섬뜩했다. 번번이 그랬다. 그런 경험을 서너 차례 한 후 나는 면도를 할 때마다 바짝 신경을 곤두세웠다. 무사히 면도를 마치기만 하면 샤워와 면도의 효과는 기대 이상이었다. 물기를 닦아 낸 후 속옷을 갈아입고, 냉장고 안의 맥주를 꺼내 한 모금을 들이켜면 데이터와 시장 흐름이 한눈에 그려졌다. 어떤 결정을 해야 할 것인가가 명확히 떠올라 주었다. 그 결정들은 실패할 때보다 적중할 때가 많았다.

샤워 물줄기에 몸을 맡기고 있으면서 나는 마리안 앤더슨의 얼굴을 떠올렸다. 그녀의 시디가 담긴 재킷의 해설 팸플릿에는 또 다른 사진이 있었다. 오른쪽 눈동자가 유난히 강조된 사진이었다. 얼굴은 30도쯤 오른쪽으로 기울어져 있고, 풍부한 성량을 토해 내는 두 입술은 꾹 다물어져 있었다. 무엇인가를 집요하게 바라보는 시선이었다. 눈빛은 긴장감으로 가득 차 있고, 굵은 주름 하나가 이마를 가로지르고 있었다. 자세히 보지 않으면 잘 모르고 지나칠 수도 있을 만큼 흐릿한 주름이었다. 하지만 주름의 골은 깊었다. 콧등은 아주 희게 나타나 있었다. 사진가가 그녀의 눈빛을 살리기 위해 콧등의 노출을 무시한 모양이었다. 주식 시장에도 그런 룰이 있다. 큰 실리를 얻기 위해서라면 작은 위험은 무시해도 좋다는 게 불문율이다. 물론 아무리 작은 위험도 계산에 넣어야 한다는 격언도 있다. 그것은 말하자면 사촌 간 같은 것이지만, 사촌지간에도 얼마든지 갈등이 있을 수 있음을 암시하는 부비트랩이기도 했다. 작은 위험이 모였다가 한꺼번에 달려들면 증권 회사가 통째로 휘청거릴 수도 있었다.

너무 많은 요소를 감안하지 말자. 연구소 개소식 때 내빈들에게 나눠 주었던 수건으로 물기를 닦아 내면서 나는 나에게 최면을 걸었다. 너무 많은 요소를 감안할 수 없는 사건이다. 신호등 수를 줄여야 한다. 허리를 굽혀 종아리의 물기를 닦아 내다가 나는 욕실 바닥에 넘어질 뻔했다. 간신히 손을 뻗어 벽에 의지했지만 식은땀이 흘렀다. 화장실에서 넘어지면 크게 다친다는 얘기는 한두 번 들은 게 아니었다. 아무래도 고무 발판 같은 것을 깔고, 샤워를 마친 다음에는 발판 위에서 물기를 닦아내는 식으로 신경을 써야 할 것 같았다. 빈 라덴인 것이 확실하다, 꽉 찬 라덴이라면 이런 일을 벌였겠느냐는 소장의 우스갯소리가 스쳐 지나갔다. 흐흠, 긴박한 상황을 감안하면 꽤 여유 있는 농담이었다. 40대 후반을 보내고 있지만 언어 감각이 살아 있는 소장이기도 했다. 언어 학자들은 언어 감각이 모든 감각의 척도라고 단정하길 좋아했다. 그 말대로라면 소장은 앞으로도 상당 기간 증권가를 당당히 누비고 다닐 사람이었다. 그는 자기 말을 가볍게 듣지 말라고도 했었다.

그는 여러 번 매수 타이밍을 언급했고, 모든 지표가 바닥에 있다고 말했으며, 다른 사람들에게 물어봐야 머리를 긁적이다가 옳습니다만 외치는 것을 안다고 말했었다. 나는 나의 내부에서도 싸움이 일어나고 있다고 받아들였다. 내가 면도를 하는 사이 상황이 달라진 것은 없었다. 그런데도 나의 내부 한쪽에서는 연구소장의 말에도 일리가 있다는 의견을 조금씩 수긍하고 있었고, 또 다른 쪽에서는 모험과 무모함은 구별돼야 한다고 경계하고 있었다. 그 둘의 싸움에서 누가 이기든 중요한 것은 내가 리포트를 해야 한다는 점이었다. 잠시 눈을 붙이고 나면 하루에도 몇 번씩 회의가 열릴 터였다.

나는 텔레비전을 끄는 대신 노트북 전원을 연결했다. 장난감

비행기 한 대가 역시 장난감 고층 빌딩의 허리 토막을 뚫고 지나가는 듯한 모습에 더 이상 눈길을 주고 싶지 않았다. 어떤 역학 관계에 의해서 그 거대한 건물이 성냥으로 쌓은 건물처럼 주저앉게 되었는지 알고 싶지도 않았다. 그것은 건축가들이나 도시 공학을 전공한 학자들이 분석해 낼 거였다.

컴퓨터가 부팅 되는 동안 나는 몇 가지 생각을 정리했다. 미국이 반드시 복수를 할 것이라는 점은 확고했다. 나는 먼저 전투기 제조 회사들을 떠올렸다. 전투기 제조 회사에 부품을 공급하는 회사들도 떠올렸다. 그러자 무기를 만드는 회사들 이름이 계속 떠올랐다. 그다음에는 입출국 수속을 할 때 사용하는 반도체 검색 장비를 만드는 회사가 떠올랐고, 자동 소총과 실탄을 만드는 회사들이 떠올랐고, 구급상자를 만드는 회사가 떠올랐다. 어쩌면 면도의 효과가 날 것 같기도 했다. 건설 회사들의 이름이 떠올랐으나 나는 금세 지워 버렸다. 건설 회사들의 주가는 분명 폭락할 거였다. 그들이 보기에는 기껏해야 두 채의 빌딩이 무너진 것에 불과했다. 보험 회사들과 항공사들은 한동안 고전을 면치 못할 거였다. 몇몇 보험사들은 문을 닫아야 할 가능성마저 있었다. 무엇보다 재보험사들이 문제였다. 그들은 보험 회사가 보험을 드는 회사였다. 평소에는 여느 보험 회사보다 안전하게 성장하지만 상상을 초월한 사고가 날 때마다 비참한 운명에 처하는 게 재보험사들이었다. 나는 건설 회사와 보험 회사와 항공사들을 대주 적극 추천 종목에 포함시켰다. 값이 떨어지는 주식이라고 해서 투자할 명분이 없는 것은 아니었다. 주식을 빌리는 것도 투자였다. 값이 비쌀 때 주식으로 빌려 놓았다가 값이 떨어질 때 갚으면 될 뿐이었다.

매수 유망과 매도 유망을 결정한 후 나는 여러 나라의 이름을 떠올렸다. 그들의 움직임을 살피는 것도 중요했다. 얼마나 길게 갈지 모르지만, 이런 상황이 동남아 증시에는 어떤 영향을, 유럽 증시에는 어떤 영향을 미치는가를 살펴야 했다. 제일 민감하게 반응하는 것은 홍콩 증시와 대만 증시일 거라고 나는 판단했다. 그다음이 일본일 터였다. 그다음은 싱가포르이고, 그다음이 한국일 터였다. 그런 예상들이 어떻게 증명되든 또 하나의 확실한 데이터가 있었다. 그것은 한동안 잠을 제대로 자지 못할 거라는 사실이었다. 한밤중에 면도를 해야 하는 일 또한 여러 번 있을 거였다.

컴퓨터의 부팅이 끝나고 모니터에 투자 분석 방향 아이콘이 떠올랐을 때 나는 그것을 클릭했다. 그 아이콘 안에 투자 분석 양식이 들어 있었다. 나는 양식 한 칸마다에 회사 이름들을 적어 넣었고, 분석 결과를 적어 넣었다. 주저할 필요는 없었다. 결론이 내려진 후에도 망설이면 망설인 그 시간의 몇 배만큼 혼란만 가중될 뿐이었다. 혼란을 겪은 후의 결론 역시 달라지는 것은 없었다. 더구나 이번 일은 전범(典範)이 없는 상태에서 시도하는 투자였다. 단지 전범을 만들어 내는 일만이 기다리고 있었다.

나는 묘한 흥분을 느꼈다. 윌리엄 텔과 마리안 앤더슨이 또 떠올랐다. 윌리엄 텔은 활시위를 당기고 있었고, 마리안 앤더슨은 무엇인가를 집요하게 바라보고 있었다. 그녀는 앙다문 입술 밖으로 처절한 음률을 토해 내고, 윌리엄 텔은 시위를 놓고 있었다.

나는 엔터 키를 치기 전에 잠시 숨을 가다듬었다. 엔터 키를 치면 파일이 완성될 터였다. 그것은 주사위를 던지는 일과 비슷했다. 주사위는 던져지지 않는 한 어떤 구실도 하지 못하는 사각의 물체에 불과하다는 것을 나는 알고 있었다.

3

그녀는 늘 바빴다. 하지만 아무리 바빠도 격렬한 정사를 나눈 날에는 어김없이 별자리를 찾았다. 몇 번의 경험 끝에 알게 된 사실이었다. 무엇이 그녀를 그렇게 바쁘게 하는지는 자세히 알 수 없었다. 바쁜 가운데서도 정사를 치르고, 별을 보는 것 역시 그랬다. 그것이 그녀의 삶이나 마찬가지였다.

공장 안에는 작업실이 길게 늘어서 있었다. 가운데에 복도 같은 통로가 있고, 작업실은 양쪽에 열두 개씩 모두 스물네 개였다. 스물네 개의 작업실 문은 안에서도 잠글 수 있고 밖에서도 잠글 수 있게 돼 있었다. 사람들은 다른 작업실에 갈 때 항상 밖에서 열쇠로 문을 열었다. 이쪽 작업실에서 저쪽 작업실로 작은 상자를 전달해 주는 모습이 가끔 보이기도 했다. 그런 모습이 공장 돌아가는 모습의 전부였다. 공장이라고 하기에는 지나치게 조용했다. 사람들은 모두 조용했고 말이 없는 편이었다. 이상한 공장이었다.

　내가 공장 안의 사정에 대해 자세히 알 수 없는 것도 무리는 아니었다. 그녀가 공장 안으로 들어가 일을 볼 때 나는 공장 밖의 대기실에 앉아 있어야 했다. 그녀는 나에게 일하는 사람들이 방해받지 않도록 공장 밖의 기사 대기실에서 기다리라고 말했었다. 조립식 패널을 이용해 만든 대기실에는 언제나 스포츠 신문과 여성지가 놓여 있었고 그녀의 방과 연결된 인터폰이 설치돼 있었다. 나는 대기실에서 박찬호와 김병현, 김미현과 박세리가 공 하나를 움직일 때마다 얼마를 받는가를 계산하곤 했고, 그들을 주식 시장에 상장시킬 때 공모가를 얼마로 책정하는 게 적정할 것인가를 계산해 보곤 했다. 박세리와 박찬호는 거래소 시장에 상장하기에 적당한 안정적 상품이었고, 김미현과 김병현은 코스닥 시장에 등록하기에 적당한 투기성 상품이었다. 그럴 때 나는 택시 면허시험을 치렀던 것을 까맣게 잊어버렸다.

　내가 공장 안으로 호출되는 것은 그녀와 질펀한 정사를 벌여야 한다는 암시였다. 그녀는 공장 안에 그녀만의 휴식 공간을 만들어 두고 있었다. 다탁이 한 개 놓여 있고, 작은 책꽂이가 놓여 있는 방이었다. 책꽂이에는 철학, 경영학, 인류학 따위의 책들이 꽂혀 있었다. '골프-A에서 Z까지' '우리 곁에 다가온 약수터 30선' '스킨스쿠버 배우기' '문화재 감식법' 따위의 제목을 단 책들도 꽂혀 있었다. 기업인들이 쓴 에세이집도 있었으며 동화책도 있었다. 그 책들은 나에게 그녀에 대한 아무 정보도 주지 못했다. 오히려, 그녀가 어떤 책을 좋아하는지 알 수 없게 하는 대상들이었다.

「들어와.」

그 공간으로 그녀는 나를 부르곤 했다. 물론 공장 직원들이 모두 돌아간 후였다. 그녀는 내가 들어서면 암갈색 커튼을 쳤다. 융단 질감의 암갈색 커튼은 연극 무대의 막처럼 두껍고, 무거워 보였다. 빛이 한 줄기도 새어 나가지 않을 듯했다. 하지만 그곳에서 정사를 벌이는 일은 아슬아슬했다. 그녀의 방에 놓인 침대는 1인용이었다. 1인용 침대에서의 정사는 무엇보다 체위를 바꿀 때 바닥으로 떨어질 위험이 있었다. 나는 그녀가 1인용 침대를 들여놓은 것을 한편으로는 이해했고, 한편으로는 이해하지 못했다. 사위는 조용했고, 나는 성스러운 곳을 더럽히는 기분이 되곤 했다. 그렇지만 그런 기분은 오래 가지 않았다. 그녀는 나와의 섹스에만 몰두했고, 잠시 후에는 나도 그러했다.

그녀는 나를 불러들여 격렬한 정사를 나눈 후 별이 보다 선명하게 보일 때까지 밖으로 내보내지 않았다. 그녀는 나에게 차를 마시고 싶으면 취향대로 끓여 마시라고 말하기도 했지만 자신이 타주지는 않았다. 그녀는 직원들이 어떻게 일을 마무리

하고 갔는지 궁금하다며 작업실을 둘러보러 나가기도 했지만 나를 데리고 나가지는 않았다.

　하지만 아무래도 상관없는 일이었다. 그녀와 나는 처음부터 불공평한 관계였다. 그녀는 일방적으로 나를 고용했고, 나는 수동적으로 그녀의 운전기사가 됐었다. 또 있었다. 그녀는 나를 알고 있고 나는 그녀를 모르고 있었다. 총무 과장이라고 자신을 소개한 사내가 내 이력서를 받아 갔었다. 그것만으로도 그녀는 나에 대해 이것저것 많이 알고 있는 셈이었다. 알고 보면 그녀 쪽에서도 그런 불만을 가질 수 있었다. 나는 이력서를 쓰기는 했지만, 내 이력을 모두 밝히지 않았다. 어디에서 태어났고, 어느 학교를 다녔으며, 어느 회사에 적을 둔 적이 있다는 정도만 밝혔을 뿐이었다. 나는 내 이력에서 증권 회사 다닌 것을 뺐었다. 어쨌든 이력을 속인 것을 알면 그녀는 괘씸하게 생각할지도 모를 터였다. 어쩌면 시말서를 내라고 하거나 해고시킬 수도 있을 거였다.

　경력 일부를 속인 이력서를 낸 것은 그녀가 나를 기사로 고용하고 있는 것에 대해 부담을 느낄 것 같아서였을 뿐 그녀에게 반감을 가지고 있는 것은 아니었다. 나는 그녀의 실내에 꽤 만족하는 편이었다. 그녀가 매달 건네주는 봉급에도 만족하는 편이었다. 그녀는 예상했던 것보다 많은 봉급을 주었다. 택시 기사 봉급의 얼추 세 배쯤 되는 액수였다. 아주 잠깐, 봉급에 내 몸값이 포함돼 있는 것은 아닐까 갸우뚱한 적은 있지만 그렇게 받아들이지 않았다. 나 역시 그녀의 몸뚱이를 그리워할 때가 자주 있었다. 그것만으로도 나는 내가 몸을 팔고 있다는 생각을 떨쳐 낼 수 있었다.

그날, 직원들이 모두 퇴근했을 때 그녀와 나는 한밤중에 밖으로 나와 별을 보았다.

「공장 얘기를 하다가 별 얘기를 하면 다들 별자리 찾는 법을 물어봐. 내가 꽤 부러운 모양이야. 고민이야. 그런 사람들에게 그냥 별이 보이니까 본다고 하면 믿겠어? 별이 별로 계속 남아 있는 게 신기해서 보는 건데 사람들은 자꾸 의미 부여를 하려고 하거든. 의미 부여, 시작하면 끝이 없는 거잖아.」

그녀는 나를 향해 말하지 않고 별을 보고 애기하는 듯했다. 그 애기를 하는 동안 단 한 번도 내 쪽으로 시선을 돌리지 않았다.

「저도 처음엔 그렇게 알았습니다. 천문학을 전공하셨나 했었죠. 그런데 책꽂이에 천문학 책이 한 권도 없기에 아닌가 보다 했습니다. 보름이 다 돼 가는 모양입니다. 달이 꽉 차 가는걸요.」

그제서야 그녀는 잠깐 나를 돌아보았다. 나는 그저 무심코 한 말이었다.

「내 책꽂이에 있는 책 제목을 다 본 모양이네. 다 보려고 하지 마. 운전하는 사람인데 눈을 아껴야지. 보름이 다 돼 간다고? 그런가 보네. 달보단 별이 좋지. 달은 자꾸 차고 기울고

그러잖아. 인생을 생각하게 한단 말이야. 대신에 별은 명료
하지. 달은 상처 없는 사람들한테나 어울려.」

그녀는 다른 날보다 오래 하늘을 올려다보았고, 다른 날보다
좀 더 길게 얘기했다. 그녀가 고개를 쳐들고 혼잣소리하듯 하
는 바람에 나는 몇 마디를 놓치고 말았다. 바람, 혹은 달빛이나
별빛이 그녀의 얘기 중 일부를 가로채 간 느낌이었다.

「내일은 회사에 들르지 않고 김포 쪽으로 갈 거야. 그렇게 알
고 있어.」

「네.」

그러고도 한참 동안 그녀는 또 별을 보고 있었다. 나는 더 이
상 고개를 들고 하늘을 쳐다보지 않았다. 별이든 달이든, 고개
를 쳐들고 있는 것도 녹록지 않은 일이었다. 고개가 뻣뻣해져
왔다. 나는 목이 좀 굵은 편이었다. 혈압은 정상이었지만, 목
부위만 혈압을 재면 분명 고혈압으로 진단될 것 같은 불안감이
들 정도로 목에 핏덩이가 몰린 것처럼 무거울 때가 많았다.

김포 방향은 혼잡했다. 모든 길은 혼잡하기 마련이었다. 그
러나 생각보다 혼잡했다. 불안했다. 첫 번째 이유는 그녀가 자
주 시계를 들여다보았기 때문이었다. 두 번째는 그녀가 자신도
잘 모른다는 듯이 「대야동이라고 있다던데」라고 말한 때문이
었다. 어느 곳에 무엇이 있는지 모른 채, 어떤 길을 택해야 하
는지 모른 채 가는 길은 실제보다 더 혼잡해 보이기 마련이었
다. 차에 오를 때 그녀의 얼굴이 좀 푸석푸석해 보이고, 눈이

좀 부어 있었다는 것도 마음에 걸렸다. 잠을 충분히 자지 못했다는 증거였고, 잠을 못 잔 것을 가릴 수 있을 만큼 화장을 충분히 못했다는 것은 허둥거리느라 시간을 낭비했다는 증거였다. 증권 회사에서 일할 때도 상담 창구의 여직원들에게서 그런 공통점을 발견하곤 했었다. 그런 날, 여직원들은 고객과 다투는 경우가 많았고 시세를 잘못 알려 주는 바람에 항의 전화를 받기 일쑤였다. 매수 주문을 받고도 매도 주문장에 기입하는 경우도 있었고, 출금하는 고객에게 다른 사람의 카드를 돌려주거나 다른 사람의 도장을 돌려주는 경우도 있었다. 그럴 때 여직원들은 미간을 좁혀 가며 애기를 주고받곤 했다.

나 좀 봐봐. 내 눈 퉁퉁 부었지. 응. 어떡해. 아무것도 안 보여. 어제 통 못 잤거든. 뭐 하긴, 계정이 안 맞아서 야근했고, 야근하고 그냥 가기 뭣해서 생맥주 한잔 하고. 아무것도 못하고, 잠은 잠대로 설쳤어. 어떡해. 일이 통 안 되니 말이야. 어떡하긴 정신 똑바로 차려야지. 가서 세수하고 와. 화장도 좀 고치고. 그러면 정신도 좀 들고 괜찮을 거야. 어떻게 해볼 생각은 안 하고 인상만 쓰고 있으면 어떡해. 오늘 가뜩이나 장이 안 좋은데 우리라도 웃어야지.

세수를 하고 오라는 것은 이해할 수 있었다. 하지만 화장을 고치고 오면 어떻게 정신이 든다는 건지 이해되지 않았다.

대야동이란 지명은 아주 낯설었다. 공장 밖의 대기실에서 스포츠 신문을 다 읽고 무료할 때마다 지도첩을 들여다보았는데

도 그 지명을 본 기억이 없었다. 김포와 대야동. 도무지 연결이
되지 않았다. 처음 듣는 지명이었다. 택시기사 면허시험 문제
집에서도 보지 못한 행정 지명이었다. 택시기사 면허시험 예상
문제집에는 한 번도 들어 보지 못한 동 이름이 모두 나와 있었
다. 나는 그걸 도로 지명과 묶어 외웠었다. 성산로 현저동, 원
효로 청암동, 수표다릿길 남학동, 다산로 창신동, 삼일로 운니
동, 청와대 앞길 팔판동. 그게 다가 아니었다. 가양동이 있었고
자양동이 있었다. 둔촌동과 등촌동이 있었고, 서계동과 서교
동, 창전동과 창천동, 목동과 묵동, 학동과 합동, 효자동과 효제
동이 있었다. 양천구의 신정동과 마포구의 신정동, 강남구의
신사동과 은평구의 신사동도 있었다. 그걸 외우면서 나는 5백
개가 넘는 상장 회사들과 역시 5백 개가 넘는 코스닥 회사들
이름을 외웠던 것을 떠올리곤 했다. 회사들에는 하나같이 고유
번호가 매겨져 있었다. 그 회사들의 대부분을 나는 단번에 찾
아내거나 머릿속에 저장해 놓고 있었다. 그뿐만이 아니라 중요
한 회사들의 거래량과 연중 최저가와 최고가, 자산 재평가 시
기와 주식 분산 상태, 외국인 지분이 30퍼센트 대인지 50퍼센
트 대인지, 부채 비율이 350퍼센트를 넘는지 안 넘는지, 주거래
은행이 공적 자금을 받는 곳인지 안 받는 곳인지를 꿰고 있었
다. 언제 어느 때 회장의 호출을 받을지 몰라 회장 일가족이 집
중 관리하는 회사에 대해서는 회사 측 기획실이나 마케팅실 사
람들의 이름과 휴대폰 번호를 외우기도 했다.

　김포 표지판은 나타났지만 대야동이라는 표지판은 나타나지 않았다. 난감했다. 나는 자꾸만 옆 차선을 침범했다. 그럴 때마다 옆차선을 넘어가는 바람에 클랙슨 경고가 날아왔고 삿대질이 날아왔다. 그런 경고를 보내는 사람들은 대부분 내가 하고자 했던 택시기사들이었다.

「모르겠지? 나도 모르겠는걸. 큰일이네. 중국에서 오는 손님을 만나기로 했는데, 중국 사람도 아는 동네를 우리가 모르고 있다니. 이상한 일도 다 있지. 몰라도 괜찮아. 신경 쓰지 말고 운전해. 내가 몸이 좀 안 좋아서 시간을 많이 보냈어. 어제 술 마신 모양이군. 얼굴이 푸석푸석해 보여. 조심해. 술, 여자, 돈, 이게 남자가 조심해야 할 것의 전부라던데. 아냐. 잘못 얘기했어. 여자는 빼야 하는 건데. 거기에 나도 포함되잖아. 호호. 그런데 몇 시야?」

그녀는 내 긴장을 풀어 주고 싶은 모양이었는지 호호, 하고 웃었다. 그녀가 그런 식의 웃음을 보인 것은 처음이었다. 소녀 같았다. 그것이 나에겐 그녀가 안정을 찾으려고 애쓰는 것으로 보였다. 나는 그녀가 만나야 할 손님이 중요한 사람일 거라는 걸 알아챘다. 중국에서 오는 손님이라는 대목이 그랬고 웃음 끝에 몇 시냐고 묻는 것이 그랬다.

「열 시 십오 분입니다. 일단 김포 시내 쪽으로 가서 사람들에게 좀 물어봐야겠습니다. 어제 미리 말씀하셨으면 제가 알아 봐 놓았을 텐데요.」

나는 백미러 속의 그녀를 향해 고개를 숙여 보였다. 뒤를 돌아보며 고개를 숙이면 사고 날까 봐 걱정할 것 같아서였다. 택시를 몰면 백미러로는 뒷길을 살피는 것이 아니라 사람을 살펴야 한다는 얘기를 들었었다. 시험 시간을 기다리던 사람들이 늘어놓은 얘기였다. '택시 뒤에서 험악하게 운전하는 사람은 의외로 없다, 뒷자리에 탄 손님이 혹시 엉뚱한 짓을 하려는 것은 아닌지를 살피는 게 중요하다, 뒷자리에 탄 연인들의 보디랭기지도 감상해야 한다.' 그들은 모두 택시기사를 10년쯤 한 사람들 같았다. 시험 통과에 관한 충고보다는 택시기사를 하면서 겪어야 할 고통과 기쁨을 먼저 귀동냥하고 온 사람들이었다.

「미리 알아 놓았을 필요까지야. 그날 그날, 헤쳐 나가면 되는 거야. 모두 자고 나면 옛일일 뿐인데, 뭐. 사람은 모두 옛일을 만들기 위해 잠을 자는 거라고. 몇 시지?」

그녀는 몇 시냐고 두 번째 물었고, 차창을 열었다가 다시 닫았다. 마음이 조급해지는 모양이었다. 그녀는 웬만해서는 차창을 여닫지 않는 사람이었다. 그런 사람이 차창을 열어 찬 공기를 쐬었다가 다시 닫기를 반복하는 것만 보아도 그랬다. 차창을 열면서도 선글라스를 꺼내 쓰지 않은 것만 보아도 그랬다. 그녀는 어쩌다 차창을 열게 되면 늘 선글라스를 꺼내 걸치곤 했었다.

나는 두 가지 생각을 한꺼번에 하는 데 좀 익숙한 편이었다. 여러 가지 정보를 모아 한 가지 결정을 내리는 일을 하다 보니 몸에 밴 습관이었다. 그날도 그랬다. 나는 먼저, 사람은 모두 옛일을 만들기 위해 잠을 자는 것이라는 말을 되씹었다. 그것은 내가 한번도 접해 보지 못한 잠언 같은 것이었다. 그러나 잠언이 주는 신비감보다는 그녀의 좌우명 비슷하게, 절박한 느낌으로 다가왔다. 그녀와 몸을 섞는 방의 책꽂이에 꽂혀 있던 철학 책도 떠올랐다. 사람은 옛일을 만들기 위해 잠을 잔다는 말이 그 철학 책에 들어 있을 수도 있었다.

「옛일을 만들기 위해 잠을 잔다는 말씀을 들으니 시인을 모시고 가는 것 같습니다. 열 시 삼십 분입니다.」

「시인? 고상한 시인들이 그런 고통을 어떻게 알겠어. 사는 게 오죽 고통스러우면 옛일을 만들기 위해 잠을 청하겠느냐고. 시인들이 그걸 알아? 어림도 없어. 신문에 가끔 소개되는 시들 보면 참 가관이더라. 배부른 사람들의 하품 같아서 나는 시 안 봐.」

그녀가 풀어놓는 애기를 나는 한 마디도 놓치지 않고 들었다. 별을 보며 애기하는 게 아니라서 귀에 쏙쏙 들어와 앉는 기분이었다. 나는 시를 안 읽는다는 말을 그녀가 꽤 고통스러운 추억을 가지고 있다는 소리로 받아들였고, 그녀의 애기에 토를 달지 않았다. 나에게 던져진 과제는 무사히, 정해진 시간에 대야동에 가는 것이었다. 그러므로 나는 여전히 대야동이 어디에 붙어 있는 것일까 고민하면서 표지판을 잘 살폈다. 대야동이라, 세숫대야처럼 밋밋한 산에 둘러싸인 동네라는 뜻은 아닐

거였다. 큰 들판이란 뜻일 터였다. 어쩌면 대아동을 대야동으로 잘못 알고 있을 수도 있었다.

내가 일을 그르치고 만 것은 그즈음, 그러니까 10시 30분이 조금 지나서였다. 두 가지 생각을 하고 있다가 저지른 사고였다. 신호등이 바뀐 것을 보았지만 앞서 가던 차가 네거리를 건널 것 같아 브레이크를 밟지 않았는데 앞차는 어느새 정지해 있었다. 앞차가 서버렸다는 것을 안 것은 내가 앞차를 들이받은 뒤였다. 어쨌든 내 잘못이었다. 그녀의 차를 운전한 이후 첫 사고였다. 첫 사고였지만 중요한 순간에 생긴 사고였다. 난감했다. 대야동에 가는 것은 둘째 치고, 그녀가 다치기라도 했다면 제 시간에 대야동에 간다 해도 아무 소용이 없는 일이었다.

「일진이 안 좋군.」

내가 운전석 문을 열고 내리려 하자 그녀는 얼른 핸드백을 열어 손에 잡히는 대로 현금을 꺼내 주었다. '난 괜찮아, 이걸로 해결해' 그리고 그녀는 '일진이 안 좋군'이라고 말했다. 무거운 목소리였다.

「안 되겠어. 돌아가자고. 차 돌려.」

그녀가 건네준 돈을 들고 나가 범퍼 값을 치르고 왔을 때 그녀는 휴대폰의 플립을 닫고 있었다. 그러면서 건넨 말이 '돌아가자, 차 돌려'였다. 만날 사람에게 약속을 미루자고 전화를 한 모양이었다. 그렇게 간단히 약속을 미뤄도 될 사람이었던가. 그녀가 만나기로 한 이는 중국에서 온 손님이라고 했었다. 그렇다면 사업상 만나기로 한 사람일 가능성이 크고, 사고가 났다 하더라도 다른 교통편을 이용해 약속 시간 안에 대야동에 가기 위해 애써야 할 처지였다. 약속 시간을 넘겼다고 해도 그랬다. 중요한 약속이라면 상대방도 얼마쯤은 기다려 줄 터였다.

「차 돌리라는데. 뭐해.」

나는 앞차가 좌회전 신호를 받아 빠져나가는 사이 차를 유턴시켰다. 유턴할 때 유심히 관찰해 보니 차의 부드러움에는 변화가 없었다. 부드럽지 않은 것이 있다면, 그녀의 목소리였다. 잘못된 것이 있다면, 그녀의 진행 방향이 바뀌었다는 점이었다.

「죄송합니다.」

「죄송하긴. 화 내서 미안해. 그냥, 돌아가는 게 좋을 것 같아서 돌아가는 것뿐이야. 신경 쓰지 말라고. 직감이라는 거 무시하는 게 좋을 때도 있고 따라야 좋을 때도 있어. 오늘은 직감을 따르고 싶은 날이야.」

나는 아무 말도 하지 않았다. 백미러로 그녀의 모습을 살펴보았지만 특별한 표정 변화를 읽을 수 없었다. 백미러의 색깔이 잿빛인 때문이었다. 백미러의 색깔을 잿빛으로 바꾸라고 말한 사람은 그녀였다. 내가 키를 넘겨받고 그녀를 처음 태웠을 때 그녀는 백미러 색깔을 바꾸라고 지시했었다.

「백미러가 너무 검지? 먼젓번 기사가 좀 밝은 걸로 바꾸겠다고 하는데 사고 나도 좋으니 그냥 검은 걸로 달고 다니라고 했었지. 양 기사였는데, 백미러로 길을 살피는 시간보다 나를 훔쳐보는 시간이 더 많았어. 모른 척했더니 나중에는 백미러를 내 얼굴에 맞춰 놓았더군. 백미러 각도를 보고 알았지. 그래서 백미러 색깔을 바꿔 버렸지. 이젠 밝은 잿빛으로 바꿔. 그래도 민짜 거울은 곤란해. 잿빛 정도가 좋겠어.」

나는 고개를 끄덕이면서도 등줄기가 서늘해지는 느낌이었다. 나 역시 백미러를 그녀의 얼굴에 맞춰 놓고 있었지 않은가. 그녀의 애기대로라면, 백미러 색깔을 바꾸되 자신을 살피는 데 쓰지 말고 뒤편 도로 상황을 살피는 데 쓰라는 말이었다. 등줄기가 서늘해지는 느낌을 가누면서 나는 기사가 자신을 고용하고 있는 사람의 표정을 살피는 것은 무례라는 데 동의했다. 그녀의 말이 맞았다. 백미러는 사람을 살피라고 있는 게 아니라 차의 뒤를 살피라고 달아 두는 것이었다. 그녀의 애기를 듣고 나는 백미러를 바꾸면서 위치도 조금 바꿨었다. 대신 그녀의 표정을 살피고 싶을 때 운전 자세를 고치려는 듯이 엉덩이를 들썩이곤 했다.

「차 맡겨야지. 멀쩡하게 굴러간다고 이상이 없는 건 아냐. 서비스 센터 찾아봐.」

「네. 죄송합니다.」

난감한 기분이었다. 그녀는 아주 중요한 약속 장소에 가는 것으로 보였었다. 그런 날 나는 사고를 냈고, 그녀는 약속을 파기하고 돌아가는 길이었다. 게다가 이젠 차에서 내릴 작정이었다. 예정된 움직임을 포기한다는 것은, 예정된 움직임을 포기하게 만든 장본인이 나라는 사실을 깨닫게 하는 아주 참담한 일이었다. 나는 다시 궁둥이를 들썩이며 백미러로 눈길을 주었지만 그녀의 표정은 여전히 잿빛 백미러 속에 숨어 있었다.

서비스 센터에 차를 맡기고 나왔을 때 그녀는 여전히 밖에 서 있었다. 나는 그녀가 택시를 타고 회사로 돌아간 줄 알고 있었다.

「오늘은 쉬는 게 좋겠어. 직감이 그래.」

그녀는 택시에 오르면서 회사와는 다른 방향의 목적지를 말했다.

「그렇게 하시죠.」

그녀는 원하는 대로 할 수 있는 위치였고, 나는 그녀가 원하는 대로 해야 하는 위치였다. 나는 그녀의 지시대로 했지만, 그녀는 택시를 금세 세워 버렸다.

「답답하군. 기왕 차를 맡겼으니 좀 걷는 게 좋겠어. 물어볼 것도 있고 말이야. 왜 나한테 아무것도 묻지 않지? 그리고 택시기사 시험을 친 사람이 대야동이 실제 지명인지 아닌지를 몰랐단 말이야?」

난데없는 추궁이었다. 나는 솔직히 몰랐다고, 지금도 대야동이 있다고 믿고 있으며 단지 찾지 못했을 뿐이라고 대답했다. 사실이 그랬다.

「아냐. 없을 거야. 사고가 났을 때 그런 직감이 들었어. 아무래도 그 중국 사람이 지어낸 이름 같아. 나도 웬만한 동은 다

알아. 그런데 나도 모르고, 택시기사 시험 공부한 사람도 몰
라. 그러면 이상한 거잖아. 그런데 사고가 났어. 사고는 괜히
나는 게 아냐. 경고 신호 같은 거지.」
경고 신호에 따라 차를 돌렸다고 그녀는 말했다. 그럴 법도
한 일이었다. 그렇다고는 해도 중국에서 비행기를 타고 오는
사람이 이곳에서 만날 사람에게 가상의 이름을 지어 약속 장소
를 정할 이유라도 있단 말인가. 그것이 더 이상한 일이었다. 대
야동이 존재하지 않는다는 것을 확인해 보지도 않고 직감만으
로 단정하는 그녀의 태도 역시 이해할 수 없었다.
「그런데 제가 뭘 여쭤 보지 않는다는 말씀인지.」
「아, 그 얘기? 아냐. 뭘 물어보면 얘기해 주고 싶은데 아무것
도 묻지 않으니까 내가 오히려 답답해서. 다른 사람들은 그
러지 않았거든. 내가 조금만 틈을 주면 비집고 들어오려고
애쓰던데…… 아무것도 안 물어보면 이쪽에서 더 조급증이
나는 거 있잖아. 어떻게 생각하든, 아우트라인이라도 얘기해
줄까 싶어 입이 근질거려. 그런 게 바로 사람이야.」
아우트라인. 묘한 말이었다. 그녀의 아우트라인은 바로 나였
다. 그녀의 바깥 세계에 그녀와 나의 은밀한 관계가 도사리고
있었다. 그런데 그녀는 스스로 말해 주겠다고 나서고 있었다.
의외였다.
「전 다만, 불필요한 것을 여쭤 보지 않는 것이 예의인 줄로
알고……. 말을 많이 하지 말라고 하셨었고…….」

「꼭 필요한 말은 해야지. 세상에 불필요한 게 어딨어. 답답하네. 당신도 최소한 알 건 알아야 돼. 그래야 나도 이해하고, 회사도 이해할 수 있을 것 아냐. 예의? 나를 불편하게 하는 걸 어떻게 예의라고 할 수 있어?」

맞는 말이었다.

「죄송합니다. 미처 거기까지는…….」

그 말은 나에게 아주 익숙했다. 투자 결과가 좋지 않을 때 나를 믿었던 투자자들에게 마땅히 할 말이 없으면 우물거리며 둘러대던 말이었다. 투자자들은, 유상 증자를 받지 말라고 했는데 결과적으로 받았어야 유리한 것으로 판명됐다며 따지곤 했다. 공모주 청약에서 B회사를 택하는 게 좋겠다고 권했는데 결과적으로 C회사 주식이 B회사보다 세 배나 넘는 수익률을 냈다며 따지기도 했다. 그때마다 나는 우물거리며 「죄송합니다, 미처 거기까지는……」 하고 말하곤 했었다.

「내 얘기 잘 들어 둬.」

「네, 알겠습니다.」

그녀의 목소리에서 긴장감이 흘렀다.

「우리 공장에선 골동품을 만들어.」

나는 크게 놀라지 않았다.

「못 들었어? 우리 공장에선 골동품을 만든다고.」

그제서야 나는 그녀를 돌아보았다. 그녀도 고개를 돌려 나를 보았다. 처음에 나는 그녀가 뭔가 잘못 얘기한 줄 알고 있었다.

짧은 순간이었지만 골동품을 만드는 것이 어떻게 가능하느냐
고 되묻고 싶었다.

「이제 알아들은 모양이네.」

「네. 골동품을 만든다고 그러시기에.」

「골동품은 지금 만들 수 있는 게 아니지 않느냐 그 얘기지?
아니면, 골동품은 과거의 것 아니냐 뭐 이런 생각을 했거나.
맞아? 알고는 있었지만 역시 대단한 센스군.」

그녀는 내가 둔하지 않은 것에 대해 만족해하는 것 같았다.
그렇다고 기뻐하는 것 같지는 않았다.

「그렇기도 하고 사장님 이미지와 골동품이 쉽게 연결되지 않
아서 말이죠.」

「내 이미지와 골동품이? 흠, 골동품과 나는 코드가 다르다는
말 같은데…… 내가 꽤 도시적으로 보이나 보지? 그럼 생활
한복이라도 입고 다닐까.」

코드라는 말은 골동품과는 안 어울리는 것이었다. 하지만 그
녀가 자신을 설명하는 대목으로 코드를 입에 올린 것은 아주
적절했다. 그녀야말로 센스가 뛰어난 사람이었다. 골동품 역시
그랬다. 센스 없는 사람이 골동품과 관련된 일을 할 수는 없을
터였다. 그러므로 그녀는 골동품 만드는 회사를 운영할 수도
있다는 생각이 들었다. 만일, 골동품을 만들어 낼 수만 있다면
말이다.

나는 그녀의 보폭에 맞춰 걸음을 옮기면서 그녀의 애기를 하

나도 빠트리지 않고 들었다. 하나도 빠트리지 않으려고 신경을 곤두세웠지만 몇몇 대목은 빠트렸을 수도 있었다. 그녀와 나는 한강의 다리 한 곳을 지나는 중이었다. 바람이 세게 불었고, 자동차들이 내닫는 소리가 좀 더 크게 들려왔다. 대형 트럭이 지나갈 때는 다리가 출렁거리는 것도 느낄 수 있었다. 큰 다리들은 미세하게나마 출렁이도록 설계된다는 것을 나는 알고 있었다. 그러나 나는 다리를 건널 때마다 오늘 장세가 얼마나 출렁였던가를 떠올리곤 했었다.

다리를 건너왔을 때 그녀는 '우리 회사가 골동품을 만든다는 말에는 좀 어폐가 있다'고 조금 전 자신의 말을 수정했다.

「사실대로 말하지. 골동품은 골동품이기 때문에 온전할 수 없어. 그런데 사람들은 온전한 골동품을 갖고 싶어 하지. 그래서 이 사업을 시작했어. 그래, 우리 회사는 골동품의 흠을 없애는 일을 해. 흠 있는 물건을 흠 없는 물건으로 둔갑시키는 일을 한다고. 왜 그런 표정을 지어? 이건 가짜를 만드는 거 하곤 달라. 골동품은 전자 제품이 아니거든.」

나는 잠깐 그녀와 함께 건너온 다리를 뒤돌아보았다. 다리가 아니라, 내가 출렁이는 느낌이었다. 그녀의 말을 다 들었는데도 뭔가 좀 불투명한 느낌이었다. 간단하게 말하면 하자 있는 제품을 하자 없는 제품으로 만든다는 얘기였다. 그것이야말로 둔갑시키는 것이었다. 하지만 어느 정도는 이해가 될 법도 했다. 그녀 얘기대로 골동품은 전자 제품이 아니었다.

「뜻밖입니다. 골동품을 수리해서 내다 판다는 얘기잖습니까.」

「수리해서? 하긴 그러네. 수리하는 거나 마찬가지긴 한데 여기선 재현시킨다고 해. 재현시키는 건 수리하곤 다르지. 달라도 많이 달라.」

그녀는 내 어깨를 툭 치더니 또 자기 말 잘 들으라고 엄숙하게 말했다. 하지만 나는 신경을 곤두세워 듣고 있었는데 그녀에겐 내가 건성으로 듣는 것으로 보인 모양이었다.

「공예 공부를 좀 했거든. 배워 보니까 공예, 그거 참 사치스러운 거였어. 써먹을 데가 없는 공부라는 뜻이야. 공예 배워서 뭘 할 수 있겠어. 생활 소품 만드는 공방을 해? 눈이 높아서 쉽게 뛰어들지 못해. 그걸 안 하면 다음에는 공예가의 길이 남는데, 그 길은 너무 험난해. 어머니가 공예가였어. 국전 심사 위원도 했고, 대학교수도 했고. 어릴 때부터 어머니에게 줄을 대기 위해 드나드는 사람들을 많이 봤지. 어머니는 그들을 아주 잘 다뤘어. 예술가들이 좀 그래. 인간적이긴 하지만 자신의 계보에 웬만해서는 넣어 주지 않거든. 공예 대전 같은 데 출품해서 심사 위원 눈에 들려면 공예보다 더 열심히 해야 하는 일이 있어. 뭐겠어? 줄 서는 거지. 어머니가 어떻게 돈을 벌었는지는 몰라. 하지만 여봐란듯이 공예가의 길을 가려는 사람들에게 얼마나 까다로운 사람이었는지는 알지. 어머니에게 찾아오는 사람들을 옆에서 다 지켜보았으니까. 어머니를 보면서 난 공예가는 절대 안 하겠다고 결심했어. 어머니가 벌어 놓은 돈을 쓰는 방법이나 연구하면 되겠다는 생각이 들더라고. 그런데 영영 돈을 벌 수는 없는 거였나 봐. 어머니 눈에 들지 못해 안달하던 사람 한 명이 어머니를 확실하게 죽여 버리더군. 어떻게 죽였는지 알아? 어머니에게 돈과 문화재급 골동품을 갖다 바친 사람들 명단을 주간지 기자들에게 뿌린 거지. 주간지가 어머니 뒷조사를 시작했고, 일간지들이 그 뒤를 따랐지. 어머닌 변명 한마디 못하고 속을 끓이다가 화병으로 돌아가셨어. 슬프지 않아? 슬프다고? 거짓말하지 마. 나도 안 슬픈데 당신이 어떻게 슬프겠어. 어머니를 죽인 그 사람, 황학동 상권을 다 쥐고 있는 골동품 전문가였지. 하지만 나는 알고 있었어. 그 작자가 어떻게 가짜 골동품을 진짜로 둔갑시키는지 말이야. 진짜 골동품을 어떻게 사들이는지도 알고 있었고. 그런 걸 알면 간단해. 고발해 버렸어. 그 조직 중 일부는 나에게로 왔고. 그 사람, 몇 달 고생하다 나와서 지금도 가게를 하나 가지고 있어. 하지만 지금은 구멍가게지. 그렇게 달려 들어갔던 골동품 가게에는 귀한 손님이 가지 않아. 전과 있는 가게에 훔친 물건을 가지고 가는 도둑은 없거든. 재미없어? 그러면 내가 재미있는 얘기 해줄까? 당신 증권 회사에서 일했더군. 처음엔 몰랐지. 여의도 증권가 지날 때였어. 신호에 걸려 서 있는데 당신 눈길이 그날따라 참 이상하다 싶었어. 신호가 바뀌었는데도 출발하지 않고, 한숨도 쉬었지 아마. 증권 쪽에서 일을 했거나 주식 투자로 꽤 손해를 보았거나 둘 중의 하나일 거라고 짐작했지. 그래서 알아봤어. 알아보는 거, 우리 쪽에선 간단해. 거물들을 거칠 수도 있었지만 직접 알아봤어. 이쪽 조직에도 정보망이 있어. 꽤 수준급이야. 정보가 필요할 때가 많거든. 오해하지 마. 운전기사가 가장 가깝고도 먼 사람이라고 하잖아. 운전기사 잘못 쓰면 회사 운명이 달라질 수 있거든. 내가 왜 기사 대기실을 공장 바깥에 뒀겠어. 판검사들이 단골 면도사를 두는 것과 마찬가지 이치야. 판검사 하는 일이 잡아다가 족치고, 징역 살게 하고, 그러다 보니 원한을 많이 살 수도 있잖아. 아이러니하지? 판검사들이 억 소리도 못 지르고 목을 내놔야 하는 자리가 바로 이발소 의자라고 생각해봐. 운전기사도 언제든 그렇게 적이 될 수 있지.」

나는 또 한 번 뒤를 돌아보았지만 그녀와 함께 지나온 다리는 꽤 멀어져 있었다. 그런데도 가슴이 출렁거리는 듯했다. 하지만 나는 내색하지 않았다. 내색해서 달라질 것은 없었다. 그녀가 나를 내쫓지만 않는다면 그녀에 대한 인식에 변화를 주려고 안간힘 쓸 필요는 없었다. 나는 그녀에게 기사 대기실을 공장 안으로 옮겨 달라고 조를 생각도 없었고, 그녀를 태우고 다니면서 알게 되는 회사 비밀을 밖에서 떠들고 다닐 생각도 없었다. 그럴 수도 없는 것이, 나는 공장 안에서 무슨 일이 벌어지고 있는지 모르고 있었다. 그녀가 어떤 사람과 어떤 대화를

나누는지 역시 알지 못했다. 늘 그녀를 태우고 다니지만 그녀
는 차에서 전화를 받을 때면 네, 아니오 식으로 대답하거나 마
치 자신이 운전하고 있는 것처럼 얘기하곤 했었다.

「지금 차 안에 있어서요. 아뇨, 기사가 예비군 훈련 가는 바
람에 모처럼 핸들 잡았어요. 나중에 제가 전화드리지요.」

내가 아무런 대꾸를 하지 않자 그녀는 엉뚱한 얘기를 꺼냈다.

「오랜만에 이러니저러니 애길 많이 했더니 배고프네. 말하는
것도 노동이라더니 그런가 보네. 우리 어디 가서 죽이라도
한 그릇 하면 어때?」

그녀의 목소리가 죽처럼 흐물흐물한 느낌으로 다가왔다.

「죽 파는 곳이 있을까요?」

「없을까? 갑자기 죽이 먹고 싶어졌어.」

그녀는 죽을 먹고 싶다고 말했고, 나는 그녀에게서 몹시 초
조해하는 기색을 읽어 냈다.

「기운이 없어 보입니다.」

「그래 보여? 그럴지도 몰라. 며칠 동안 소화가 잘 안돼. 우리
언제 별을 봤더라.」

그녀가 별을 본 것은 불과 어제였다. 그런데도 그녀는 별을
본 기억이 아득하다는 투였다. 나는 그녀에게 죽을 먹게 해줘야
겠다고 생각했지만 죽 전문점은 눈에 띄지 않았다. 그녀는 내가
죽 전문점을 찾는 사이 골동품을 어떻게 만드는가에 대해 말했
다. 그녀는 도자기의 쪽이 떨어져 나간 것을 감쪽같이 붙이는

법에 대해 말했고, 유성기 바늘을 구하는 방법에 대해 말하기도
했다. 그녀의 얘기 속에는 석불도 있었고, 민화도 있었고, 다리
미도 있었고, 인두도 있었다. 그것들은 하찮게는 2, 3만 원에서
수백만 원, 수천만 원까지 한다는 것을 나는 알고 있었다.

「진국인 사람을 만나기가 점점 힘든 세상이지? 물건도 그래.
제대로 된 물건을 구하기가 점점 어려워. 그래서 말이야.」

그녀는 죽 먹는 것을 포기하지 않았을까. 나는 그녀가 정작
죽을 먹고 싶어 했던 게 아닐지도 모른다고 넘겨짚었다. 자꾸
만 말을 이어 가는 걸 듣고 있다 보니 그녀는 정작 말에 굶주렸
을 것 같았다.

「전 골동품에는 문외한이라서요. 무슨 말씀인지 잘 모르겠지
만, 너무 많이 걸었습니다. 좀 쉬셔야 할 것 같은데.」

「괜찮아. 어디까지 얘기했었지? 아, 그래서 말이야. 사업을
좀 다각화하려던 참이었어. 제대로 된 물건을 구하기 어려우
니까 좀 더 완벽한 재현 작업을 하고 싶었던 거지. 골동품 사
업의 매력은 뭐니 뭐니 해도, 시간을 다시 살려 낸다는 느낌,
그거 하나거든. 누군가가 흠을 완벽하게 메워 주면 오백 년
천 년 전의 모습으로 다시 태어나거든. 흠이라는 건 사소한
건데, 흠 때문에 제 향기를 내지 못하는 건 좀 불공평해. 역사
의 생명력 그런 말까진 하고 싶지 않아. 그냥, 숨 쉬게 해주고
싶은 거지. 그 흠을 메우자니 좀 외진 곳이 필요했고.」

그녀는 내가 궁금해했던 스물네 개의 작업실에 대해서도 말

했다. 스물네 개 중 두 개는 그녀의 방이었다. 하나는 사장실이
고, 하나는 1인용 침대가 있는 방이었다. 나머지 방들에서는
작업이 이루어진다고 그녀는 말했다. 목공만 전담하는 방이 있
고, 놋그릇만 취급하는 방이 있으며, 쇠붙이를 부식시키는 일
만 전담하는 방도 있다고 그녀는 말했다. 어떤 방에서는 옛날
것과 같은 못만 만들고, 어떤 방에서는 정밀하게 아교칠만 한
다고 그녀는 말했다. 또 어떤 방에서는 곰방대를, 어떤 방에서
는 문고리만을 만든다고 그녀는 말했다.
　「증권 쪽에서는 소량 다품종 기업이라고 합니다. 마이크로 업
종이라고 할 수도 있고요. 정밀한 작업을 필요로 하니까요.」
　「그렇게 얘기하니까 골동품하고는 너무 거리가 있어 보이는
걸. 하긴, 부가 가치가 높으니까 마이크로 업종도 말이 되고,
소량 다품종 기업도 말이 되겠네. 재현을 잘하면 부르는 게
값이야. 이 동네가 원래 그래. 옛날 나사 같은 것 하나 만들
기 위해 한 달을 고생할 때도 있거든. 하지만 어떤 것도 완전
할 수는 없어. 늘 그게 아쉬워. 그럴 때 사람의 간사한 눈에
기대를 하곤 해. 이건 좋은 물건이다, 이런 마음으로 보면 그
렇게 보이니까. 돈을 많이 벌려고 그러는 게 아니라 그냥 그
러고 싶어져. 문제는 그렇게 흠을 없애서 파는 게 불법이라
는 건데…… 그냥, 흠이 있는 물건을 좀 손봐서 흠 없는 것으
로 보이게 하는 거, 그게 불법인데도 자꾸 사람을 잡아당겨.
그래서 손을 못 놓겠어. 돈? 그래, 아직 수익이 나는 건 아냐.

좀 무리하게 투자했으니까. 여기까지 오는 동안 어머니가 남긴 진품들을 거의 다 팔았어. 이젠 몇 점 안 남았지. 나 이상한 여자지? 진품을 팔아서 흠 있는 물건을 사들이고, 그걸 손봐서 다시 팔고.」

그녀는 갑자기 걸음을 멈추더니 「대야동은 실제로 없는 지명인지도 몰라. 그렇지?」라고 나에게 물었다. 자꾸만 그렇게 생각된다고 그녀는 말했다. 나는 그럴지도 모르겠다고, 그래도 갔어야 하는 것 아니냐고 대답했다. 그녀는 또 말했다. 회사를 본궤도에 올려놓기 위해서는 단순하게 흠을 없애는 일에만 주력해서는 안 된다고, 이제 보다 큰 프로젝트를 추진해야 할 단계에 와 있다고, 이 바닥에서 큰 물건이란 시대의 간격이 아주 먼 것이며, 아주 귀한 것을 뜻한다고 그녀는 덧붙였다.

「중국에서 전문가가 오기로 했었거든. 중국 광저우에서도 소문난 사람이라고 소개받기는 했는데. 광저우 사람들 값이 가장 비싸지. 워낙 노련하니까. 그런데 시간이 갈수록 느낌이 안 좋았어. 추돌 사고가 나는 순간 이건 가지 말라는 얘기구나 생각했지. 그쪽 조직이 좀 만만치 않다는 생각을 하고 있었어. 정보도 좀 모아 봤고. 혼자 오는 줄 알았는데, 세 사람이 함께 비행기를 탔다는 거야. 그건 좀 이상하지? 그래, 대야동이 실제로 존재하는지 존재하지 않는지 그게 중요한 게 아냐. 골동품 밀거래까지 생각한 건 아니었는데, 어쩌다 여기까지 왔는지. 난 그냥 시간을 되살려 내는 거, 오백 년 전 물

건을 숨 쉬게 해주는 거, 그런 것에 의미를 뒀던 거야. 거기에
매력을 느꼈던 것뿐였어.」

「시간을 되살린다는 건······.」

「아무 말도 하지 마」라고 그녀가 내 말을 막았다. 이제 더 이
상 얘기할 힘도 없고 더 이상 들을 힘도 없다는 말처럼 들렸다.
그녀가 나를 보았고, 나도 그녀를 보았다. 그녀가 밀거래를 해
왔다는 것인지, 앞으로 밀거래를 할 계획이었다는 것인지 알
수 없었지만 찬바람이 가슴을 훑고 지나간 것만은 분명했다.
나는 또 슬그머니 뒤를 돌아보았지만 다리는 더 이상 보이지
않았다.

4

  나에겐 나 혼자 별을 본 기억이 없었다. 하지만 나는 별을 쳐
다보고 있었다. 나는 혼자서 카시오페이아를 찾았다. 그녀가
말한 카시오페이아는 다섯 개의 별로 이루어진 별자리였다. 그
녀는 왕비의 다리, 무릎, 허리, 겨드랑이, 가슴을 이으면 카시오
페이아 자리가 된다고 말했었다. 그 별들은 모두 성감대에 위
치해 있다고도 했었다. 그렇게 연결하면 더블유(W) 모양이 되
는 것이 카시오페이아 자리였다. 더블유 모양은 아주 선명했
다. 카시오페이아 자리를 보고 더블유 자를 만든 것인지도 모
른다는 생각마저 들었다.

적막한 사위에 묻혀 나는 오랫동안 별을 보았다. 그것은 놀라운 일이었다. 카시오페이아 자리가 놀라운 게 아니었다. 내가 별자리를 찾고, 그것을 보고 있다는 것이 놀라웠다. 그동안에는 늘 그녀와 함께였다. 어느덧 나 혼자 별을 보다니……. 놀라운 것은 또 있었다. 별이며 은하수가 여전히 하늘에 있다는 것이 그랬다. 나는 별이며 달이며, 태양계가 내 삶의 어떤 부분을 차지하리라고 생각한 적이 없었다. 별이니 달이니, 나무니 풀이니 하는 것들은 이미 내 기억 속에서 사라진 지 오래였다. 그것들이 내 삶에 어떤 영향을 줄 만큼 나는 한가하지 않았다. 그것은 내 삶과 동떨어진 것이었다. 그것들은 내 삶의 바깥에 있었고, 내 삶을 지배하는 것은 자본이란 이름의 생물이었다.

그랬다. 나는 늘 별이 보이지 않는 곳에 있었다. 별다운 별을 본 기억이 없었다. 밝은 것을 제대로 보려면 어두운 곳에 있어야 하는 법이었다. 그러나 나는 그런 곳에 없었다. 별은 늘 흐릿한 하늘 속에 있었고, 나는 늘 밝은 빛들 주위에 있었다.

내 주위에 있던 빛 중에서 가장 큰 것은 수백 개의 전광판을 비추던 주식 시세판이었다. 나는 현재가를 알리는 빛과 어제의 종가를 알리는 빛 사이에서 분주히 오갔었다. 어제보다 얼마나 떨어지고, 얼마나 올랐나를 알리는 빛들 사이에서 방황했었다. 상한가를 알리는 화살표와 하한가를 알리는 화살표에 묶여 있었다. 그것이 빛의 전부는 아니었다. 사람들은 궁둥이를 소파에 깊숙이 들이민 채 앉아 있기도 했고, 유리 출입문에 기대어 서 있기도 했고, 펀드 매니저와 얘기를 나누기도 했다. 그러나 그들은 한결같이 전광 시세판에서 신경을 거두지 않았다. 그 눈빛들이 지상에서 가장 무서운 빛이었다. 그들의 눈빛을 보면 희열에 들뜬 눈빛인지 낙담한 눈빛인지 알 수 있었다. 그 눈들이 가장 뜨겁고, 강하고, 솔직한 빛이었다. 나는 그 눈빛들을 만나면서 하루를 시작했고, 그 눈빛들과 헤어지면서 하루를 마무리하곤 했다. 그러나 그 빛들은 하루를 시작하기도 전에 내 의식 속에 들어왔고, 하루를 마무리한 후에도 내 의식 속에 남았다. 그 외의 다른 빛을 본 기억은 별로 없었다.

나는 카시오페이아 자리를 보면서 전광 시세판을 떠올렸다.

빈 라덴의 얼굴과 쌍둥이 빌딩이 무너지는 모습은 여전히 텔레비전 화면에서 사라지지 않고 있었다. 연구소장은 하루에 세 차례씩 회의를 소집했고, 정보 보고서 파일은 계속 쌓여 갔다. 연구원의 몇몇은 회사 근처 호텔에서 합숙 중이었다. 빈 라덴과 쌍둥이 빌딩, 부시와 탈레반을 생각하면서 사람들은 옆방의 교성을 듣곤 했다. 그것은 처절하다는 의미에서 같은 선상에 있었다. 이슬람교를 믿는 사람들이 빈 라덴과 같은 운명이듯이 투자 매니저들은 미국 증권 시장의 흐름과 같은 운명이었다. 사랑이든, 불륜이든 교성 역시 운명의 한 상징이었다. 그리고 모든 운명은 주사위를 던지도록 강요하는 법이었다.

나는 주사위를 던졌다. 나는 반신반의하면서도 미국의 힘을 믿어야 한다고 생각했다. 미국의 힘을 믿지 않으려 할 때마다 연구소장의 목소리가 자꾸만 떠올랐다. 연구소장은, 미국은 언제나 신속하게 움직였고, 대부분 목적을 이루어 냈다고 강한 톤으로 얘기했었다. 소장의 말이 틀린 것은 아니었다. 그렇다고 다 맞는 것은 아니었지만 그럴 때마다 나는 '내 말을 가볍게 듣지 말라'던 소장의 말이 떠오르는 것을 어쩔 수 없었다. 내 안의 싸움에서 빈 라덴과 이슬람교를 믿는 사람들의 잠재력은 힘을 잃어 갔다. '힘이 없으면 신속하게 움직일 준비를 할 수 없다. 언제나 움직일 수 있다는 것은 그만큼 정보가 축적돼 있고 실행 능력이 있으며, 상대를 누를 자신이 있다는 것을 뜻한다. 그 힘을 갖춘 것이 미국이다.' 소장은 마지막으로 그렇게 말했었다. 나는 더 이상, 종교전이란 근원적인 것을 거는 싸움이라는 말을 꺼내지 않았다.

내가 주사위를 던지자 연구소장은 고개를 끄덕였다.

「맞아. 이건 라이언 일병 구하기와는 차원이 달라. 달라도 많이 다르지. 미국은 미국 전체를 걸었어. 빈 라덴은 겨우 이슬람교를 걸었을 뿐이야. 그들은 흩어져 있고 미국은 응집돼 있어. 봐. 벌써 빈 라덴 조직원들의 몽타주까지 나오잖아. 한두 번 출렁이긴 하겠지. 출렁이지 않으면 증시가 아니지. 좋아. 밀어 보자고.」

좋다는 말은 매수로 간다는 의미였다. 그러면서도 연구소장은 모든 위험은 분산시킬수록 좋다는 원칙에 따라 하향 곡선을 그리고 있는 일부 종목에 대한 매도를 결정했다. 매수 자금의 30퍼센트쯤은 거기에서 나올 터였다. 20퍼센트는 관망이었고, 51퍼센트는 매수였다. 이제 컴퓨터 칩에 그 자료들이 저장될 터였다. 그 칩들은 저장된 프로그램에 따라 매도와 매수 물량을 쏟아 낼 터였다. 아무도 이의를 제기하지 않았다. 이의를 제기할 분위기가 아니었다. 연구소장은 거듭, 이번 투자 결정에 대한 책임은 자기가 진다고 강조했다. 쌍둥이 빌딩이 무너진 것은 증권가 사람들에게 절호의 기회이거나, 그 반대라고 그는 말했다. 관망만 한다는 것은 있을 수 없는 일이라고 그는 또 말했다. 그 역시 주사위란 만지작거리라고 있는 게 아니라는 데 동의했다.

　주사위는 던져졌고, 컴퓨터는 프로그램을 실행시켜 나갔다. 매수 주문을 낸 종목들이 속속 들어와 쌓여 갔다. 매도 주문을 낸 종목들에는 오차가 있었다. 하한가 잔량들이 늘어 갔고, 팔려 나가지 않은 종목들이 늘어 갔다. 소장은 그런 정도는 예상했던 일이라고 대수롭지 않게 말했다. 그런 종목들의 일부는 관망으로 편입됐다. 연구소장은 하루에도 수십 번씩 컴퓨터 프로그램을 수정하도록 지시했고, 컴퓨터는 자신이 명령받은 내용을 거래소 시장과 코스닥 시장의 주기억 장치로 실어 날랐다. 부시는 전쟁을 준비하고 있었지만, 컴퓨터는 이미 전쟁 중이었다. 증시는 언제나 모든 움직임을 선행하므로 이제 전쟁이 일어나면 되는 일이었다. 전쟁이 아니어도 좋았다. 미국이 빈 라덴의 시신을 텔레비전 브라운관 앞에 보여 주면 되는 일이었다. 주사위가 던져졌으므로 그것이 나의 희망이자, 소장의 희망이었고, 회사 전체의 희망이었다. 한 배를 탄 사람들은 억지로라도 자신도 모르게 한 몸이 되는 법이었다.

주사위를 던지고 난 다음에는 오히려 마음이 편안했다. 미국은 빈 라덴을 공수해 와 뉴욕 시민들 앞에 세울 것이고, 부시는 그것으로 수천 명의 목숨에 대한 위안으로 삼자고 역설할 거였다. 미국 증시는 잔뜩 다져진 바닥에서 불끈 일어날 거라고 소장은 말했다. 미국 증시는 쌍둥이 빌딩이 무너지기 전부터 이미 바닥을 다져 온 터라고 그는 강조했다. 나는 그 말에 절반쯤 동의하고 절반쯤 회의했다. 그러나 소장의 예상이 빗나가기를 바란 것은 아니었다. 일이 그렇게 진행되면 나는 이슬람교에 대한 책을 한 권 사볼 생각이었다. 이스라엘에서 신학 공부를 하고 있는 친구와 장시간 국제 전화를 해야겠다는 생각도 하고 있었다. 어쩌면 이스라엘로 날아가 기드론 골짜기에서 이슬람 성전을 올려다볼 수 있을지도 모를 일이었다.

아니었다. 나는 갑자기 자동차를 사륜 구동으로 바꿔 오프로드를 찾아 떠나고 싶어졌다. 갑자기 떠오른 생각이 아니었다. 면도와 샤워를 하고 나와 물기를 닦아 낼 때 가끔 그런 생각이 들곤 했었다. 내 몸에서 흙먼지를 털어 낸 날이 언제였던가, 아득하게 그리워지는 경험을 몇 차렌가 했었다. 〈윌리엄 텔 서곡〉을 듣고, 마리안 앤더슨을 듣고, 면도를 하고, 마침내 주사위를 던지고 나면 자동차의 뒤꽁무니에 흙먼지를 매달고 전속력으로 내달리고 싶다는 욕망이 차오르곤 했었다. 나는 내 몸뚱이가 기계적으로 데이터와 싸우는 데 지쳐 가고 있다는 것을 알아채고 있었다. 나는 밤마다 내 몸이 하소연하는 소리에 갈수록 예민해졌다.

그게 다였다. 연구소장은 말했었다.

「이제 사흘 지났어. 길어 봐야 일주일이면 모든 일이 끝나겠지. 그때부턴 완만하게 상승하다가 본격적인 금융 장세가 시작되는 거고. 부동산, 금리, 유동 자금, 다 좋아. 그러면 된 거야. 그때부터 천천히 거둬들이자고, 아주 천천히. 내가 여의도에서 이십 년 넘게 일해 왔지만 이런 기회는 처음이야.」

연구소장은 또 말했다. 이건 일주일 작전이라고. 아니다. 연구소장은 자신의 말을 곧장 수정했다. 6일 작전이라고. 소장은 마침 이스라엘이 치렀던 6일 전쟁을 떠올린 모양이었다.

그러나 6일 작전이 계속되는 동안 미국은 탐색전만 계속했다. 소장의 낯빛은 점점 창백해서 갔다. 소장은 몇 차롄가 회장실과 사장실의 전화를 받았고, 전화를 끊을 때마다 땀을 훔쳐 냈다. 회사 전체가 술렁거렸다. 6일 작전이 막바지에 이르렀을 때 회장은 연구소장을 불렀고, 연구소장은 회장실에서 내려와 나를 불렀다. 미국은 여전히 빈 라덴에 대한 복수 의지만 강조하고 있을 뿐이었다. 미국은 전쟁을 시작조차 하지 않고 있는데 회사가 시도한 전쟁은 이미 막을 내리고 있는 형국이었다.

회장실에서 내려온 소장은 「내가 잘못 봤던 건가」라고 씁쓸한 목소리로 말했다. 그리고 또 소장은 소련이 아프가니스탄에서 죽을 쑨 전력이 문제야, 그런 전례만 없었어도 미국은 진작에 해병대를 상륙시켰을 것이고, 빈 라덴이든 누구든 꺼멓게 타죽은 시체로 발견됐을 것이라고 말했다.

「퇴직금이 얼마나 될까.」

처연한 목소리였다. 회장실에서 나와 연구소로 오는 동안 처연한 목소리를 내는 연습이라도 한 듯했다.

「제 책임이 큽니다.」

나에게도 실제로 6일 작전에 대한 책임이 있었다.

「그래, 당신 책임도 크지.」

소장은 지그시 눈을 감고 그렇게 말했다. '당신 책임도 크지'라고. 그는 오랫동안 눈을 뜨지 않았다. 눈을 감고 퇴직금이라도 계산하는 것인가. 소장이 눈을 감고 있는 동안 나는 사륜 구동 자동차에 대한 욕망을 포기했다. 흙먼지를 날리며 오프 로드를 질주하는 것도 포기했다. 포기함으로써 어떤 문제가 해결될 수만 있다면, 그런 것도 일종의 행복이었다. 그때 늘 눈앞에 도사리고 있던 전광 시세판 빛들이 꺼져 가는 느낌이 들었다. 또 하루의 장이 끝났는가. 그랬다. 장이 끝난 거였다. 장이 끝났으므로 나는 더 이상 그곳에 머무를 이유가 없었다. 장이 끝난 후에는 모든 데이터의 생명력도 끝나는 것이었다. 나 역시 그러했다. 나는 이미 효용 가치를 상실한 데이터를 만든 사람이었다.

　소장은 여전히 눈을 감고 있었고, 나는 소장의 책상 위에 사
직서를 올려놓은 다음 노트북을 챙겼다. 눈앞으로 흙먼지가 가
득 낀 비포장 도로가 떠올랐다.

5

　나는 카시오페이아 자리에서 눈을 거둬들였다. 목이 아팠다.
공장은 어둠 속에 거대한 성냥갑처럼 누워 있었다. 나는 공장
주위를 한 바퀴 돌았다. 대학 다닐 때의 심경이 그랬었다. 거대
한 구조물 주위를 빙빙 돌 뿐 어느 한 곳 내가 열고 들어갈 문
은 없어 보였다. 그때 신문사에서 대학생들을 대상으로 개최한
모의 주식 투자 대회에서 입상하지 못했더라면 나는 지금도 거
대한 구조물 주위를 빙빙 돌고 있을 터였다. 모의 주식 투자 대
회에서 나는 두 번째로 수익률을 많이 냈고, 시상식장에서 연
구소장을 만났었다. 입사 시험을 치를 때는 그가 면접관이 되
어 앉아 있었다. 묘한 인연이었다.
　나는 공장을 한 바퀴 돌고 나서 하늘을 또 올려다보았다. 카
시오페이아 자리는 여전히 선명했다. 나는 이내 눈을 거두었
다. 택시기사 면허시험을 치른 것이 결국 나를 이곳에 오게 했
다고 나는 생각했다. 그 시험은 나에게 별을 보게 해주기도 했
지만 그녀를 만나게 해주기도 했고, 골동품 시장이 어떻게 움
직이는가도 알게 해주었다고 나는 생각했다. 쓴웃음이 나왔다.

연구소장의 얼굴이 떠올랐다. 아니, 그는 이제 연구소장이 아니라 사장이므로 사장의 얼굴이 떠올랐다고 해야 옳을 터였다.

그가 전화를 걸어왔을 때 나는 자동차 잡지를 뒤적거려 사막 랠리 기사를 보는 중이었다. 벌써 사흘째 사막 랠리 기사를 보고 있었지만 싫증이 나지 않았다. 자동차 잡지 옆에는 택시 면허시험 예상문제집이 놓여 있었다. 나는 가끔 그것을 들춰 보다가 밀어 놓곤 했다.

「사람 하고는. 어떻게 내가 먼저 전화해야 목소리를 들을 수가 있나. 나오지 그래. 내가 근사하게 밥 한 끼 사지.」

소장은 처연한 목소리로 퇴직금이 얼마나 될까 걱정하던 사람이 아니었다. 전화를 건 사람이 소장이라는 것을 알았을 때 나는 그가 여전히 처연한 목소리를 내거나 직장을 잃고 방황하는 목소리를 낼 거라고 짐작했다. 나는 이미 '어떻게 지내셨습니까. 찾아뵙지 못해 죄송합니다'라는 인사말까지 준비해 놓고 있었다. 하지만 그는 생동감 있는 목소리를 냈고, 나는 그의 생동감이 낯설어서 근사한 밥 한 끼를 사양했다.

「약속 있다고? 출근은 안 해도 바쁜 모양이군. 그럼 전화로 얘기하지, 뭐. 길게 얘기할 것 뭐 있어. 이번 주까지만 쉬고 월요일부터 출근하라고.」

소장은 자신이 부티크 하나를 인수했다고 말했다. 그가 얘기하는 부티크란 양장점이 아니었다. 증권 회사의 투자 매니저로는 성이 안 차거나 이런저런 이유로 증권 회사를 떠난 사람들이

166

전주(錢主)를 모집해 운영하는 사설 증권 회사가 부티크였다.

「같이 손 잡고 다시 한번 해보자고. 우린 명콤비였잖아.」

그와 내가 명콤비였던가. 사실, 소장과 내가 콤비였느냐 아니었느냐가 중요한 요소는 아니었다. 그가 부티크의 사장이 되었다는 것이 문제였다. 그가 사장이 되었다는 말과 함께 유성처럼 별 하나가 휙 스치고 지나는 느낌이었다.

「이상하게 생각하지 말고 들어. 뭔가가 조여 온다고 생각하던 참이었어. 회장은 늘 사람을 바꾸고 싶어 하거든. 무리한 배팅을 주문할 때부터 이번엔 내 차례구나 싶더군. 자네는 내가 압력을 넣었다고 생각하겠지만 압력은 자네만 받은 게 아냐. 압력이란 순환하는 거야. 아니지. 하향 전달되는 거야. 그게 이번엔 더 심했지. 그래, 회사에 대해 너무 많이 알고 있는 사람은 적당히 물러나 주기도 해야 되는 거겠지. 이 바닥 생리가 그런 거야. 오르막 다음엔 내리막이고, 그다음에는 거세되는 것. 그러니 어쩌겠어. 회사 작전과는 반대로 개인 작전을 하나 폈지. 육 일 작전이 성공해야 얼마쯤 더 살아남을 수 있다고 생각했지만 자네도 알다시피 증권가에 다행이라는 건 없어. 너무 위험한 작전이었지. 위험한 작전이었기 때문에 나도 보험을 들 수밖에 없었던 거고. 육 일 작전이 성공하면 회사에서 살아남고, 실패하면 죽는다. 뭐랄까, 빈 라덴처럼 성전을 했다고 해도 좋아. 회사가 살 때 나는 팔고, 그다음에 나는 샀어. 이십오 일 이동 평균선이 사라고 가르

쳐 주더군. 결국 내 예상이 맞았지. 그게 효자 노릇을 해줬
어. 이 사람, 이상하게 생각하지 말라니까 그러네. 회사 작전
이 실패하면 내 인생 전체가 끝나는데 어쩌겠어. 나도 살길
을 찾으려고 몸부림친 것뿐이라고. 보라고. 나는 쫓겨났지만
회사는 여전히 굴러가잖아. 내가 거래한 부티크 대주주가 자
기 지분을 좀 인수해 달라는 거야. 그래서 다시 솔잎을 먹기
로 했어. 자네 믿고 인수한 거니까, 나와. 나와서 좀 도와줘.
우린 명콤비였잖아.」
소장은 또 우린 명콤비였다고 말했고, 나는 잠시 면도를 또
해야 하는가 생각했다.
「말씀은 고맙습니다만 전 좀 다른 일을 할 생각입니다.」
소장이 그 다른 일이라는 게 뭐냐고 물었을 때 나는 자동차
잡지와 택시 면허시험 문제집을 동시에 보았다.
「이를테면…… 택시 운전 같은 건데, 팔다리 움직이는 일을
찾아보려고요.」
꼭 택시 운전이라고 대답해야 할 이유는 없었다. 그러나 그
순간 택시 운전이란 말이 튀어나왔다. 목젖에는 ‘퇴직금으로
지프차를 한 대 사서 오프 로드 여행을 하려고 합니다’라는 말
이 걸려 있었다. 하지만 그렇게 말하면 소장은 지프차를 한 대
사줄 테니 여행을 다녀와서 출근하라고 할 게 뻔했다. 소장이
송수화기 저쪽에서 혀를 끌끌 차는 동안 나는 내가 택시를 모
는 모습을 떠올렸다. 순간, 택시 운전이 아주 간절하게 하고 싶

어 견딜 수 없었다.

「사람, 며칠 쉬더니 아주 여유 있어졌구먼. 그런 말 택시 운전수들한테는 하지 말라고. 택시 운전수들은 택시 운전이나 하겠다는 말을 제일 기분 나빠 한다더군.」

「그래도, 꼭 해보고 싶어서 말이죠.」

나는 거리를 달리는 택시를 떠올렸고, 거스름돈을 건네주고 있는 나 자신을 떠올렸다.

전화를 끊고 나서 나는 버릇대로 욕실로 들어갔다. 욕실의 샤워기는 이내 뜨거운 물을 쏟아 냈다. 나는 물줄기를 맞으면서 거울 앞에 얼굴을 들이밀었고, 면도를 시작했다. 물줄기는 등 쪽을 넘어 거울에까지 튀어 올랐다. 거울은 이내 수증기로 가득 덮였고, 이따금 샤워기에서 튄 물방울이 수두 자국처럼 수증기 틈을 파고들었다. 손바닥으로 거울을 문질렀지만 거울이 말끔하게 내 얼굴을 비추는 것은 아주 잠깐이었다. 면도는 쉽지 않을 것 같았다. 하지만 면도기는 내 솜털까지 다 깎아 낼 준비를 마친 상태였다. 면도기는 수염을 깎아 내는 일만 하는 물건이었다. 그럼으로써 가치를 인정받는 게 면도기였다. 나는 면도기의 의지를 읽었다. 거울이 흐릿하든 말든 그것은 면도기가 상관할 일이 아니었다.

나는 오른쪽 볼에 면도기를 가져갔다. 그리고 위에서 아래로 한 번 훑어 내린 다음 아래에서 위로 다시 훑어 올렸다. 그래야 솜털까지 말끔히 깎을 수 있었다. 그럴 때 면도기의 각도는

30도쯤이 적당했다. 오른쪽 볼을 면도하는 동안 나는 거울을 다섯 번쯤 닦아 냈다. 이제 왼쪽 볼로 면도기를 옮겨 갈 차례였다. 왼쪽 볼을 면도할 때는 좀 더 긴장해야 했다. 왼쪽 볼을 면도할 때는 면도기가 대각선 방향으로 운동하게 돼 있었다. 그것이 좀 어색해서 나는 좀 더 빨리 면도를 끝내려고 입을 쩍 벌려 피부를 팽팽하게 만드는 버릇이 있었다. 면도기는 그런 상태를 좋아했다. 피부가 팽팽하게 당겨져 있으면 면도기는 최대의 능력을 발휘했다. 그러나 면도기의 능력 발휘를 위해서는 오른쪽 볼을 면도할 때보다 더 자주, 더 말끔하게 거울을 닦아 내야 한다는 전제가 필요했다.

거울을 일곱 번쯤 닦아 낸 후 팽팽하게 당겨진 피부에 면도기를 갖다 대고 밑에서 위로 훑어 올릴 때 나는 면도날의 또 다른 욕망을 읽었다. 면도날은 지나치게 빠른 속도로 움직였지만, 왼쪽 볼은 그 속도에 적응하지 못했다. 면도기가 지나치게 빨리 움직이는 것에 당황한 내가 얼굴을 트는 바람에 면도기는 자신의 욕망을 실현시켰다. 볼 한쪽이 홧홧하게 달아올랐다. 다급하게 거울을 닦아 내고 들여다보니 1센티미터는 될 정도의 면도날 자국이 남아 있었고, 기다렸다는 듯이 피가 솟아나왔다. 수증기가 거울에 덮이자 그 피는 큰 줄기처럼 보였고, 피가 얼굴을 타고 턱을 향해 흐르는 게 흐릿하게 보였다. 핏방울은 세면대 위로 떨어졌다. 세면대는 곧 피로 얼룩졌고, 그 얼룩 위로 또 한 방울의 피가 떨어져 내렸다. 나는 피로 얼룩진 세면대를 물끄러미 내려다보다가 면도를 중단하고 두루마리 화장지를 풀어 볼에 갖다 댔다. 면도를 할 때 얼굴을 베는 것은 간혹 있는 일이었다. 그것이 대수로울 것은 없었다. 하지만 그날은 달랐다. 나는 욕실로 들어설 때 무엇인가를 깎아 내고 싶은 욕구에 사로잡혔었고, 그 욕구가 가라앉기 전에 면도기를 들었었다. 두렵다면 그것이었다. 내가 무엇인가를 깎아 내고 싶은 욕망으로 면도기를 들었는데, 면도기가 내 의지를 읽고 스스로 실행했다는 게 두려웠다. 내 의지가 다른 개체에 의해 실행될 수 있다는 것은 무서운 일이었다.

 젖은 몸을 수건으로 둘둘 감아 꾹꾹 누르면서 물기를 닦아 낸 나는 머리를 다 말리기도 전에 오디오 스위치를 눌렀다. 마리안 앤더슨의 목소리를 듣고 싶었다. 그녀의 목소리는 열정을 되살리기도 하지만 열정을 가라앉히는 힘도 가지고 있었다. 그녀의 목소리는 한편으론 뜨겁고, 한편으론 차가웠다. 나에겐 그런 그녀의 목소리가 필요했다. 면도날이 지나간 곳 언저리가 화끈거렸다. 마리안 앤더슨의 목소리를 들으면서 화끈거림을 달래고 있자 소장의 목소리가 다시 떠올랐다. 우린 명콤비였잖아. 나는 시디 재킷에 들어 있던 마리안 앤더슨의 사진을 떠올렸다. 30도쯤 기울어진 얼굴로 무엇인가를 날카롭게 바라보는 사진이었다. 어쩌면 면도날의 의지는 소장을 향한 것이었는지 모른다. 마리안 앤더슨의 눈길 역시 소장을 향한 것이었는지 모른다고 나는 또 생각했다.

　이제 돌아가자. 나는 더 이상 공장 건물 주위를 돌지 말자고 나를 달랬다. 몇 번을 돌았는지 알 수 없었다. 나는 공장을 다섯 번째 돌고 났을 때 그녀에게 전화를 걸고 싶었다. 그러나 내가 그녀에게 전화를 거는 것은 금지돼 있었다. 나는 전화를 걸고 싶은 욕구를 눌러 껐다. 전화를 걸면, 나는 지금 별을 보고 있다고 얘기하게 될 것 같아서였다. 그게 중요하지는 않았다. 그녀가 이 시간에 왜 별을 보고 있느냐고 물으면 뭐라고 대답해야 할지 막막할 것 같았다. 사실, 나는 별을 보고 있었지만 왜 별을 보고 있는지 설명할 자신은 없었다. 그것은 나 자신도 설명할 수 없는 일이었다. 그녀가 왜 하필 택시기사를 하고 싶어 하느냐고 물었을 때도 나는 적당히 얼버무리고 말았었다. 그러니 왜 별을 보고 있는지 이해시킬 수 없을 터였다. 나는 그녀와 뒤엉켜 있던 공장 바깥에 어떤 바람이 불고 있는지를 확인하고 싶어서, 혹은 그녀와 뒤엉켜 있었던 시간에도 별들이 제자리를 지키고 있는지를 확인하고 싶어서 이곳으로 발길을 잡았는지도 모를 일이었다. 또 다른 이유가 있을 수도 있다. 나는 어쩌면 이곳에서 그녀를 만날 수 있을지도 모른다고 기대했을 수도 있다. 이 시간에 그녀가 공장에 나타날 가능성은 없으므로, 나는 그녀가 없는 시간에 공장을 한번 둘러보고 싶었던 것일 수도 있다. 그녀가 시간을 되살리는 일의 기쁨에 대해 말한 이후 나는 시간을 되살리는 곳은 어떤 모습을 하고 있는지 확인하고 싶었다.

나는 그녀를 떠올리면서 카시오페이아 자리를 한 번 더 올려다보았다. 그리고 어느 순간, 나도 모르게 공장을 들여다보기 위해 창문 앞으로 다가섰다. 창문은 높았다. 나는 발밑에 벽돌 두 개를 올려놓고 올라섰다. 그녀는 놋그릇만 전담하는 방이며, 도자기만 전담하는 방이며, 목공만 전담하는 방이 별도로 있다고 했었다. 그러나 칸칸이 나누어진 방들의 창에는 커튼이 내려져 있었다. 그녀의 방에 쳐진 커튼과 같은 종류인 듯했다. 나는 그녀가 저 방들에서도 격렬한 정사를 벌였을지도 모른다고 엉뚱한 상상을 하면서 쓴웃음을 지었다. 이제 계속 창틀에 매달려 있을 필요는 없었다. 커튼 밖으로 빛이 전혀 나오지 않는 것으로 보아 시간을 되살리는 방들에는 어둠만이 가득 고여 있을 게 분명했다.

6

그날, 그곳에 간 것이 잘못이었다. 그녀는 내가 공장에 다녀간 것을 알고 있었다. 그녀는 직원들이 공장에 출입하는 것은 사전 결재 사항인 줄 몰랐느냐고 힐책했다. 그리고 왜 안 하던 짓을 했느냐고 언성을 높였다.

「그날 기분이 좀 그랬습니다. 별이 보고 싶기도 했고요.」

나는 사실대로 말한 것이었다. 하지만 결과적으로는 그렇게 대답한 것도 잘못이었다.

「꼭 공장 근처가 아니더라도 어두운 곳은 많아. 별은 어디서나 볼 수 있다는 뜻이야.」

그녀는 신경이 날카로워져 있었다. 눈에는 배신감이 가득 차 있는 듯했다.

「죄송합니다.」

「죄송하다고 해결될 문제가 아냐. 사람들은 잘 모르지만, 공장 건물 전체에 적외선 카메라를 설치해 놓았어. 사업을 확대해 나가다 보면 무슨 일이 생길지 모르니까. 별을 보러 왔으면 별이나 열심히 볼 일이지 뭣 때문에 공장을 열댓 바퀴씩 돌아? 벽돌을 딛고 창문 안을 들여다본 이유는 어떻게 설명할 거야?」

「시간을 살려 내는 곳이 어떤 모습인지 궁금했습니다.」

「시간을 살려 내는 곳이라고 해서 다를 건 없어. 그런 의미 부여, 다 소용없는 것이라고 얘기했을 텐데.」

시간을 살려 낸다는 말을 한 사람은 그녀였다. 그녀는 딱하다는 표정으로 나를 한참 쏘아본 후 힘들면 휴가 좀 다녀오는 게 어떻겠느냐고 말했고, 나는 힘들지 않다고 휴가를 거부했다. 휴가가 싫어서는 아니었다. 그녀는 자기 앞에서 없어지라는 말을 그렇게 하고 있는 것 같았다. 이유는 또 있었다. 삶이란 리듬이었다. 리듬이란 잃기는 쉬워도 되찾기는 힘든 것이었다.

「힘들지 않습니다. 쉬면 운전 리듬이 깨집니다.」

「싫다고? 운전에도 리듬이 있단 말이지? 내 앞에서 싫다고

애기한 사람은 아직 없었는데. 하긴, 그럴 수도 있겠군. 리듬
이 중요하다는 거야 나도 알지만.」

그녀의 목소리가 조금씩 평소의 목소리를 되찾아 가고 있었
다. 다행스러운 일이었다.

「휴가를 준다는데도 싫다면 할 수 없지만…… 공장에서 일
하는 친구들 말이야. 하루 이틀 쉬고 나온 사람들이 가끔 사
고를 칠 때가 있어. 흠을 메워 제대로 된 골동품을 만들어야
하는 사람들이 흠을 메우기는커녕 원본을 망가뜨려. 여기선
고무망치를 쓰거든. 정신을 어디에 두는지 고무망치로 엉뚱
한 데를 내려치는 거지. 그게 다 리듬이 깨져서 그런 거라고
생각했었는데. 그 말 이해해. 하지만…….」

그녀는 돌연「돌아가고 싶진 않아?」라고 물었다.

「어디로 말씀이십니까.」

「어디긴. 주식 시장으로 말이야. 거긴 늘 꿈틀거리는 곳이잖
아. 여기도 늘 꿈틀거리긴 하지만. 여긴 옛날로 가기 위해 꿈
틀거리는 곳이잖아. 아무래도 과거 지향적이지. 시간을 살린
다는 건 어쩐지 지어낸 말 같지 않아?」

나는 잠시 머뭇거렸다. 대답이 곤궁해서라기보다는, 그녀의
눈빛에 담긴 쓸쓸함과 그녀의 말이 의아스러워서였다. 그녀는
골동품들이 숨을 쉬게 해주고 싶다고 했었고, 시간을 다시 살려
내는 게 얼마나 매력적인 줄 아느냐고 했었다. 그런데 그녀는
과거 지향적이라고 말했고, 시간을 살린다는 말은 지어낸 말 같

지 않느냐고 묻고 있었다. 그 말들은 그녀가 자부심을 가지고 들려주었던 의미들을 뒤집는 것이었다. 내가 그녀를 향해 의아스러운 눈길을 던졌을 때 그녀는 눈을 내리감고 있었다. 그녀가 눈을 감자 그녀의 속눈썹이 또렷이 보였다. 그녀의 속눈썹은 아주 길었다. 눈을 감으면 그녀의 눈은 많은 깃털을 거느리고 있다는 느낌이 들곤 했다. 깃털 같은 속눈썹을 보면 그녀가 오래도록 잠들고 싶어 한다는 느낌이 들곤 했다.

「주식 시장에서 떠난 지 오래됐는걸요. 몸은 얼마 전에 떠났지만 마음은 아주 오래전부터 떠나 있었습니다. 거긴, 꿈틀거리긴 하지만 하루만 지나면 숨이 끊기는 동네입니다. 돌아가지 않을 겁니다. 골동품은 과거 지향적이 아니라 시간 밖으로 나오기 위해 꿈틀거리는 거라고 하셨잖습니까?」

「시간 밖으로 나오기 위해서? 그랬었지. 그런데 점점 생각이 달라져. 그건 일종의 착시나 최면 같은 거야. 골동품을 자기 품에 간직하고 있을 때는 그런 최면이 통해. 그런데 상품으로 내다 파는 사람 입장에서는 그렇지 않지. 난 다만 최면을 걸었을 뿐이야. 쓸쓸한 일이지. 공예를 배울 때 시간의 숨결을 느낄 수 있는 게 공예의 가치라고 강조한 교수가 있었지. 그 교수, 학생들한테 인기가 좋았어. 의미 부여를 참 잘했거든.」

그녀는 자주 한숨을 쉬었고, 자주 내 얼굴을 바라보았으며, 그러다가 다시 눈을 감았다.

「어느 일에나 처음에는 환상이 존재하죠. 그러니까 하는 거고. 나중엔 현실이 되지 않는 게 없습니다. 주식도 그렇죠. 회사의 가치를 파는 거니까요. 전 이쪽 시장에는 문외한이지만, 골동품은 시간의 가치를 파는 거라고 생각합니다. 세월의 향기에 값을 매기는 것 말입니다. 주식은 그런 것 없죠. 휘발성 같아서 어느 날 갑자기 다 날아가 버리곤 하죠. 그래서 하루도 편할 날이 없었습니다. 오죽하면 여기 오기 전에는 별이 하늘에서 다 없어져 버린 줄로 알았겠어요?」

「저런, 그랬어? 다른 건 몰라도 별이 어딜 가겠어. 우린 삶이고, 별은 현상에 불과해. 현상은 바뀌지 않는다고.」

내 목소리는 어느덧, 어린아이 같은 억양으로 변해 있었다. 하지만 그녀는 어느덧, 인생의 달고 쓴 면을 다 겪은 큰누나 같은 표정으로 나를 위로하듯 했다. 그녀는 별은 현상이라고 말했고, 현상은 바뀌지 않는다고 말한 다음 손을 뻗어 내 볼을 감싸 쥐고 가볍게 입을 맞춰 왔다.

「그럼요. 늘 어디론가 떠나고 싶었지만 어디로 가야 할지 방향을 잡을 수 없었죠. 택시기사 시험을 치기 전에는 지프차를 타고 오프 로드를 달리고 싶어 했죠. 며칠 동안 사막 랠리 기사를 보고, 그 옆에 운전면허 시험문제집을 두고 있었습니다. 지금은 사막을 달리는 꿈 안 꿉니다. 그런 희망보단, 골동품의 흠을 없애는 일을 배워 보면 어떨까 싶은데…… 제가 그 일을 할 수 있을까요?」

「후후, 우리 일을 배워 보겠다고? 그래서 공장을 빙빙 돌았던 거 아냐 혹시? 아냐, 배우지 마. 아니지, 배울 수 없어. 아무나 할 수 있는 일이 아니야.」

「쉽게 배울 수 있다고 생각해서 드리는 말씀이 아니라 옛날로 돌아가 숨 쉬고 싶은 거, 그런 거지요. 기회를 주신다면…….」

내가 말을 끝맺지 못한 것은 왠지 눈물이 날 것 같아서였다. 옛날로 돌아가 숨 쉬는 것이 어떻게 가능할 수 있단 말인가. 그런데도 나는 난데없이 그렇게 말하고 있었고, 그 말을 하는 사이 아주 간절한 심정이 돼 가고 있었다.

「바보같이. 그냥 꿈으로 간직하는 것도 좋지 뭘 그래.」

그녀는 갑자기 강하게 나에게 입술을 겹쳐 왔고, 나는 그녀의 입 안으로 혀를 넣어 그녀의 혀를 끌어냈다. 그녀의 혀에서 설탕 맛이 느껴졌다. 그 맛은 그녀 고유의 향기였다. 내가 그녀의 혀를 만나는 사이 그녀의 손이 나의 양쪽 귓불을 살짝 잡아당겼다. 그녀가 내 귓불을 잡아당기는 바람에 그녀의 가슴과 내 가슴이 서로 맞닿았다. 그녀의 맥박은 이미 정상이 아니었다. 그녀 또한 내 맥박이 정상이 아니라는 것을 알 거였다. 그녀와 내가 처음 만났던 날 역시 그랬었다.

「지도첩을 찾아봤는데 대야동이란 데가 있더군요.」

그녀가 내 입술을 잠시 놓아주었을 때 가빠지는 숨을 가누면서 내가 말했다.

「있었어? 나도 찾아봤지. 없던데. 대야동은 없어. 확실해.」

그녀는 내 와이셔츠의 단추를 풀면서 대야동은 없다고 말했다. 그녀의 말은 거짓이었다. 나는 보았었다. 대야동은 실제로 서울과 경기도를 잇는 곳의 마지막 동네 이름이었다.

「그럴 수도 있을 겁니다. 지도첩이란 게 매년 바뀌니까요. 요즘은 동 이름도 자주 바뀌고요.」

「지도첩이 바뀌는 게 아니라 지도가 바뀌는 거야. 그게 세상의 이치지, 뭐. 그대로 있는 건 없어.」

그녀는 대수롭지 않다는 듯이 말했고, 나는 그녀가 와이셔츠 단추 푸는 것을 도와주었다. 나도 그녀의 블라우스 단추를 풀어야 할 터였다.

「공장 준공식 날 사람들이 다 돌아가고 난 뒤 나 혼자 남아 있었지. 밤이 되니까 귀신이 나올 것 같았어. 방이란 방에 고래적 물건들이 들어찼으니 그런 느낌이 들 수밖에. 견디다 못해 밖으로 나와 별을 보았지. 좀 나아지더라고. 그날, 별을 함께 볼 사람이 있었으면 좋겠다는 생각이 들더라. 그래서 당신이 여기에 와 있는지도 모르지. 사랑을 얘기하는 게 아냐. 그냥…… 누가 좀 옆에 있었으면 하는 거 말이야. 그런데 벌써 보낼 때가 됐나 봐.」

도무지 모를 소리였다. 그녀는 어느 때보다 적극적인 몸짓으로 다가오고 있었다. 그녀는 내 젖꼭지를 꼬집으려다 놓치기도 했고, 겨드랑이를 간질이기도 했다. 나는 몸뚱이를 뒤틀며 웃음을 참다가 겨드랑이에 들어온 그녀의 손을 꺼내었다. 야릇한 기분이었다. 내 겨드랑이를 간질이며 벌써 보낼 때가 됐다고 말하는 여자 옆에 나는 있었다.

「저를 보낼 때가 됐다뇨? 무슨 말씀이신지.」

「그래. 당신 같은 사람은 위험하거든. 당신은 남몰래 공장을 맴돌았고, 지금은 골동품 수리하는 걸 배우고 싶어 해. 그러니까 위험해. 떠나야 돼.」

믿을 수 없는 말이었다. 그녀의 행동이 그걸 말해 주고 있었다. 그녀는 다시 내 겨드랑이에 손을 넣으려 애썼다. 나는 양쪽 팔을 오그려 붙여 그녀의 손길을 봉쇄했다. 그녀의 손길은 점점 거세지고, 나는 더 강하게 팔뚝을 오그려 붙였다. '해고하시는 겁니까'라고 물으려다가 나는 오그려 붙였던 팔뚝을 조금 열어 주었다. 아무래도 그녀를 위해 간지럼을 좀 타주는 게 좋을 것 같아서였다. 그녀를 위해 할 수 있는 일이란 게 내 몸의 일부를 열어 주는 것 외에는 없는 것 같았다.

「왜 아무 말도 않는 거지. 떠나겠다는 거야 못 떠나겠다는 거야? 아니면 마음대로 해라 이건가? 그래, 마음대로 해. 골동품을 손질해서 내다 파는 사람 옆에 있는 게 좋으면 있는 거고, 싫으면 가는 거고. 후후, 웃기지 않아? 세상에, 난 세월을 팔고 있어. 웃기지, 그렇지?」

나를 웃기기 위해 간지럼을 태우던 그녀가 먼저 웃기 시작했다. 「나, 웃기지?」라고 그녀가 말했고, 나는 「아뇨」라고 대답했다. 그녀의 손은 여전히 내 겨드랑이에 들어와 꼼지락거렸다.

활짝 열린 그녀의 맨가슴이 내 옆구리 쪽에서 흔들렸고, 그녀의 머릿결이 내 얼굴 위에서 서걱거리는 소리를 내며 휩쓸렸다. 그녀의 머릿결이 서걱거리는 느낌을 준 적은 없었다.

「모든 게 상품인 세상이니까요. 세월이야말로 정말 괜찮은 상품인지도 모릅니다.」

어이없는 일이었다. 그 순간 나는 골동품 회사를 코스닥 시장에 등록하면 투자자들이 꽤 몰릴 것이라는 생각을 하고 있었다. 내 몸뚱이에 어떤 변화가 있다는 것을 안 것은 그때였다. 그녀가 나를 웃기기 위해 계속 간지럼을 태우고 있는데도 나는 웃지 않고 있었다.

그것이 시작이었다. 그녀는 돌연 내 겨드랑이에서 손을 빼낸 다음 더 크게 웃기 시작했다. 깔깔깔. 공장 밖에까지 들리지 않을까 싶을 정도로 큰 웃음소리였다. 그게 다가 아니었다. 그녀는 「내가 골동품 못 팔아서 그러는 줄 알아?」라고 신경질적인 목소리를 냈고, 그다음에는 내 얼굴을 핥기 시작했다. 공교롭게도 그녀가 제일 먼저 혀를 갖다 댄 곳은 내가 면도를 하다 벤 곳이었다. 그곳은 아직 아물지 않은 상태였다. 면도날에 벤 상처를 통해 그녀의 입김이 들어오자 얼굴이 불길에 휩싸인 것처럼 쓰라렸다. 아무래도 면도날이 살점 깊숙이까지 들어갔던 모양이었다. 그렇다고 신음 소리를 뱉을 수도 없었다. 고통스럽기도 했지만 어떤 섬뜩함이 고통스러움을 내색하지 못하도록 가로막았다. 섬뜩함이란, 그녀의 입김이 애무로 느껴지지 않는다는 것이었다. 그녀는 면도날에 벤 상처를 지나 코를 핥기 시작했고, 그때 나는 내 코가 그녀의 입속으로 아예 삼켜져 넘어가는 줄 알았다. 그녀의 혀가 번갈아 가며 눈두덩 위를 핥을 때도 그랬다. 두 눈이 그녀의 혀를 지나 식도를 타고 넘어가는 것 같았다.

그런데도 내 몸뚱이는 점점 식어 가기 시작했다. 몸뚱이가 내 의지와는 다르게 움직이고 있었고, 다르게 느끼고 있었다. 나는 그녀가 내 몸속으로 들어오기 위해 안간힘을 다하고 있다고 느꼈다. 그러므로 나는 그 안간힘을 내 몸의 뜨거움으로 가라앉혀야 했다. 그런데 내 몸이 먼저 식다니. 절망스러운 일이었다. 솔직히, 격렬한 섹스에 빠져들면 그녀의 안간힘은 살과 살이 맞닿은 황홀함으로 바뀔 수 있을 것이고 나는 충분히 그렇게 만들 수 있다고 자신하고 있었다. 그런데 내 몸이 먼저 식어 버리다니. 나는 몸뚱이 여기저기에 손을 갖다 대보았지만 열기는 느껴지지 않았다. 그녀가 내 몸뚱이를 삼킬 듯이 핥아 가는 것에 지쳐 갈 무렵 나는 내 몸뚱이가 마침내 얼음장처럼 변한 것을 알았다. 그녀는 잠시 내 몸에서 떨어져 한참 동안 가쁜 숨을 내쉰 후 더듬더듬 말했다.

「미안해. 이상하게 몸이 데워지질 않아. 대야동이 자꾸 어른거려. 자, 만져 봐. 차디차잖아. 내 몸이 얼음장 같지? 미안해.」

나는 그녀가 나를 위로하기 위해 그러는 줄 알았다. 그런데 아니었다. 그녀는 울먹이고 있었고, 마침내 눈물을 떨구었다. 그녀의 눈물이 내 잔등에 떨어졌다. 차가웠다.

「아니에요. 차갑긴요. 제 몸이 차가운데요, 뭐. 대야동은 생각하지 마세요. 제가 지도첩을 잘못 봤는지도 모릅니다. 사고를 내지만 않았어도…….」

「아냐. 차가워. 내 몸은 내가 알아. 이상하게 몸이 차가워지면 눈물이 나.」

그녀의 눈물이 잔등을 조금 더 넓게 적셔 갔다. 차가워지면 눈물이 나는 증세가 있다는 말은 그녀에게서 처음 들어보는 것이었다. 이상한 밤이었다. 그녀는 「별을 보고 싶어」라고 또 눈물을 떨구면서 말하고는 옷을 입기 시작했다.

「다른 별자리도 찾아보시면 기분 전환이 되지 않을까요.」

「쓸데없는 소리. 무슨 의미 부여하는 거 싫댔잖아. 조금 더 밝고 덜 밝고의 차이야. 그냥 보는 건데, 카시오페이아 자리 하나면 됐어.」

그녀가 공장 밖으로 나서면서 말했다. 그녀는 출입문의 보안 장치에 비밀 번호를 입력하다 말고 고개를 길게 빼 공장 안에 고여 있는 어둠을 오래도록 들여다보았다.

「이젠 무섭지 않아. 좀 친해졌거든.」

무엇과, 누구와 친해졌다는 얘기인지 알 수 없었다.

「한 가지 부탁이 있어.」

「부탁이라뇨. 말씀하시죠.」

「대야동에는 가지 마. 알아볼 만큼 알아봤는데 대야동은 없
어. 찾으려고 애쓸수록 찾기 힘들어져. 대야동도 그렇고, 뭐
든지 그래.」

「하지만……..」

내가 입을 떼려 하자 그녀는 쉿, 하고 말을 막았다. 내 어깨
를 툭 친 것 같기도 했다. 그녀는 '네'라고 대답하라고 주문하
고 있었고, 나는 「알겠습니다」라고 대답했다. 이제 별을 볼 차
례였다.

7

그날, 별을 보기 위해 공장 밖으로 나섰지만 나는 별을 보지
못했다. 그녀 또한 그랬을 거였다. 어쩌면 별을 보았는데 기억
하지 못하는 것인지도 몰랐다. 내 기억에 남아 있는 것은 대야
동은 없다는 말이었다. 찾으려고 애쓸수록 찾기 힘들어진다는
말이었다. 나는 그녀가 한때 지독한 문학 열병을 앓았는지도 모
른다고 그 하늘 아래서 생각했었다. 그렇지만 그녀는 문학 열병
을 앓지 않은 사람처럼 고개를 저었었다. 그런데도 나는 그녀가
독백처럼 뱉은 말들을 자꾸만 되뇌곤 했다. 되뇐다는 것은 강렬
하게 인식됐다는 것을 뜻했다. 인식이란 아주 격렬했던 섹스의
추억과도 같은 것이었다. 혹은 서로 자신의 몸이 식었다고 확인
하는 것과 같은 것이었다.

　그녀를 내려 주고 내 방에 돌아올 때까지 나는 별을 보았는지 못 보았는지를 잊고 있었다. 대야동이라는 델 가보고 싶다는 유혹이 자꾸만 들었고, 어쩌면 그녀가 나더러 대야동을 찾아보라는 말을 간접적으로 한 것은 아닌가 하는 의구심까지 들었다. 하지만 그녀는 대야동은 없다고 몇 번이나 말했다. 나는 마침내 대야동은 없다고 생각하기로 마음을 굳혔다.

　방에 들어선 후 나는 면도를 할 것인가, 갈등했다. 문득, 해고를 당한 것인지도 모른다는 생각이 들었고, 이제 또 어떤 결정을 해야 할지도 모른다는 생각을 하자 자꾸만 면도기가 있는 욕실로 눈길이 갔다. 어쩌면 오늘은 턱도 베지 않고, 왼쪽 얼굴도 베지 않고 면도를 마칠 수 있을 것 같다는 자신감도 들었다. 살을 베지 않고 마칠 수만 있다면 면도는 환약 같은 것이었다. 나는 면도날에 벤 상처를 매만져 보았다. 거기서 그녀의 입김이 묻어났다. 눈을 감아도 그녀의 입김이 배어났고, 코에서도 그녀의 입김이 묻어났다.

　나는 욕실로 들어서면서 문을 닫지 않았다. 면도날에 살을 베지 않으려면 거울에 수증기가 덮이지 않도록 해야 한다, 문을 열어 놓으면 거울에 수증기가 덮이지 않을지도 모른다고 나는 생각했다. 문을 열어 놓으면 그것 말고도 좋은 점이 있었다. 욕실의 수증기가 방으로 퍼지면 얼마 동안은 가습기를 틀지 않아도 될 터였다. 텔레비전 화면을 가끔 내다보면서 뉴스를 들을 수도 있었다. 욕실 문을 열어 놓고, 샤워하면서 면도를 하기로 결정한 것이 만족스러웠다.

몸의 온기를 찾아 주기 시작하는 물줄기를 맞으며 거울 앞으로 얼굴을 들이밀고 면도기를 들었다. 면도날을 갈아 끼워야 했다. 무딘 면도날일수록 베기 십상이었다. 날 선 면도날은 면도기를 쥔 손을 더 조심스럽게 하고, 긴장하지만 않으면 손의 움직임 역시 리듬을 타기 마련이었다. 무딘 면도날은 그 반대였다. 조심성을 빼앗는 것은 물론 불규칙적으로 힘을 가하도록 강요하기 마련이었다. 하지만 새 면도날은 없었다. 벌써 며칠째 면도날을 사와야 한다고 생각했는데 계속 잊고 들어온 터였다. 나는 할 수 없이 낡은 면도날을 다시 끼워 넣었다. 뉴스가 날아든 것은 그 낡은 면도날이 오른쪽 얼굴을 한 바퀴 돌고 났을 때였다. 면도날을 왼쪽 얼굴로 옮겨 가기 위해 팔을 틀었을 때 뉴스 한 자락이 날아들었다.

「가짜 골동품을 진품으로 속여 팔아 온 골동품 회사 사장이 경찰에 검거됐습니다.」

턱 주변이 싸하게 아파 왔다. 면도날이 왼쪽 얼굴로 옮겨 가면서 턱을 벤 모양이었다.

「오늘 검거된 골동품 회사 사장은 인적이 드문 곳에 골동품 위조 공장을 차려 놓고 가짜 골동품을 만들어 왔으며 점 조직으로 구성된 영업 사원을 통해 대량 판매해 온 것으로 밝혀졌습니다. 경찰은 이 회사 사장이 중국의 문화재 밀매단과도 밀접한 관계라고 추정하고 있어 수사 결과에 따라서는 그

동안 베일에 싸여 있던 골동품 밀매 조직의 전모가 드러날 것으로 보입니다.」

나는 얼른 욕실 밖으로 나왔다. 턱에서 흐른 핏방울이 방바닥에 떨어져 내렸다. 면도날을 갈아 끼우지 못한 것이 화근이었다. 새 면도날이었으면 면도기를 오른쪽 볼에서 왼쪽 볼로 옮겨 가다 벤 것만으로 이렇게 많은 피가 흐르게 하지 않을 거였다. 나는 손바닥으로 턱을 받친 채 텔레비전 화면을 들여다보았다. 아나운서의 목소리는 계속 흘러나왔다.

「경찰은 그동안 골동품 위조 현장을 잡기 위해 다양한 루트로 정보를 수집해 왔으며 최근에는 중국의 민화 위조 전문가가 입국, 대야동에서 접선한다는 첩보를 입수하고 잠복근무까지 했으나 이들이 수사 낌새를 눈치채고 잠적해 검거에 실패하는 우여곡절을 겪기도 한 것으로 알려졌습니다.」

나는 턱을 감싸 쥔 채 카메라맨들이 그녀의 공장 안에 들어가 작은 방들을 비추는 것을 지켜보았다. 손으로 턱을 감싸 쥐었지만 손가락 사이로 피가 흘러나왔다. 그 느낌은 아주 이물스러웠다. 조금 전까지 내 몸속을 돌던 피인데도 차갑지도 뜨겁지도 않으면서, 역시 물도 아니고 피도 아닌 느낌이 손가락을 타고 전신으로 퍼져 갔다. 대야동은 없다고 그녀는 말했었다. 나는 대야동은 있다고 말했었다. 아나운서는 방금 전 대야동은 있다고 말했다. 그런데도 이상하게 대야동은 없다는 느낌이 확신처럼, 완강하게 다가섰다.

「경찰은 오늘 검거된 골동품 위조 회사 사장이 자신은 천문학자이며, 별을 관측하기 위해 그곳에 건물을 세웠다고 주장하는 등 정신 이상 증세를 보이고 있어 정신과 전문의의 진단을 거쳐 위조 전모에 대한 체계적인 수사에 나설 계획이라고 밝혔습니다.」

텔레비전의 화면이 바뀌었으므로 나는 턱을 감싸 쥐고 다시 욕실로 들어갔다. 샤워기에서는 여전히 물줄기가 쏟아져 나오고 있었고 거울은 수증기에 완전히 덮여 있었다. 모든 게 흐릿했다. 혹시 이곳이 대야동인가. 샤워기가 쏟아 내는 물줄기 속으로 들어갈 때 나는 그녀의 목소리를 들었다. 대야동은 없다고 그녀는 말했다. 하지만 이상한 게 있었다. 그녀는 별은 없다고 말하지 않았다는 사실이 떠올랐다. 그렇다면 그녀는 정말로 별을 관측하기 위해 그곳에 공장을 지었을 수도 있었다. 나는 물줄기가 좀 더 강하게 나오도록 수도꼭지를 잡아 틀었다.

자전거를 타는 남자

이제 한 통의 우편물만 뜯어보면 된다. 오늘 나에게 전해진 우편물은 네 통이다. 그중 세 통을 개봉해서 무슨 내용인지를 알아보는 데는 1분도 채 걸리지 않았다. 신용카드 대금 통지서가 두 통이고, 나머지 한 통은 보험 가입 권유서다. 별도의 건강 진단을 받지 않고 한 달에 만 원만 내면 4백50가지의 질병에 대해 보험료를 지급하겠다는 얘기에 귀가 솔깃해진다. 이제 언제 무슨 진단을 받을지 모르니 미리 준비하라는 얘기인가. 하지만 뒤집어 생각하면 그럴 리 없으니 가입 권유서를 보냈을 거라는 생각도 스쳐 간다. 내일모레 사이 몸져누울 사람에게 보험 가입을 권유하는 보험 회사는 없을 것이다.

생각을 바꿨는데도 나머지 한 통의 우편물에는 선뜻 손이 가지 않는다. 편지를 뜯어볼 생각은 달아나고 자전거가 떠오른다. 편지를 보내온 친구는 집배원 생활만 20년이나 한 친구였

다. 그가 편지를 보내오다니. 나는 그를 거의 잊어 가고 있던
참이었다. 가끔 궁둥이를 씰룩이며 자전거를 타고 다니던 길이
떠오를 뿐이었다. 그것도 아주 잠시, 그에게 자전거 타는 법을
가르쳐 주던 회사 앞 광장을 바라볼 때뿐이었다. 하지만 잠깐
일망정 뒤에서 붙들어 주는 사람이 없는데도 그가 혼자서 페달
을 밟아 나가던 모습이 눈앞에 다가들곤 했었다. 물론 그는 아
주 오래 버티지는 못했다. 뒤에 서 있던 내가 자전거에서 손을
놓아 버린 것을 아는 순간 비척거리기 시작하고, 몇 미터 못 가
쓰러지곤 했었다. 그와 나는 자전거를 배우기에도 벅찬 나이,
40대 중반을 지나고 있는 터였다. 그래도 그는 넘어지고 깨지
며 자전거 타는 법을 배워 이곳을 떠났다. 떠난 사람은 대개 기
억에서 조금씩 지워지는 법이어서 나는 그를 잊고 있었지만 그
가 자전거 타던 모습까지 잊은 것은 아니었다.

　나는 그의 편지를 들고 잠시 서 있다가 현관 밖으로 나갔다.
그곳에서는 회사 광장이 비교적 잘 보였다. 어쩌면 그가 궁둥
이를 씰룩이며 자전거 타는 모습을 볼 수 있을지도 모를 일이
었다.

　자전거 타는 법을 가르쳐 준 것이 낭패를 겪게 할 줄은 예상
치 못했었다.

　역무원은 진작부터 자전거 주인이 나타나기를 기다리고 있었
던 모양이었다. 한 시간에 두 대의 기차를 교행시키고 나면 별

로 할 일이 없으니 자연스레 역 광장에도 시선을 줄 터이고, 그
러다 보니 광장 귀퉁이에 세워 둔 자전거가 몇 대이고 오토바이
가 몇 대인지도 알 수 있을 터였다. 특별한 경우 자전거 주인이
누구인지를 알 수도 있을 터였다. 그렇지만 낯선 이를 대뜸 도
둑 취급부터 하고 나서는 것은 역무원의 도리가 아니었다.

「왜 남의 자전거를 끌고 가는 거요?」

「자전거 주인들을 다 아십니까? 가져갈 만하니까 가져가는
거지요.」

역무원은 내 말을 믿지 않았다. 그렇다고 내가 물러설 이유
도 없었다. 역무원도 물러서지 않았다.

「자전거를 세워 둔 사람이 누군지 뻔히 아는데 엉뚱한 사람
이 가져가는 걸 그냥 보란 말이오. 열어 보시오.」

내가 자전거에 채워진 자물쇠에 열쇠를 꽂자 역무원은 시큰
둥한 표정으로 고개를 끄덕였다. 나이가 지긋한 역무원은 세상
질서를 아는 축이었다. 열쇠를 쥐고 있는 사람이 그 물건의 주
인이라는 것을.

「열쇠야 복사할 수도 있는 거고…… 그 자전거 주인은 한 번
나가면 늘 마지막 기차로 돌아오는 사람이라서 내가 기억하
고 있소. 내 모가지를 걸고 장담하는데 당신은 자전거 주인
이 아니오.」

그가 세상 질서를 안다고 짐작한 것은 잘못인 모양이었다.
역무원은 어이없게도 목을 걸겠다고 말했다. 자전거의 실제 주

인이 누구냐를 놓고 목을 걸다니. 역무원이 갑자기 내기를 좋아하는 사람으로 보였다. 역무원은 좀 무료했던 모양인지 좀체 물러설 기색이 아니었다. 자전거 주인이 누구인지 자기가 잘 기억한다고 말했다. 자전거 주인은 언제나 가장 나중에 표를 내고 나왔으며 역 구내매점에서 담배를 산 후 거리로 나갔다는 것이다. 나중에는 그가 어떤 담배를 피우는지도 안다고 덧붙이기까지 했다.

「압니다. 그 친구, 저하고 같이 일합니다. 도시에 살던 사람이었는데 사정이 생겨 이 동네로 온 겁니다. 일주일에 한 번씩 바람 쐬러 간다며 자전거를 타고 나가곤 했었는데…… 전 또 자전거 타는 게 서툴러서 무슨 사고라도 났나 했지요. 그 친구 자전거 배운 지 얼마 안 되거든요.」

「같은 회사에 근무하신다? 생판 거짓말은 아닌 것 같고. 이상하네.」

역무원은 그제서야 마지못해 고개를 끄덕이고는 내가 양손으로 자전거 핸들을 틀어쥐자 뒷짐을 지고 역사로 들어갔다.

자전거는 멀쩡했다. 나는 가방 속에서 휴지를 꺼내 안장을 닦고, 페달을 굴러 궁둥이를 얹었다. 그도 그렇게 페달을 굴러 앉은 다음 궁둥이를 씰룩이며 페달을 밟곤 했었다.

그는 어제저녁 돌아오지 않았다. 그가 돌아오지 않은 것이 처음은 아니었다. 보름에 한 번쯤 그는 외박을 하곤 했다. 외박이긴 했지만 그는 늦은 밤에라도 꼭 전화를 했었고, 아침 기차를 타고 돌아오곤 했었다. 그런데 이번에는 전화를 걸어오지도 않았고, 아침 기차로도 돌아오지 않았다. 그가 자전거를 타고 어디를 쏘다니는지 일일이 얘기해 준 것은 아니었다. 하지만 요즘은 역 앞에 자전거를 세워 놓고 기차 타는 재미에 빠졌다고 얘기한 게 떠올라 혹시나 싶어 역으로 나와 본 거였다. 역시 그의 자전거는 역 한편의 자전거 보관대에 세워져 있었다.

직장 동료가 하루쯤 돌아오든 돌아오지 않든, 크게 관여할 일은 아니었다. 하지만 나는 그래야 했다. 그에게 일자리를 제공한 사람은 나였다. 무슨 인심을 쓴 것은 아니었다. 나는 그가 충분히 일을 해낼 수 있을 거라고 믿었다. 믿은 정도가 아니라 꽤 기대를 하고, 다른 사람들에 비해 봉급도 후하게 책정한 터였다.

그가 집배원 자리를 내놓고 쉰다는 얘기를 들은 것은 꼭 6개월 전이었다. 한숨 섞인 그의 전화를 받고 나는 그가 좀 쉬는 것도 좋겠다고 생각했다. 나는 그가 편지 배달하는 일에 싫증을 내고 있다는 것은 알고 있었다. 싫증이 아니었다. 사실은 그의 몸이 집배원 일을 감당해 내지 못해 망가지고 있다는 것을 다른 친구를 통해 들은 적도 있었다. 그때 나는 그에게 전화를 걸어 너스레를 떨어 주었었다.

「무리하지 말라고. 배달 일이 힘든 게 아니라 마누라 때문에 힘든 거겠지. 집배원들, 옛날보단 좋아졌잖아. 오토바이 타고 휭휭 바람 쐬러 다니는 거 아니냐고?」

「바람 쐬러 다닌다고? 모르는 소리 마라. 이 바닥에 몸 멀쩡한 사람 거의 없어. 우리가 폭주족도 아니고, 어떻게 휭휭 바람 쐬러 다니겠냐. 의사 말이, 운동을 하라는데 운동할 시간이 있어야 말이지.」

내가 너스레를 떨곤 하는 것은 사실 그를 위로하고 싶어서였다. 그에게 운동할 시간이 없다는 것은 엄살이 아니었다. 그의 가방은 늘 무거웠다. 가방에는 우편물이 가득가득 쌓여 있고, 그것은 갚고 갚아도 줄지 않는 빚 같은 것이었다. 오토바이를 타고 신흥 아파트 단지로 자리 잡은 동네를 온종일 돌고 나면 늘 저녁이었다. 그는 저녁을 양껏 먹고 잠자리에 눕는다고 했다. 운동할 시간이 없다는 말은 사실이었다.

「팔꿈치하고 무릎이 다 안 좋다는군. 다 살았다는 얘기야 뭐야. 나이가 몇인데.」

나는 그가 피곤할 것이라는 점은 인정했다. 하지만 팔꿈치와 무릎이 안 좋다는 얘기에는 고개가 갸웃거려졌다. 집배원이 옛날처럼 먼 거리를 종일 걷거나 온종일 자전거 페달을 구르는 것은 아니지 않은가. 그렇다면 팔꿈치와 무릎이 안 좋을 이유가 없을 터였다. 하지만 그는 의사의 얘기를 심각하게 받아들이고 있었다. 나는 좀 머쓱해졌다. 그가 '나이가 몇인데' 해가며 말꼬리를 흐릴 때는 안쓰럽기까지 했다.

「우리 일이라는 게 일년 사시사철 밖에서만 돌잖아. 계절도 계속 바뀌고 말이야. 의사 얘기가, 겨울에는 나무에도 새끼줄을 감아 주지 않느냐고 그러더군. 집배원이 직업이라고 했더니 일년 내내 밖으로만 돌면서 비바람에 멍들어서 그럴 거랜다. 비바람에도 관절이 녹는다는 거야. 웃기지 않냐? 내가 아카시아 나무라도 된다는 거야 뭐야. 아니면 목련이라도 된다는 거야? 하긴, 그럴 수도 있겠지. 겨울은 겨울대로, 여름은 여름대로 얼었다 녹았다 하는 게 이 바닥 생활이거든. 야, 말도 마라. 병원에서 나오는데, 내가 가로수만도 못한 인생을 살았다는 느낌이 드는 게 아주 죽을 맛이더라. 내 관절이 육십 노인보다 형편없다니 화가 안 나겠느냐고.」

그런 하소연을 할 때만 해도 그가 우편물 가방을 내려놓은 것은 아니었다. 그에겐 아내가 있었고, 중고등학교에 다니는 딸과 아들이 있었다. 그들은 모두 그의 얼굴만 바라보고 사는 식솔이었다. 더구나 그 식솔들은 그가 공무원이라는 것에 꽤 자부심을 가지고 있는 터였다. 그는 열심히 우편물을 실어 날랐고, 자신의 직분에 충실하다고 자부하고 있었으므로 명퇴 대상자에 자신의 이름이 오를 줄은 짐작조차 하지 않았다. 하지만 억울한 사람은 어느 세상에나 있는 법이라는 것을 알고 있었으므로 그는 명퇴 권고를 받았을 때 그다지 놀라지 않았다. 놀란 쪽은 그의 아내와 중고등학교에 다니는 딸과 아들이었다.

그에게 돈도 벌고 잠도 잘 수 있는 곳이 있다는 얘기를 했을 때 그는 시쳇말로 뛸 듯이 기뻐했다. 그가 원한 것은, 돈은 둘째 치고 자신의 집에서 벗어나 잠을 잘 수 있는 곳이었다.

「집에 있으면 식구들 눈길을 못 견디겠고, 밖으로 나가면 집배원들 눈길을 못 견디겠어. 집배원들이라는 게 어느 골목에서 언제 나타날지 모르는 위인들이잖아. 요즘 어떻게 지내느냐는 인사를 받는 것도 하루 이틀이지, 돌아 버리겠다고. 여길 떠날 수만 있으면 어디라도 좋아. 구해 줄 수 있으면 구해주라, 제발.」

제발, 나는 그 심정을 충분히 이해했다. 그의 절박함은 '제발'이라는 두 글자에 있었다. 못 구해 줄 이유가 없었다. 나는 그 친구 같은 사람을 찾고 있는 중이었다. 사장도 내 말에 동의했었다.

「이 일은 분류를 잘하느냐 못하느냐가 중요합니다. 분류만 잘하면 일단 받는 물건이 뒤바뀌는 일은 없을 테니까요. 그래서 집배원 경력을 가진 사람을 찾아보려고 합니다.」

사장은 그것 참 좋은 생각이라고, 추진하라고 구두 결재를 해주었다. 그렇게 해서 그가 내 곁으로 오게 된 것이었다.

그는 사흘만 시간을 달라고 말했다. 일을 할 것인지 말 것인지를 결정하는 데 필요한 시간이 아니라 일을 익히는 데 필요한 시간이 사흘이었다.

「백화점이라고 보면 돼. 백화점은 물건이 백 가지도 넘는다는 뜻에서 붙인 이름이거든. 백만 환이 엄청난 돈이었던 시절이었지. 백이라는 숫자 자체가 귀한 시절이었으니까. 자넨 백 통 천 통의 편지를 아무 탈 없이 배달했던 사람이야. 편지가 몇 통이었느냐가 중요한 게 아니지. 수백 통의 편지를 통 반과 호수에 따라 배달한 거잖아. 거기 비하면 이건 일도 아 니지. 너, 이제 살판났다.」

그는 고개를 끄덕였다. 정말 일도 아니라는 표시였다.

「정말 일도 아니겠다. 나중엔 내 배달 구역이 아파트 단지 중 심으로 바뀌었으니까 막말로 한 바퀴 돌면 끝나는 식이었지. 그래도 가정집은 좀 낫지. 그놈의 오피스 타운들은 사람을 두 번 세 번 고생시키거든. 웬 놈의 회사들이 자고 나면 생기 고, 자고 나면 없어지는지. 그런 우편물들은 모두 반송 처리 해야 하고, 반송 도장 찍어야 하고. 말도 마라. 그런 자리가 있다니, 명퇴하길 잘했군.」

그는 일을 마음에 들어 했다. 그가 새로 맡게 되는 일이라야 도서관의 사서 비슷한 역할이었다. 주문이 들어오면 물건이 보 관돼 있는 장소가 주문서에 찍혀 나오게 돼 있었다. 그는 주문 서의 숫자를 보고 보관 장소에 가서 꺼내 오고, 다른 사람들이 꺼내 온 물건을 주문서의 내용과 맞는지 확인하면 되는 일이었 다. 편지를 배달하는 것에 비하면 그야말로 식은 죽 먹기였다.

「세상 참 좋아졌군.」

그는 간식을 먹으며 간혹 말하곤 했다. 세상 참 좋아졌다고. 그는 또 편지를 배달하다가 연애편지를 몰래 뜯어본 경험담을 들려주기도 했다. 봉투의 글씨, 혹은 편지의 양 이런 것들을 잘 살피면 연애편지인지 사무적인 편지인지를 알 수 있다는 거였고, 편지를 배달하다 보면 그 집 가족 관계도 알게 돼 그게 연애편지인지 아닌지를 추측하는 단서도 된다고 그는 말했다.

「연애편지라고 해서 다 재밌는 건 아냐. 어떤 때는 이별 편지도 보게 되거든. 그런 편지 보면 하루 종일 일이 안 돼. 나중엔 배달하지 말 걸 그랬다 후회하기도 하고. 남의 편지 뜯어본 게 들통 나서 징계를 받은 친구도 있었지. 그게 걸렸다 하면 커. 통신 비밀 보호법이라고, 이름만 들어도 거창하지.」

그가 이삿짐을 창고 근처의 농가 사랑방으로 꾸려 온 것은 한 달 만이었다. 그날 비가 내렸고 바람이 불었다. 이삿짐 센터 직원은 그의 곁에서 짐이 생각보다 많은 바람에 비를 만났다고 투덜거렸다. 짐이 적었으면 진작에 다 싣고 떠나왔을 것이고, 그랬으면 비를 피할 수 있었을 거란 얘기였다.

「나도 그랬었지. 목이 마르면 소포 배달부터 챙겨서 괜히 끙끙거리며 초인종을 누르는 거야. 소포 받는 사람은 주스라도 한 컵 내오거든. 저놈 수작이 바로 그 수작이지. 그런데 마누라하고 딸애가 울더군. 내가 마치 죽으러 가는 사람으로라도 보인 모양이지? 이삿짐이 많아서 늦은 게 아니라 그놈의 마누라하고 딸년 달래느라고 늦은 거야.」

그가 웃었고 나는 더 크게 웃었다.

「왜 울었겠어. 마누라는 자넬 안지 못하는 게 안타까워서 울었을 거고, 딸년은 용돈 달라고 응석 부리지 못할 테니 울었을 테지.」

「딸년이야 그럴 수 있겠지만 마누라야 그랬을라고.」

그 순간 나는 아내의 말을 떠올렸다. 아내는 늘 일주일만 자유를 가져 봤으면 좋겠다고 말하곤 했다. 고등학교에 다니는 아이 역시 마찬가지였다. 녀석은 아예 엄마 아빠 없이 일주일만 지내보는 게 소원이라고 노래하곤 했다.

「그랬을까.」

그는 소주잔을 기울이며 자신의 이삿짐을 휘휘 둘러보았다.

그는 능력을 발휘했다. 그가 집배원 출신이라는 것을 아는 사람은 단 두 사람, 나와 사장뿐이었다. 나는 그가 실력을 발휘하는 것을 지켜보았고, 직원들은 그의 불가사의한 능력을 지켜보았다. 내가 이쪽 일에는 경험이 없는 사람 한 명을 데려올 것이라고 말했을 때 직원들은 반신반의했었다. 기왕이면 물류 기지에서 일해 본 경력자를 뽑아야 하고, 그것도 가능하면 젊은 사람이어야 한다는 의견이 지배적이었다. 젊은 사람은 이미 기호화에 적응돼 있을 뿐만 아니라 기억력도 생생하다고 녀석들은 주장했다. 나는 그 의견들을 단지 직위 하나로 물리쳤다. 직원을 뽑는 것은 내 권한이었다. 나는 부장이었고, 물류 기지에는 나보다 높은 직책을 가진 사람이 없었다. 나는 가끔, 억울하면 빨리 부장 되라고 말하곤 했다. 그게 내 무기였다.

「앞으로는 당신들 의견도 참고하도록 하지. 하지만 이번 일은 나에게 맡기라고.」

내 판단은 정확했다. 그의 능력은 탁월했다. 그가 맡은 일은 상품이 위치한 곳에 가서 물건을 찾아오는 일이었다. 얼핏 보면 쉬운 일이었지만 막상 해보면 어려운 일이 그 일이었다. 주문장에 쓰여 있는 진열대 번호를 찾아가면 막상 그 물건이 없는 경우가 허다했다. 상품을 잘못 진열한 경우였다. 상품이 그 자리에 있어도 못 찾는 경우 역시 많았다. 상품의 크기가 너무 작아서 눈에 띄지 않는 경우였다. 그런데도 그는 그것들을 쉽게 빠르게 찾아내곤 했다.

「그런 거야, 뭐 식은 죽 먹기지. 해보니까 편지 배달하는 것하고 비슷해. 번지수를 잘못 쓴 편지가 얼마나 많아? 그런 편지라고 해서 무조건 돌려보낼 수는 없잖아. 급한 내용일 수도 있고. 그러니까 번지수와 사람 이름을 함께 외우기도 하고 따로 외우기도 하고, 그러면서 집배원이 돼 가는 거지. 작은 물건은 어떻게 잘 찾느냐고? 참, 그것처럼 우스운 질문도 없구먼. 단독 주택에 가보라고. 작은 집 큰 집, 자기 집에 사는 사람, 사글세 사는 사람, 말도 마. 정신 똑바로 차리지 않으면 다음 날 또 가야 되니까 수소문도 하고, 지하에도 내려가 보고 옆집에도 가보고. 대개 그 언저리에 있어. 사람이든 물건이든 뛰어 봐야 벼룩이다 이거지.」

그는 지하에 사는 사람, 옥탑방에 사는 사람의 우편물도 결국은 같은 번지 같은 집 주소로 온다고, 그 사람들에게 편지를 배달하고 산 것이 이 바닥에서 먹고사는 데 도움이 될 줄은 몰랐다고 웃곤 했다.

그는 동명이인을 가려내는 데도 익숙했고, 상품과 주문자가 바뀐 것을 찾아내는 데도 아주 익숙했다. 익숙한 정도가 아니라 귀신에 가까웠다. 또 있었다. 그는 상품의 개수가 틀린 것도 정확하게 찾아냈다. 그것 역시 집배원 경력에서 나온 것임은 두말할 필요도 없었다. 나는 더 이상 묻지 않았다. 그의 배달 구역에 한두 사람이 사는 게 아닐 터였다. 한 집에 반드시 한 통의 편지만 오는 것도 아닐 터였다. 나는 그를 뽑은 것에 만족했고, 그는 자신에게 일자리를 준 것을 고마워했다.

그와 나는 고등학교 동창이었다. 동시에, 친구 간에는 서로 폐를 끼치지 말고 살아야 한다고 암묵적인 동의를 하고 지내온 터수였다. 그가 내 집에 편지를 배달하러 오지만 않았더라도 어쩌면 서로 무슨 일을 하고 사는지 영영 모르고 동창회 따위에서 어울리고 살았을지도 모를 일이었다.

그의 자전거를 타고 오는 심정은 착잡했다. 자전거를 타고 오는 동안 나는 그가 자전거를 타고 역까지 오곤 했던 거리가 꽤 멀다는 걸 알았다. 가을인데도 손이 시렸고, 얼굴이 뻣뻣해져 왔으며, 바지 자락 안으로 스며드는 바람이 매몰차게 느껴졌다. 그는 오랫동안 오토바이를 타고 익숙한 거리만을 달려온 사람이었다. 그는 가게에 편지를 배달할 때는 가게 안에서 잠시나마 바람과 비를 피했을 것이고, 아파트 단지를 돌 때는 경비실에라도 들러 바람과 눈을 피했을 터였다. 나는 그가 자전

거를 타고 낯선 거리를 달리면서 눈물을 흘렸을지도 모른다고
생각했다.

게다가 그는 자전거를 처음 배운 처지였다.

그에게서 자전거를 탈 줄 모른다는 얘기를 들었을 때 나는
내 귀를 의심했다. 집배원이 자전거를 탈 줄 모른다니. 있을 수
없는 일이었다. 하지만 그는 자전거 타는 법을 배우고 싶다고
말했다. 자전거 타는 법을 배우고 싶다는 얘기는 자전거를 타
겠다는 얘기였다.

「오토바이와 자전거는 달라. 오토바이는 가만히 앉아만 있으
면 되지만, 자전거는 페달을 굴러야 하니까.」

맞는 말이었다. 그렇다면 그는 자전거로 편지를 배달해야 할
때는 어떻게 했단 말인가. 그는 자전거 타는 게 두려워 우체국
에서 가장 가까운 곳을 배당받아 걸어서 다녔고, 그것도 여의
치 않으면 우편물을 분류하는 일에만 매달렸다고 했다. 그것도
우체국장이 무리해서 편의를 봐주었기 때문에 가능했던 일이
었다. 오토바이가 지급되기 시작했을 때 그는 드디어 마음 놓
고 거리로 나갈 수 있었다. 오토바이 타는 법은 자전거보다 훨
씬 쉬웠다. 오토바이보다는 자전거가 훨씬 쉬울 텐데 그에게는
반대였다.

자전거 타는 법을 어렵사리 배운 뒤끝이었으므로 그는 밤길
을 달려오다가 커브 길에서 몇 차례 넘어졌을지도 모를 일이었
다. 그때는 분명 아내나 딸의 얼굴이 눈앞을 가로막았을 것이

다. 나는 그가 집에 가 있을지도 모른다고 생각했다. 그렇지만 나는 이내 생각을 수정했다. 집에 가 있다면 그가 아니더라도 그의 아내가 전화를 해왔을 터였다.

'감기에 걸려서 꼼짝을 못하는데 어쩌죠. 크게 바쁜 일이 없으면 오늘 하루 결근 처리 좀 해주시죠.'

아내들은 그런 정도의 거짓말을 둘러대는 데는 익숙한 법이었다. 그의 아내가 그런 거짓말을 못하는 위인이라면 딸애를 시켜서 아빠가 몸져누웠다고 얘기하라고 시킬 정도의 위인은 될 터였다.

역에서 창고까지 가는 길의 주위는 대부분 들판이었다. 중간에 작은 읍내가 있긴 했지만 초저녁만 지나면 가게 간판 불을 거의 끌 정도로 작은 동네였으므로 그는 어둠 속을 달려 자신의 방으로 돌아올 수밖에 없었을 것이다.

나는 한 차례 자전거에서 내려 담배를 피웠다. 그의 일자리를 마련해 준 것이 과연 잘한 일인가. 나는 그가 새로운 일을 마음에 들어 한다고 생각했었고, 나 역시 경험은 속일 수 없는 것이라고 흡족해하고 있던 참이었다.

그는 자전거를 배우고 싶다고 말한 후 곧장 자전거를 사야겠다고 했다. 당연한 말이었다. 자전거가 없으니 자전거 타는 법을 배우려면 자전거를 사야 하는 거였다.

「새삼스레 자전거를 배우려는 이유는 또 뭐야.」

「동네라도 한 바퀴 돌아보려면 자전거 하나 정도는 있는 게 좋을 것 같아서. 읍내 나갈 때도 그렇고. 여긴 버스도 뜸하더군.」
「그래도, 관절도 안 좋다면서 자전거는 왜.」
「자전거와 오토바이는 다르겠지. 오토바이를 타면 바람이 무지막지하게 달려드니까 고스란히 맞아야 하지만 자전거는 무릎을 계속 움직여야 하잖아. 관절이 좋아질지도 모르지.」
그는 자전거를 샀고, 나는 그가 자전거를 사는 자리에 함께 있었다. 그는 자전거를 살 때 꽤 까다롭게 굴었다.
「우선은 바퀴가 빵꾸 나지 않는 걸로 해야 되겠지?」
그는 마치 그런 바퀴가 있다는 식이었지만 자전거 가게 주인은 요즘 타이어는 옛날과 달리 웬만해서는 터지지 않는다고 말했다. 이상한 손님을 만났다는 기색이 역력했다. 그는 또 한 가지 조건을 얘기했다.
「쇠로 된 종을 달아 주세요.」
자전거 주인은 쇠로 된 종은 안 나온다고 말했다.
「고물상 아저씨가 오면 한번 알아봐 줄 테니 우선 그냥 타세요. 뿌우웅 소리가 얼마나 좋습니까.」
자전거 주인은 정구공처럼 말랑말랑한 고무 경적을 울려 보였다. 그는 고개를 끄덕였고, 나는 그를 뒤에 태우고 안장에 궁둥이를 얹었다.
「이제야 내 물건을 하나 갖게 됐군. 자네, 자전거 타는 거 가르쳐 준 후에는 마음대로 타지 말라고. 이건 내 자전거니까 나한테 꼭 얘기하고 타란 말이야.」

「이런, 타라고 해도 안 탈 테니 걱정 말게나. 차를 샀으면 아예 만져 보지도 못하게 할 사람이구먼.」

그가 이제야 내 물건을 갖게 됐다고 한 것이 마음에 걸리긴 했지만 거기에 무게를 둘 이유는 없었다. 마흔 넘은 남자에게 자신의 물건이란 없는 법이었다. 마흔 넘은 남자에게 집이란, 아내와 자식이란, 그저 챙기고 건사해야 하는 대상일 뿐이었다. 집과 가구, 자동차 따위 역시 그랬다. 그것들은 생활의 근거일 뿐 소유물은 아니었다.

하지만 그때는 무심코 받아넘겼던 그 말이 걸렸다. 다시 자전거에 궁둥이를 얹고 오는데 이제야 내 물건을 하나 갖게 됐다던 그의 말이 떠올랐다. 페달을 구르면서 나는 그가 재산을 갖고 싶어 했던 사람이었던가를 생각했다. 그 생각만 한 게 아니었다. 그를 불러들인 것이 자충수가 되는 것은 아닌가도 생각했다. 그는 이미 하루를 결근해 버렸고, 내일이라고 꼭 출근한다는 보장이 없다. 일이 밀릴 것이고, 직원들은 불평하기 시작할 터였다. 불평이란 전염성을 갖고 있었다. 그의 부재가 어떤 문제를 낳았는지 회사에 파다하게 번질 것은 뻔한 일이다. 어쩌면 사장으로부터 질책을 받게 될지도 모른다. 대부분, 회사는 결과를 따진다. 누군가가 사고를 내면, 그로 인해 이익을 창출했던 기록은 잊혀지고 그로 인해 얼마만큼의 손해가 났는가를 따진다.

나는 자전거를 그가 세 들어 사는 집 마당에 세웠다. 그의 방은 회사에서 10분 남짓 거리였다. 그는 자전거를 타고 세 들어 사는 집을 나와 회사로 오곤 했다. 그가 회사로 들어오는 모습을 보면 위태위태했다. 며칠 동안 자전거 타는 법을 배웠지만 그의 몸뚱이를 실은 자전거는 곧 쓰러질 것처럼 보였다.

그가 자전거를 타는 모습이 위태로워 보였던 것은 실상 그의 삶 때문이 아니었을까. 그 삶은 또한 나 자신의 삶일 수도 있었다. 나는 그와 함께 근무하기 시작하면서 그를 통해 나를 들여다보곤 했었다. 보려고 하지 않아도 눈에 보이는 것은 어쩔 수 없었다. 그는 일을 하다가 짬이 나면 자신과 같은 처지가 돼 버린 친구들의 소식을 전해 주곤 했다.

「네 얘길 들으니 멀쩡한 사람이 하나도 없구나. 그것참.」

그가 전하는 친구들의 안부는 대부분 타의에 밀려 일자리를 잃었다거나, 이런저런 이유로 마누라와 갈라섰다거나, 무슨 무슨 보증을 잘못 서는 바람에 길거리에 나앉게 됐다는 식이었다. 나는 무심히 듣고는 했지만 속으로는 묘한 두려움을 떠안곤 했었다. 나라고 해서 평생 직장을 보장받은 것은 아니었다. 나라고 해서 아내와 아이들로부터 자상한 남편이며 따뜻한 아빠로 불리고 있는 것은 아니었다.

이상한 노릇이었다. 나는 그가 세 들어 사는 집 마당에 세워 놓은 자전거를 자꾸만 되돌아보았다. 그의 자전거가 자꾸만 말을 걸어오는 느낌이었다.

그에게서 연락이 온 것은 이틀 후였다. 정확하게 얘기하자면,

그가 연락을 해온 것이 아니라 역장이 전화를 해온 거였다.

「당신네 회사 직원이 소란을 떨고 있는데, 와서 좀 데려가시오.」

알지 못할 소리였다. 회사에는 그 말고 결근한 사람이 없었다. 게다가 그는 어디 가서 소란을 떨 사람이 아니었다.

「무슨 말씀이신지. 우리 직원이 그럴 리가 있습니까. 전에 근무하던 직원이라면 몰라도.」

「글쎄요, 그거야 모르는 일이지만 난데없이 자전거를 찾아내라고 저 난리니. 우린 자전거까지 책임지지 않아요. 여기가 자전거포도 아니고.」

그제서야 나는 그가 돌아왔다는 것을 알았다. 회사로 돌아온 게 아니라 자신의 자전거를 찾으러 돌아온 거였다.

「아, 자전거? 저희 회사 사람 맞습니다. 제가 가지요.」

「허허 참. 하도 생떼를 쓰는 바람에 경찰을 부를까 말까 하던 참이었소. 나이깨나 먹은 사람이 무슨 강짜를 저렇게 쓰는지, 좀 빨리 와주쇼.」

「자전거는 제가 가지고 왔는데…… 그 친구도 참.」

역장은 자신은 모르는 일이라고 말했다. 역무원 두 사람이 오늘은 비번인데, 그중의 한 명이 내가 자전거를 가져가는 것을 본 모양이라고 그는 말했다.

한 가지 일이 꼬이면 뒤에 준비하고 있던 일들도 꼬이는 경우가 많은 법이었다. 그런 느낌이 들었다. 그는 사고뭉치가 아니었다. 그는 그저 정해진 길을 따라, 정해진 집을 찾아 우편물을 배달하는 일만 열심히 해온 사람이었다. 그런 그가 자초지종을 모른 채 자전거를 찾아내라고 떼를 쓰고 있다니. 내가 아는 한, 그는 학교 다닐 때도 지도 주임 선생의 손에 멱살을 잡혀 본 적이 없는 친구였다. 그는 성적까지 좋은 모범생은 아니었지만, 선생들의 골치를 썩이는 문제아는 절대 아니었다. 아마도 내가 그를 만나기까지 오랫동안 잊고 있었던 것도 그런 탓이었을 것이다. 그는 늘 중심에 있지 않고 둘레에 있었다. 나역시 둘레에 있었다. 둘레라는 것이 중요했다. 중심에 있는 사람들은 늘 가까이 있기 마련이었다. 서로 간의 간격이 좁은 데다 중심은 항상 중심 속의 중심이 되려는 속성이 있기 때문이었다. 하지만 둘레는 달랐다. 둘레는 말이 둘레일 뿐 사실은 겉도는 대상이었다. 둘레는 다만 중심을 둘러싸고 있는 것이었다. 그러니까 그와 나는 둘레의 이쪽과 저쪽에 서 있었던 셈이었다. 저쪽에 그가 있다는 것을 알았지만 나는 본 듯 만 듯 무관심했고, 그 역시 나와 다를 게 없었을 것이다.

　역으로 갔을 때 그는 한숨을 푹푹 쉬고 있었다. 얼굴이 벌겋게 달아오른 것이 역무원들과 꽤 승강이를 한 모양이었다. 거기에 대고 내가 그깟 자전거라고 말한 게 실수였다.

　「그깟 자전거라니? 너 말조심해야 되겠다.」

　내가 놀란 것은 그에게 화를 낼 기운이 남아 있다는 거였다. 그가 쇠약해져서 그런 생각을 한 게 아니었다. 그나 나나 화를

낼 나이가 아니었다. 화를 내기는커녕 엎드려 있어야 할 나이
였다. 그는 이미 사람이 얼마나 잘 엎드려 있어야 하는가를 경
험한 터였다.

「무슨 일이 있었는지는 모르지만 꼭 이렇게까지 할 필요가
있느냐는 얘기지.」

나는 그에게 왜 회사에는 나오지 않았느냐, 어디에 갔던 것이
냐 따위의 질문은 던지지 않았다. 충분히 그럴 수 있는 일이었
다. 누구나 아무에게도 말하지 않고 발을 디디곤 하는 비밀의
공간이 하나쯤 있을 수 있는 일이었다. 그는 그런 곳에 갔다 온
것일 수도 있었다.

「자전거는 잘 있겠지?」

「그래, 잘 모셔다 놨으니까 걱정 마라. 가자.」

나는 그와 함께 술을 한잔 하고 싶었지만 그는 자전거를 먼
저 확인하고 싶어 했다. 나는 그에게 무슨 일이 있는 거냐고 묻
고 싶었지만 그는 나에게 자전거를 왜 가져갔느냐고 물었다.
결국 그와 나는 적정선에서 타협했다.

「술은 사가지고 가서 마시지, 뭐.」

술자리는 그렇게 시작됐다. 그는 술이 약한 편이었다. 그는
자꾸만 자전거에 대해 말하고 싶어 했지만 나는 그가 어디를
쏘다니다 왔는지 듣고 싶었다. 솔직히, 속된 의구심이 드는 것
도 사실이었다. 하지만 아니었다.

「그렇게 궁금해하니 얘기해 주마. 아무래도 안 되겠어.」

그는 떠나겠다는 얘기부터 했다. 어이없는 일이었다. 그는 집배원 경력만 20년 가까이 쌓은 친구였다. 20년 동안 한곳에서 일했다는 것은 은근과 끈기의 다른 이름이었다. 20년 동안 사계절을 보냈다는 것은 80번이나 새로운 계절을 맞아들이고 보냈다는 것을 뜻했다. 그런 그가 내 곁에 온 지 3개월도 되지 않아 떠날 생각을 하고 있단 말인가. 물론 떠날 사람은 아무리 잡아도 소용없다는 말이 있긴 하다. 그렇지만 그에게 갈 곳이 어디 있단 말인가. 그는 나에게 일자리를 부탁했던 처지였다. 그의 경력을 귀하게 여겨 스카우트하겠다는 곳이 나타날 리 만무였다.

「이건 내 삶이 아닌 것 같아.」

「그래? 어떤 삶이어야 하는데?」

나는 점점 취해 가고 있었고, 종잡을 수 없는 녀석의 행보에 대해 술김에라도 야유를 퍼붓고 싶었다.

「참 지겨운 일이었어. 그걸 벗어던지지 못해 안타까워하면서도 계속 다니긴 했지만, 떠나고 나니 홀가분하더라고.」

그는 집배원 시절을 얘기하고 있었다. 그럴 수도 있을 터였다. 나는 그의 심사를 이해할 수 있을 것 같았다. 어떤 일이든, 손에 익는 순간부터 지겨워진다는 것은 나도 알고 있었다. 하지만 지겨워졌다고 해서 일을 버릴 수는 없는 노릇이었다.

「생각해 봤는데, 살면서 내 마음대로 길을 간 적이 없더라고. 늘 정해진 길을 따라 다녔거든. 그러니 얼마나 지겨웠겠어.

그땐 몰랐는데, 여기 와서 내 몸이 왜 말을 듣지 않는지 알게
된 거야.」

나는 바짝 긴장했다. 회사에서는 직원들이 산재 보험 신청하
는 것을 두려워했다. 어느 회사고 직원들에게 산업 재해를 입
힐 가능성이 없는 곳은 없었다. 모든 직업에는 병이 따르게 마
련이었다. 몸뚱이가 상하든 정신이 상하든, 무엇이든 상하게
돼 있는 곳이 직장 아닌가. 그런 판국에 어느 한 사람이 산업
재해 신청이라도 하는 날에는 다른 직원들도 줄줄이 따라 나설
가능성이 높았다. 그건 안 될 일이었다. 보험료가 올라가는 것
은 둘째 치고, 회사 이미지 때문에라도 그런 일은 없어야 한다
고 사장은 말하곤 했다.

나는 몽롱한 기분이었다. 꿈인 듯 그의 목소리가 방 안에 흘
러 다니고 있었다. 담배 연기를 내보내기 위해 잠깐씩 문을 열
때마다 마당에 세워 놓은 그의 자전거가 보이곤 했다.

「집배원이 제일 듣기 싫어하는 소리가 뭐냐면, 편지 봉투에
쓰여 있는 주소도 제대로 못 찾아가느냐, 그런 사람이 집은
어떻게 찾아가느냐는 거야. 배가 잔뜩 나온 우체국장이 그런
소리를 하면 머리로 배를 들이받고 싶어지지.」

그가 좀 엉뚱한 소리를 한 것은 그 무렵이었다. 장광설에 가
까웠던 것으로 기억된다. 내가 기억된다고 얘기하는 것은 그의
얘기가 부분 부분 끊겨 들렸기 때문이다.

그는 다시 직장을 잡았다는 것이 무엇보다 다행스러웠다고

했다. 하지만 그게 문제였다고도 했다. 주체할 수 없는 욕망이 그를 잡아끌었다고 얘기할 때 그의 목소리는 좀 떨리는 것 같았다.

「난 이십 년 동안 남들이 가라는 길만 가면서 살았어. 305호에 갔다가 다시 402호로, 150번지 3통 4반에 갔다가 다시 4통 2반으로. 내 발로 내가 가고 싶었던 곳을 한 군데도 간 적이 없단 말이지. 그땐 몰랐는데 여기 와서 너하고 일을 하면서 그걸 알았어.」

「나하고 일을 하면서? 내가 언제 너를 묶어 두기라도 했다는 거냐?」

순간 괘씸한 생각까지 들었다. 나는 녀석에게 일자리를 마련해 준 은인이었다. 은인이라고 얘기한 건 내가 아니라 그 자신이었다. 마누라와 딸이 몹시 고마워하더라는 얘기까지 한 것을 잊었단 말인가.

「그래, 원망스럽기도 했지. 상품 진열대 번호를 찾아가 물건을 들고 나오고, 정해진 크기의 상자에 넣고, 정해진 시간에 오는 택배 회사 차에 물건을 싣고. 웃기는 일이지. 내가 뭐 하고 있는 건지 갑자기 궁금해지더군. 차라리 편지 배달하러 다닌 일이 훨씬 인간적이라는 생각이 들더라고. 그래서 내가 편지를 돌리던 동네를 몇 번 갔었지. 넌 내가 어딜 갔었는지 몰랐겠지?」

그랬었구나. 그는 기껏 자전거를 세워 놓고 열차를 타고 나가 자신이 편지를 돌리던 곳에 갔던 거였다. 도대체 앞뒤가 맞지 않는 얘기였다. 조금 전까지만 해도 아파트 호수와 번지수를 들먹이며 자신의 의지에 따라 가본 곳이 없다며 투덜대 놓고 그곳이 그리워 찾아갔다는 얘기였다.

「나 혼자 마시니까 취해서 안 되겠다. 깊이 생각하지 마라. 다들 그러고 살지, 뭐. 알고 보면 다 마찬가지라고. 너라고 다르겠냐. 나라고 다르겠냐. 그러니 푹 쉬고 내일 보자.」

나는 그래서 어떡할 생각이냐고 묻고 싶은 것을 참았다. 어떡할 생각이란 없을 게 분명해서였다. 그나 나나 대부분이 그랬다. 나이라는 것은 운신의 폭을 가로막는 장애물 같은 거였다. 아무러면 그가 그걸 모를 까닭이 없었다.

「네가 보기엔 내가 무슨 꿈이라도 꾸는 것처럼 보일 수도 있겠지. 하지만 말이다. 내가 우편물을 배달하던 동네에 갔더니 그 동네가 갑자기 새롭게 보이더라. 그렇게 오래 지나다녔던 곳인데도 빵집의 빵이 맛있어 보이고, 술집의 아가씨들이 보이고, 옷 가게의 옷이 보이지 뭐냐. 전에는 그런 게 전혀 안 보였거든. 혹시 아는 집배원이 지나가지 않나 흘끔흘끔 살피면서 동네 여기저기를 돌아다녔지. 넌 그런 느낌 이해 못할지도 모르지만, 사람 사는 동네 냄새가 나더라는 거지. 그런 거야. 그저 정해진 약도에 따라, 정해진 순서에 따라 뱅글뱅글 돌아봐야 그건 사는 게 아니라는 느낌이 들었다. 그래서 돌아오는 버스를 놓쳤고, 기차도 놓쳤고. 밤새 이슬을 맞으면서 하룻밤을 보냈는데, 나중에는 밤공기조차 정겹더라니까. 세상에, 그런 걸 모르고 살았다니. 왜 그런 말 있잖니. 밥 지을 때 나는 연기 냄새 같은 거. 훈기라고 하던가.」

그의 말에는 조금도 틀린 구석이 없었다. 갑자기 그가 낯설어 보였다. 그의 말대로 그는 꿈 얘기를 들려주는 듯도 했다. 나는 일어서지 못했다.

「그럴 수도 있겠지.」

「그럴 수도 있는 게 아냐. 막상 그 세계를 떠나니까 그곳이 꽤 넓은 세상이었다는 걸 알게 됐다 이거야. 사람답게 살고 싶다는 욕심이 사치스러운 거냐. 아니지? 계속 이렇게 살면, 그러니까 뭐냐, 내가 닳아 없어질지도 모른다는 거지. 그래서 얘긴데, 아무래도 그만둬야 할 것 같다. 아니, 그만두겠어. 미안하다.」

「뭘 그만둔다는 거야.」

「뭐긴, 회사를 그만둔다는 거지. 그동안 네가 잘해 줬는데, 고맙다. 꼭 자전거를 타고 살겠다는 게 아냐. 뭘 하든, 뭘 해서 입에 풀칠을 하든 어디 가고 싶을 때 내 발로 갈 수 있는 인생을 살고 싶다는 거지.」

그가 내린 결론은 간단했다. 어이없게도 정처 없는 삶을 살아 보겠다는 게 그의 결론이었다.

「자전거는 여기 두고 가지, 뭐. 너한테 뭘 하나 선물하고 싶은데, 아무래도 자전거가 좋을 것 같아서 말이지. 그렇다고 내가 여기서 아무것도 얻은 것 없이 떠난다고 생각하지는 마라. 자전거 타는 법을 배웠으니까.」

나는 그가 이제 그만 돌아가 달라고 얘기하는 눈빛을 읽었다. 꿈인 줄 알았으나 꿈이 아니었다.

나는 그가 보내온 편지를 들고 현관 옆에 서서 자전거를 물끄러미 바라보았다. 먼 곳에서 온 연애편지를 들고 있는 것처럼 설렜다. 그가 떠난 후 늘 회사 현관 옆에 놓여 있던 자전거가 새롭게 보였다. 자전거를 타고 슈퍼마켓에도 가고, 물류 센터에서 10분쯤 거리에 있는 동네를 한 바퀴씩 돌곤 했던 내 모습이 떠올랐다. 편지를 읽은 다음에는 걸레를 들고 나가 자전거 바퀴며 바퀴살을 윤이 나도록 닦아야 하지 않을까. 아니, 그의 편지를 잠시라도 자전거 안장에 놓아 주면 어떨까. 어쩌면 그는 편지 속에 다시 돌아오고 싶다는 애길 써놓았는지도 모른다. 그의 편지를 꺼내는데, 문득 손이 떨려 왔다.

가봐야 제자리로 간 것이라고 할지도 모르겠다만, 시골 마을 한 군데를 맡는 우편 취급소를 하나 열었다. 작은 동네의 간이 우체국 같은 곳이지. 여전히 편지와 몸을 섞는 인생으로 돌아온 셈이다. 너는 웃겠지. 과연 나답다고. 하지만 여기선 행복하다. 우표를 팔고, 등기를 접수하고…… 어떤 때는 편지를 배달하는 흉내를 내며 동네를 산책하기도 하고……. 여기 와서 자전거를

한 대 샀는데 네 덕분에 단 한 번밖에는 넘어지지 않았다. 논두
렁 샛길을 가던 중이었는데, 논바닥에 넘어져서 옷을 몽땅 버렸
지만 넘어진 채로 한참 동안 누워 있었다. 바람이 참 좋더라.

바람이 좋더라. 그가 논바닥에 넘어져서 하늘을 올려다보는
모습이 보이는 듯했다. 그는 떠났고, 나는 그의 편지를 봉투에
넣으려다가 다시 읽기 시작했다. 가봐야 제자리로 간 것이라고
할지도 모르겠다만…… 논바닥에 넘어져서 옷을 몽땅 버렸지
만…… 바람이 참 좋더라…….

엔 게디의 잠 못 드는 밤

말로만 들어 왔던 지중해가 붉은 일몰 기운 속으로 잦아들자 버스는 한 시간 남짓을 달려 갈릴리 지역에 닿았고, 갑자기 빗방울이 후드득 듣기 시작했다.

「제가 말씀드렸지 않습니까. 지중해 지방은 비가 많은 곳이라고 말입니다. 이스라엘은 고도 차가 워낙 심해서 이러다가도 금방 갭니다.」

가이드는 이곳 생활에 달통한 사람 같았다. 턱수염을 짙게 드리운 아랍 인 버스 기사 베삼이 와이퍼를 작동시키자 길은 안개 속의 미로처럼 잠시 떠올랐단 사라지고, 떠올랐단 사라지고 했다.

나는 조용히 깊은 숨을 들이켰다가 내뿜었다. 확실하지는 않지만 갈릴리 호수가 그리 멀지는 않다는 느낌이 들었다.

내 청춘의 한 자락에도 호수가 있지 않았던가. 나는 내 마음

속의 호수를 떠올렸고, 그곳의 호수와 갈릴리 호수가 어떻게 다를 것인가 궁금해지기 시작했다.

「그러니까 갈릴리 지방은 예수의 고향이자 주된 활동 무대였 거든. 지금은 관광지가 다됐다는 얘기를 들었지만, 예수가 탄 생했을 때는 여기도 조그만 시골이었겠지.」

그가 말했고 나는 가만히 고개를 끄덕여 주었다. 나는 벌써 며칠째 고개를 끄덕이는 데 익숙해져 가고 있었다. 그러니까 나는 서울을 떠나오면서부터 줄곧 그를 시종 이해하는 편에 서 겠다고 다짐해 온 터였다. 특별한 이유가 있어서는 아니었다. 나는 아주 오랫동안 그를 이해하기 위해 애써 왔고, 요 며칠 동 안은 특히 그러해야 한다고 믿고 있었다.

그리고 나는 또 알고 있었다. 그는 늘 낯선 곳으로 짐을 챙겨 떠난 후에 어떤 결정을 하곤 했었다. 그와 내가 젊은 시절을 보 낸 호수의 도시에서도 그는 어느 날 갑자기 사라졌다가 돌아온 후 나에게서 멀어져 갔었다. 그때 그는 말했었다.

「우린 너무 닮았어. 닮았다는 것은 좋은 점도 있지만 한편으 로는 서로 같은 모습을 보아야 하는 인내심도 필요하지. 우 린 후자일 거야. 서로 닮지 않은 사람을 찾는 게 좋겠어.」

하지만 나중에 알고 보니 그는 그때 부친상을 치르고 돌아온 후였고, 그는 자신이 아버지와 아주 닮은꼴이었다고 했다. 그는 그때, 닮은 사람을 떠나보내는 슬픔을 두 번이나 겪는 일을 두 려워했던 것 같다. 그런 점에서 나 역시 그와 닮았다고 해야 하

리라. 그 호수를 떠나온 이후 나는 숨어 지내듯 한 남자의 그림
자를 생각하며 작은 오피스텔의 지하 찻집 여자로 살아왔으므
로. 내 심연의 어딘가에 그의 눈길이 닿지 않는 곳으로 숨어야
한다는 의식이 자리했던 모양이었다. 하지만 나는 그를 증오하
는 짓 따위는 하지 않았다. 호수가 있는 도시에서 그와 연애를
할 때는 별 탈 없으면 이 남자와 몸을 섞고 살림을 하는 것도 괜
찮으리라고까지 생각했었지만, 그가 너무 닮은 사람끼리 사는
것은 안 좋다고 했으므로 나는 기꺼이, 숨는 쪽을 택했다.

　「호수라고는 하는데 성경에는 풍랑이 일었다는 얘기도 나와
　있어. 풍랑이 일 정도의 호수라면 굉장해야 하는데, 학자들
　사이에서는 과장이 심하다는 반론도 만만찮다더군.」

　나는 우리 눈앞에 나타날 갈릴리 호수가 꽤 크기를 바랐다.
만약 그 호수가 손바닥만 한 저수지 정도에 불과하다면 아마
도 그는 꽤 실망할 것이다. 아니, 어쩌면 그는 실망하지 않을지
도 모른다. 그는 어떤 사물의 폭과 깊이를 스스로 넓히고 깊게
하거나, 좁히고 얕게 하는 지적 능력을 갖고 있는 사람이었으
므로.

　그에게 그런 능력이 없었다면 그와 나 사이의 관계는 호수가
있는 도시에서 단절된 것을 끝으로 더 이상 연결될 수 없었을
거라는 게 내 생각이다. 사람 관계뿐만이 아니라 그는 자신의
그런 능력 하나로 세상살이의 많은 힘든 고비를 넘겨 온 사람
이었다. 그에게 그런 능력이 없었다면 나는 남들이 이해하지

못하는 그와의 이상한 관계, 아내도 아니고 정부도 아닌 관계
를 벌써 포기했을 것이다.

작정했던 것은 아니지만 나는 그를 향해 먼저 말하고 싶었다.
우리들 청춘의 한 부분에 호수가 있었다고. 그가 섬겨 온 갈릴
리 호수가 정작 어떤 모습을 하고 있을런지는 모르지만 그에 못
지않은 호수가 우리들 청춘의 한 부분에 자리하고 있었다고.

「언젠가는 꼭 한 번 가봤으면 좋겠다고 벼르고 있었는데 정
말로 오게 되다니. 정말 비릿한 냄새가 나는군.」

나는 코를 벌름거려 보았지만 나에게는 비릿한 냄새가 맡아
지지 않았다. 이 남자는 어떻게 비릿한 냄새를 맡았단 말인가.
평소에는 후각이 둔한 편에 속해서 언제나 내가 먼저 냄새의
종류를 말해 주곤 하지 않았던가.

「베드로 고기라는 게 있다더군. 베드로가 잡았던 고긴데 그
가 잡은 이후로 그 고기의 이름이 바뀌었다는 거야. 왜 그렇
게 바꿔 불렀는지 모르겠어.」

「글쎄. 갈릴리 주변에 사는 사람들에게 물어보죠, 뭐. 여기
사는 사람들은 그 사연을 알고 있지 않겠어요?」

내가 그에게 적당한 대꾸를 해주기 위해 애쓰고 있을 때 4년
째 이곳에서 성서 지리학을 공부하고 있다는 가이드의 목소리
가 다시 흘러나왔다.

「저기 왼편으로 희미하게 물결이 보이실 겁니다. 저기가 바
로 갈릴리 호숩니다. 말이 호수지 저건 거의 바다입니다.」

하지만 내 눈에는 호수의 크기가 짐작되지 않았다. 어렴풋하게 물결이 보이는 듯했지만 그 크기까지는 전혀 알아볼 수 없는 상황이었다. 빗방울은 점점 거세지고 있었고, 버스 기사 베삼은 좀 더 빨리 와이퍼를 작동시키고 있었다.

호수의 크기는 중요하지 않다. 갈릴리 호수가 아무리 크다한들 내 청춘에 자리 잡고 있는 호수보다 더 크다고 할 수는 없는 일이다.

그래서일까. 나는 자꾸만 내가 가졌던 큼직한 호수가 그리워지는 기분이었고, 그가 갈릴리 호수를 보고 난 다음에는 우리들 청춘의 호수에 대해서도 그리워해 주기를 바라는 심정이 되었다. 현실에 금이 간 마당에 마음속의 추억을 다시 끄집어 내는 일이 무에 그리 당혹스러울 것인가.

버스가 속력을 낮춰 좌회전해 들어가자 가이드의 목소리가 다시 이어졌다.

「이곳은 엔 게브라고 하는 곳이고 저희들이 묵을 숙소는 엔 게브 키부츠에서 운영하는 호텔입니다. 방을 배정받으시면 가방에 방의 호수가 적혀 있는 스티커를 붙이시고 식당으로 오셔서 저녁 드시기 바랍니다.」

그는 아주 친절하기 위해 애쓰는 편이었고, 이스라엘에 관해 좀 더 많은 지식을 전달해 주려고 애쓰는 티가 역력했다.

나는 그와 함께 묵을 방을 향해 걸어가면서 하늘을 올려다보았다. 그는 503이라는 숫자가 적힌 키의 손잡이를 빙빙 돌리고 있었다. 그것은 곧 낯설음을 이겨 내려는, 엔 게브라는 곳의 낯설음이 아니라 나와 함께 방을 써야 한다는 낯설음을 이겨 내려는 몸짓일 터였다. 어느새 비는 그쳐 있었고, 하늘에는 거의 노란빛에 가까운 달이 떠올라 있었다.

어쩌면 한밤중의 은파를 볼 수 있겠구나. 저녁을 먹은 후 그와 함께 있는 것이 어색하면 그에게 갈릴리 호숫가로 산책을 나가자고 말할 작정이었다. 호숫가에서 은파를 감상하면서 서로의 삶에 대해서 얘기를 나누는 것도 의미가 있으리라. 그것이 불가능하다면, 그와 나는 무엇을 화두로 떠올려야 할 것인가. 그와 내가 12시간의 비행을 거쳐 이스라엘이라는 나라로 떠나올 수밖에 없었던 까닭에 대해서 이야기할 것인가. 그렇게 되면 서글퍼질지도 모를 일이었다. 그것은 분명 그의 한숨을 동반할 얘기가 될 터이고, 나는 묵묵히 고개를 떨군 채 얘기를 들어야 할 터였다. 그리고 그것은 120시간보다도 길게 여겨지고, 120일보다 더 길게 느껴지는 이야기일 터였다.

이스라엘행 비행기표를 끊은 것은 나였다. 나는 그가 가고자 하는 길 앞에 무엇이 놓여 있는지 보여 주고 싶었다. 그가 오랫동안 갈구했던 여행길이 바로 그것이었으므로. 그는 간혹 말했었다.

「사막에서 하루, 사람들이 복대기 치는 장터에서 하루, 그렇게 며칠 묵었으면 좋겠어. 극과 극이 통하는 땅. 그런 곳이 이스라엘이라는 얘기를 들은 적이 있는데 그곳에 꼭 한 번 가봐야겠다는 생각이 자꾸 들어. 아니, 가보는 것이 아니라 펴져 보고 싶다고 해야 하겠지.」

그는 그 생각이 날 때마다 신문의 광고면을 자세히 들여다보게 된다고 말했었다. 그러면서 색연필 표시를 해둔 광고 쪽지를 펼쳐 보여 준 적도 있었다. 그 색연필 자국들은 6박 7일에는 1백만 원, 7박 8일에는 1백20만 원으로 이스라엘의 구석구석을 볼 수 있으며, 보다 깊은 신앙심으로 돌아올 수 있다며 기독교 신자들을 성지 순례길로 이끄는 그럴듯한 광고 문구들이었다. 그는 종교를 믿는 사람은 아니었지만 좀 더 저렴하게 이스라엘에 갈 수 있는 방법으로는 성지 순례객 틈바구니에 끼어가는 것이 가장 효과적이라고 판단하고 있는 것 같았다.

하지만 나는 모른 체했다. 언젠가 그가 자신이 가고자 했다는 것조차 잊고 있을 때 그의 소망을 들어주어야겠다고 생각하면서. 그러고 나서 1년도 넘은 후 내가 그에게 항공권을 내밀며 「우리 며칠 여행을 좀 하면 어때요」라고 말했을 때 그는 내가 말하는 여행지가 어디인지 전혀 눈치 채지 못한 것 같았다. 그래서 나는 말해 주었다.

「꼭 가보고 싶어 했잖아요. 한번 갔다 오자고요. 대신 나도 데리고 가야 돼요. 나도 당신이 가고 싶어 했던 곳에 가서, 극과 극의 세계에 뭐가 있는지 보고 싶거든요.」

그는 그제서야 항공권을 자세히 들여다보았다. 그러고는 나직이 한숨을 내쉬었다. 나는 그가 어떤 기쁨의 표시를 하리라 기대했지만 그는 아무 말도 하지 않았다. 한 번 더 항공권을 들여다보았을 뿐이었다.

마침내 그가 입을 열었을 때 나온 소리는 ‘유대 광야에서, 그러니까 사막 같은 곳에서 오랫동안 서 있고 싶다’는 것이었다. 광야에서 오래 서 있고 싶다는 그를 향해 나는 말해 주었다.

「책에서 봤는데, 갈릴리 호수가 그렇게 아름답대요. 그곳에 가면 뭐랄까, 충전이 좀 되겠죠?」

나는 이미, 내가 청춘을 보낸 시절의 호수, 그와 내가 만나 함께 시간을 보냈던 호수를 생각하고 있었고, 내가 그렇게 생각한 배경에는 그가 사막을 그리워하기보다는 물고기가 살고, 안개가 피어오르고, 노 젓는 사람이 있는 호수를 그리워하기를 바라는 심정이 자리 잡고 있었다. 그런데 그는 여전히 사막과 광야를 얘기하고 있었다. 그러니까 그는 여전히 절망 속에서 보다 큰 절망을 맛볼 수 있는 세계를 탐하고 있었고, 나는 절망 속에서 어떤 희망을 건져 낼 수 있거나 절망을 희망으로 환치할 수 있는 세계를 탐하고 있는 것이었다.

나는 그런 그를 이해하려고 애썼다. 그가 그렇게 된 데는 불과 며칠이 걸리지 않았지만, 그 며칠은 그가 10년 동안 유지해 온 회사의 문을 닫느냐 마느냐를 놓고 주사위를 던지도록 강요한 아주 짧은 시간이기도 했다. 그는 이제 거의 막바지에 다다라 있었다.

「도저히 견딜 수가 없어. 직원들은 몇 달째 내 얼굴만 보고 있고 봉급을 해결할 길이 없어. 환차손은 점점 커져서 이젠 환율 시세표를 들여다볼 엄두가 나지 않아. 다 끝난 거지. 이제 무엇을 더 기대하겠어. 더 이상은 아무것도. 사치스럽지만, 좀 쉬고 싶어. 경제 사범으로 교도소엘 가게 되면 그게 오히려 편할 것 같아. 지쳤어. 지긋지긋해.」

그가 가게 문을 닫고 있는 나에게 찾아와 솔직히 괴로움을 털어놓은 것은 의외였지만, 그것은 그만큼 심각하다는 뜻이기도 했다. 나는 그가 진정으로 경제 사범으로 교도소에 틀어박히는 삶을 더 편하게 생각할지도 모른다는 느낌이 들었다.

하지만 나는 놀라지 않았다. 나는 그가 아주 열심히 일해 왔다는 것을 알고 있었다. 그는 분명, 정직하게 회사를 운영한 사람이었다. 한국식 자본주의의 한계에 적응하면서도 가능하면 정도를 걸으려고 애써 온 사람 중의 하나였다. 그는 절대로 소비재 같은 것에는 손을 대지 않았고, 짜고 치는 고스톱 같은 입찰에는 절대로 참여하지 않는다는 것을 나는 알고 있었다. 그는 늘 외국의 참고 서적을 통해 공부를 했고, 외환 딜러들과 정보를 공유했으며, 경기가 좋아 자금 사정이 좋을 때도 부동산 투자를 하거나 사채놀이 같은 것은 하지 않았다.

그에게 잘못이 있다면 그것은 수입 무역을 했다는 것일 터였다. 만일 수출 무역을 했다면 자고 날 때마다 불어나 있는 돈을 셈하기에도 바쁜 생활을 했겠지만, 그는 불행하게도 수입 무역을 했던 것이다.

그는 연극배우처럼 말하곤 했다.

「양심에 걸리는데도 딴에는 모험을 했지. 환율 조짐이 심상치 않기에 일 달러에 천 원으로 계산해서 오퍼를 냈더니 순식간에 천삼백 원이 돼 버리더군. 예측 불가능이야.」

「수입 오퍼를 낸 회사가 그나마 양보를 해서 환차손을 절반씩 나누기로 했는데 그 사이 환율은 다시 천칠백 원이 돼 버렸어. 내일모레면 통관을 해야 되는데…… 환장할 일이야. 죽으라는 소리지. 이건 정말 죽으라는 소리밖에 안 돼.」

그는 웬만해서는 '환장한다'는 따위의 표현은 하지 않는 사람이었다. 기껏해야 '참 곤란하구먼'이라고 말하는 사람이 그였다.

'사람 참 환장하겠구먼'이라고 말한 그는 집으로 돌아가지 않았고, 내 침대 옆에서 맥주 몇 잔을 놓고 밤새 잠을 이루지 못했다. 그러므로 '내 집에서 그가 자고 갔다'는 표현은 부적절한 것이었다.

그 밤이 지나고 아침나절이 되었을 때 나는 그의 핸드폰이 여러 차례 울리는 소리를 들었고, 그럴 때마다 나는 그가 자유롭게 통화하는 것을 돕기 위해 이불을 더 뒤집어썼다.

「매기가 없다고요? 좀 더 싸게 내놓으면 집이 나갈까 모르겠네요. 좀 급한 일이 생겨서 그러는데, 신경 좀 더 써주시고요. 혹시 사글세 나와 있으면 그것도 좀 알려 주시고요. 아뇨, 제가 살 겁니다.」

그는 아주 작은 목소리를 내기 위해 애쓰고 있었고, 나는 여전히 이불 속에서 귀를 바짝 세우고 있었다.

「자동차 매매 센터지요? 저기요, 차 내놓은 거 어떻게 됐나 해서 말이죠. 아, 예. 다 말씀드리긴 했는데, 94년식이고요, 사만 킬로 탔고. 예, 가벼운 접촉 사고가 한 번 있었고, 오른쪽 문짝이 좀 긁힌 것 외에는 멀쩡합니다. 아뇨, 스틱인데요. 감청색입니다. 워낙 아끼던 차라서 그러는데, 삼십만 원이라도 더 생각해 주시죠. 사실은 말이죠, 제가 좀 급한 일이 있어 놔서 그렇거든요. 그럼 부탁합니다. 아, 제 핸드폰 번호는 말이죠…….」

그는 웬만해서는 핸드폰 번호까지는 알려 주지 않는 사람이었다. 그런 그가 마치 발가벗듯이 다 얘기하는 소리를 훔쳐 들으며 나는 이불 속에서 가만히 흐느꼈다. 청춘의 한 시절을 함께 보냈던 사람이 아내 몰래, 아이들 몰래 집과 자동차를 처분하고 있는 목소리를 듣고 있자니 설움이 복받쳤다.

이제 그는 더 이상 내놓을 것이 없으리라.

나는 그가 전화를 끊고 나서 소파에 털썩 주저앉았을 때 꺼질 듯이 큰 하품을 하면서 그의 곁으로 다가가 가만히 옆으로 몸을 눕혔다. 내 머리를 그의 허벅지 위에 눕히고 나자 그의 얼굴이 올려다보였다. 까맣게 타들어 간 얼굴이 거기에 있었다. 꽤 해맑은 얼굴을 가지고 있는 사람이었는데, 이제 이 사람의 얼굴에도 그늘이 지기 시작하는구나. 내가 생각하는 것보다 몹시 힘들구나. 그의 얼굴을 올려다보는 일은 슬펐다.

「이렇게 누워 있으니까 참 좋네요. 안온해요. 전에는 이런 기분 느끼지 못했는데. 그동안에는 얘기하지 않았는데 당신, 참 잘생긴 얼굴예요. 정말예요.」

그는 아무 대꾸도 하지 않았다. 전 같았으면 '기분 좋으라고 하는 소리라는 것 다 알고 있어'라고 말했을 것이었다. 이 남자는 참 알 수 없는 구석을 많이 가지고 있다, 여전히. 나는 그에 관한 내 관념이 유효하다고 믿었다. 이 남자는 전에도 알 수 없는 구석을 지니고 있었다. 자신에게 어떤 문제가 생기면 입을 꾹 다물고, 타인에게 어떤 문제가 있다고 생각되면 끈질기게 묻고 자신이 그 문제를 푸는 데 도움이 되기 위해 무던히도 애쓰는 그런 남자였다. 내 찻집이 그의 사무실과 꽤 거리가 먼 데도 손님들과의 약속을 핑계로 곧잘 나타나곤 하는 것만 보아도 그랬다. 그때마다 그는 손님들에게 말하곤 했다.

「제가 입이 꽤 까다롭거든요. 미스 최가 끓이는 대추차 맛이 입에 배서 말이죠. 앞으로도 좀 자주 이용해 주십쇼.」

그렇게 되면 나는 '미스 최'가 되기 위해, 단지 대추차 하나 때문에 단골을 만든 찻집 여자의 표정을 짓기 위해 꽤 애를 써야 했다. 그의 청춘과는 아무 인연이 없는 듯이 말이다.

「당신을 위해서라면 내부 수리 중이라는 팻말 걸어 놓고 일주일쯤 시간을 낼 수 있어요. 긴 얘기 안 할 테니까 나도 데

228

리고 가줘요. 부담 주지 않을게요.」

그는 자신의 무릎 위에 고개를 받치고 있는 나를 가만히 내려다볼 뿐 아무 대답도 하지 않았다. 다시 고개를 든 그는 멀뚱히 앉은 채로 벽시계를 바라보는 것 같았다. 아내가 있는 곳, 아이들이 기다리는 곳, 가볍게 눈을 붙인 후 출근해야 하는 곳으로 돌아가야 할 시간이라고 생각하고 있는지도 모른다. 하지만 나는 나 자신을 서글프게 생각하기보다는 돌아가야 할 시간을 셈하고 있는 사람이 훨씬 더 서글프리라고 생각하려고 애썼다. 내가 지금 그를 위해 무엇을 해줄 수 있는가. 기껏해야 그런 정도의 헤아림을 선물하는 것 외에 내가 할 수 있는 일은 아무것도 없는 것 같았다.

「호사스러운 도피 여행이 되겠군. 어떤 경우에도 피할 생각은 없는데…… 다들 내가 도망갔다고 생각할 거야. 한번 가볼까? 당신 정말 괜찮겠어? 혹시 마음의 내부 수리를 하는 것 아닌가 말이야. 가만, 눈가에 잔주름이 좀 생겼네. 그 뭐라더라. 젊은 친구들이 그러는데 요즘에는 좋은 아이 크림이 많이 나온다는데 그걸 좀 사서 발라 보지 그래. 아냐, 안 해도 되겠어. 그래도 예쁜걸, 뭐. 세월의 무게가 적당히 얹혀 있는 얼굴이 오히려 아름답지. 지금 당신 모습이 그래. 다들 내가 도망한 것으로 생각할 거야. 내가 당신과 함께 떠난 걸 알면 돈을 빼돌려 애정 행각을 벌인 걸로 알겠지.」

이윽고 그가 말했다. 그는 아주 오래전부터 어떤 절박함이

닥쳤을 때 갈 곳으로 이스라엘을 정해 놓고 있었고, 정작 그곳을 갈 수 있게 되자 어떤 기쁨도 누릴 수 없다는 것에 낙담하고 있음이 분명했다. 더 이상 견딜 수 없을 때, 자신보다 더 절박했던 사람들이 살았던 곳에 가고 싶어 했으며, 그런 땅들 중 이스라엘이 가장 적합하다고 생각하고 있었던 사람이 그였다.

「구체적인 준비물 같은 건 내가 한번 알아볼게요. 당신은 그냥, 가만히 있어요. 내가 알아서 할 테니까요.」

「그래 주겠어? 그렇게 해주면 고맙고. 하지만 확답한 것은 아냐. 시간을 뺄 수 있을지 아직은 잘 모르겠어. 연락할게.」

그날 그는 그렇게 말하고는 목 뒤쪽으로 두 손을 넣어 나를 일으킨 다음 층계를 걸어 내려가 차를 몰고 돌아갔다. 그는 언제나 그랬다. 왜 굳이 층계를 이용하느냐고, 엘리베이터 타고 가면 되는데 왜 사서 고생을 하느냐고 물으면 '당신을 위하는 길일 수도 있고, 나를 위한 길일 수도 있기 때문이야'라는 말을 남기고는 총총히 걸어가곤 했었다. 이를테면 엘리베이터 문이 열렸을 때 내가 자신을 배웅하고 있는 것을 누군가가 본다면 괜한 소문에 휩싸일 수도 있다는 얘기였다.

섬세한 사람. 이젠 그러지 않아도 될 나이인데. 이젠 나도 사람들의 의혹에 찬 눈길을 맞받아 낼 나이가 되었건만.

나는 거실로 들어와 그가 아파트 경비실을 향해 차를 몰고 나가는 모습을 물끄러미 내려다보았다. 툭, 눈물이 흘러내렸다. 섬세한 사람, 잘 가요. 나는 그가 며칠 후 여행 가방을 다 챙졌다는 전화를 걸어오기를 바라면서 커튼을 쳤다. 그가 있던 자리의 온기가 서서히 식어 가는 느낌이 들었고, 다시 나는 혼자였다.

올리브유가 잔뜩 묻혀진 야채와 치킨 몇 조각을 먹는 둥 마는 둥 식사를 마쳤다. 아마도 식당 밖에서 담배를 피우고 있던 청년이 '한국에서 오셨어요?'라며 알은체를 하지 않았다면 그와 나는 굉장한 고독감에 사로잡혔을 것이었다.

청년은 커피 잔을 들고 있던 왼손을 오른쪽으로 옮기며 자신의 옆에 앉아 있는 청년은 남아공에서 온 깜둥이라고 익살스럽게 소개하고는 덧붙였다.

「여기 온 지 한 달 정도 됐는데 한국 사람을 처음 만난 거거든요. 즐거운 여행하시고요, 여기 사람들 바가지가 심하니까 조심하세요. 한국 사람을 만났는데도 별로 반가워하시지 않는 것 같네요. 저는 좋은데.」

청년은 시계를 보더니 「저는 주방에서 일하거든요. 다른 사람들보다는 배정을 잘 받은 거죠. 하지만 삼시 세끼 자리를 비울 수가 없어요. 설거지를 할 시간이라서 가봐야겠습니다」 하며 총총히 사라져 갔고, 우리는 그를 향해 손을 흔들어 주었다.

「저쪽으로 가면 호숫가일 것 같은데 산책 좀 할래요? 달이 아주 밝아서 은파를 볼 수 있을 거예요. 은파, 이름이 참 예쁘죠? 은파, 꼭 어느 집 딸 이름 같잖아요.」

내가 그의 팔짱을 끼자 그는 멈칫하더니 그대로 팔을 내주었다.

바람은 좀 더 거세지고 있었으나, 은파는 우리가 예상한 그대로였다. 보름달에 가까운 달이 탐스러운 꽃처럼 떠 있었고, 그 달은 갈릴리 호수를 향해 빛을 쏟아 내고 있었다.

「봐요, 은파예요.」

그는 물끄러미 하늘을 올려다보다가는 물결을 내려다보았고, 그러다가는 다시 하늘을 올려다보곤 했다. 그러나 아무 말도 하지 않았다. 그에게 감상에 빠져 있을 여유는 없을 것이라고 생각했지만 한편으로는 섭섭한 느낌도 없지 않았다. 고통과 번민에서 완전히 벗어날 수는 없겠지만 그래도 이 시간만은 평온 속으로 젖어들기를 바랐던 것인데 그게 쉽지 않은 모양이었다.

그는 또 가끔 시계를 들여다보았다. 마치 '지금 우리나라는 몇 시지?' 묻고 싶은 눈치였다. 아마도 그는 '집에 남겨 두고 온 가족들은 자고 있을까, 회사의 직원들은 퇴근했을까' 하고 짐작하고 있을 것이었다. 그가 시계를 들여다보며 그런 물음을 삼킬 때마다 나는 차분히 대답해 주었다.

「여기는 우리보다 일곱 시간이 늦게 가요. 그러니까 서울은 아직 새벽이네요. 네 시쯤 됐을 거예요. 왜요, 시차 때문에 힘들어요?」

그는 여전히 아무 말도 하지 않았다. '피곤해. 좀 잤으면 좋겠어'라고 말하면 좋으련만. 나는 그와 나란히 선 채 갈릴리 호수의 물결을 바라보고 있었다. 달빛을 받아 빛나고 있는 호수, 그것은 내가 받아들이기에는 너무 큰 호수라는 생각이 들었다. 내가 가슴에 담고 있던 호수는 썩은 냄새가 진동하고, 보트를 타고 10분만 노 저어 가면 더 갈 곳이 없는 작은 도시의 물결이 었는데 이곳의 호수는 그곳에 비하면 가이드의 말대로 거의 바다에 가깝도록 넓었다. 그래서일까. 이스라엘에 온 지 4년째 접어들었다는 가이드는 갈릴리 호수로 오는 버스 안에서 이렇게 말했었다.

「성경에 말이죠. 갈릴리 호수에 풍랑이 일었다는 대목이 나옵니다. 그 부분이 학자들 사이에서 호수에 어떻게 풍랑이 일 수 있느냐는 반론의 대상이 되는데, 재미있는 것은 그렇게 반박한 학자들이 이곳에 와서 실제로 관찰하고 나면 그 대목에 대해서 전혀 이의를 제기하지 않는다는 겁니다. 남북의 길이가 이십사 킬로미터에 이르고, 동서의 길이가 팔 킬로미터에 이르는 호수에서는 풍랑이 일 수도 있다지 뭡니까. 더욱이 이스라엘의 특수한 지형에서는 얼마든지 그런 일이 일어날 수 있다는 것을 그들 스스로 인정하게 된다는 거죠. 이것이 바로 불가사의라고 할 수 있는 것이지요. 여러분들도 아마 그런 경험을 하실 수 있을 겁니다.」

그게 그렇게 중요한가. 그도 말했었다. 갈릴리 호수에 풍랑이 일 수 있는가에 관해 논쟁이 일 때도 있다는 게.

하지만 나에게는 풍랑 따위는 중요하지 않았다. 저 호수에 무엇이 있는가. 그는 여전히 말이 없었고, 나는 내 가슴속에 키우고 있던 호수에 대해 생각하면서 한편으로는 그가 가보고 싶어 했던 사막과 광야를 떠올렸다. 어떤 사막도, 그러니까 사막에도 사막 나름의 아름다움이 있다 해도 갈릴리 호수보다 아름다울 수는 없으리라. 나는 그가 사막을 더 이상 그리워하지 않기를 바랐다. 그가 그곳에 가서 확인할 수 있는 것이 무엇이랴. 아마도, 자신이 떠안고 있는 황량함이 아닐 것인가. 그럴 터였다. 그가 확인하고 싶은 것은 사막에서 희망을 건져 내는 것이 아니라 자신이 처한 환경이 사막보다 더 황량하다는 사실일 터였다. 그렇지 않다면 그가 사막 앞에 서는 것을 왜 동경한단 말인가. 그가 사막에서 희망을 건져 낼 것이라고 생각한다면, 나는 그가 사막에는 가기 싫다고 버틴다고 해도 막무가내로 잡아끌어 사막으로 인도할 것이었다.

내가 연민과 안타까움에 젖어 무심한 눈길을 호수에 담그고 있을 때 숙소 쪽에서 인기척이 들려왔다.

「와이 돈 슬립 유.」

키가 장대처럼 큰, 그러나 몇 살이나 됐는지 짐작이 가지 않는 버스 기사 베삼이 처벅처벅 걸어오고 있었다. 어둠 속에서도 그가 버스 기사라는 것을 단번에 알아챈 첫 번째 이유는 그의 키 때문이었고, 두 번째 이유는 그가 뱉어 내는 영어가 정체 모를 발음이었기 때문이었다. 그의 영어는 아랍 어와 히브리 어가 두루 뒤섞인, 아무리 영어를 잘하는 사람도 알아들을 수 없는 영어였던 것이다. 그런 국적 불명의 영어를 뱉어 내는 그는, 자신이 아랍 인이라는 것보다 48인승 벤츠 버스를 모는 기사라는 것에 더 큰 자부심을 갖고 있는 듯했다.

「위 아 고잉 투 슬립, 순.」

내가 띄엄띄엄 뱉어 내는 영어가 제대로 된 것인지는 모르지만, 나는 베삼이 알아듣기 쉽도록 또박또박 말하려고 애썼다. 물론 나보다는 그가 영어를 훨씬 잘하는 축에 속했지만 그로 하여금 아랍 인 버스 기사를 상대로 자신을 설명하는 역할을 감당하게 하고 싶지는 않아서였다. 그는 그런 일 말고도 힘든 일이 산처럼 쌓여 있지 않은가. 내가 그를 위해 해줄 수 있는 일이 아무것도 없어서 속상했던 적도 많았는데 급조한 영어로라도 그를 도울 수 있다면 얼마나 다행스러운 일인가. 나는 그렇다고 믿었다. 그를 위해 무엇인가 해줄 수만 있다면, 정말이지 사소할지언정 그를 위해 어떤 일이든 해줄 수만 있다면.

「저기 말이야. 호수가 있는 도시에서 학교 다닐 때, 당신과 함께 살 수 있다면 얼마나 좋을까 간절히 바랐던 적이 있었지. 그 바람을 가졌던 시절이 어떤 때는 아주 가깝게 생각되기도 하고, 어떤 때는 아주 멀게 느껴진 적도 있었어. 이상하지. 절망적일 때 나는 당신에게 가기도 하고, 멀어지기도 해.」

이윽고 그는 천천히 입을 떼었고, 말을 하면서 불규칙적으로 어깨를 떨었다. 호수의 바람이 차가워서 그런 것 같지는 않았다. 마흔 살의 이 남자가 지금 울고 있는가.

하지만 아무래도 좋았다. 그는 말하고 있지 않은가. 나와 함께 살고 싶었던 적이 있었다고. 여자에게 있어 그런 고백을 받는 것보다 더 가치 있는 일이 또 있을까. 자신이 원하는 남자와 함께 있을 수 있는 시간이 한 시간이면 어떤가. 그 시간이 또한 단 10분으로, 단 1분으로 단축된다고 해도 그 행복을 거부할 여자는 없을 터였다. 그리고 나 또한 그런 평범한 여자 중의 한 사람이었다.

「알아요. 당신이 그런 소망을 품고 있던 시절이 있었다는 것. 여자는 직감으로 알아요. 이 남자가 무슨 생각을 품고 있다는 것, 이 남자가 나에게 오고 싶어 한다는 것, 이 남자가 다른 여자 곁에 있어도 결국은 내 곁에 있는 것과 마찬가지라는 것. 그런 거 다 안다고요. 나, 특별하지 않아요. 당신이 특별하기를 원한다면, 그렇게 되려고 애쓰겠지만. 나도 고백할까요? 표현력이 없어도 이해해 줘요. 당신, 참 좋은 남자예요. 아주 오랫동안 잊혀지지 않는 남자예요.」

그는 멀뚱히 달무리 진 하늘만 올려다보았다.

갈릴리 호수와 짝을 이뤄 그림 같은 은파를 빚어내고 있던 달은 하늘 높이 솟아 고개를 잔뜩 젖혀야 보일 정도였고, 은파는 시나브로 정점을 지나고 있었다. 그리고 그와 나는 잠을 청해야 할 시간이었다.

「내일부터 강행군해야 할 텐데, 이제 좀 자둬야죠. 가요.」

내가 그에게 다가가 팔짱을 끼자 그는 나무 막대기처럼 아주 힘겹게 자리에서 몸을 일으켰다.

　모닝콜을 알리는 전화벨은 정확하게 새벽 여섯 시에 울렸다. 몇 번의 여행 경험을 통해 귀가 따갑도록 울리는 게 모닝콜이라고 알고 있던 나는 귀를 간질일 정도의 작은 벨 소리에도 눈이 뜨일 수 있다는 것에 대해 놀랐다. 아마도 내 방의 주발 시계 벨 소리가 그토록 작았더라면 나는 한낮이 되도록 이불 속에서 뒹굴고 있었을 것이고, 해가 중천에 떴을 때에야 이불 밖으로 나왔을 것이다.

　「일어나셔야죠. 여섯 시 반에 식사하시고, 일곱 시에 히브리 대 교수님 특강 있는 것 아시죠? 오늘은 유대 광야 쪽으로 이동합니다. 가방을 모두 꾸려서 방 밖에 내놓으시면 됩니다. 팁은 공동 경비에서 지불하니 그냥 나오시면 되고요.」

　나는 잠기를 털어 내면서 한국에서 따라온 가이드의 목소리를 챙겨 듣느라 눈을 찡그리고 있다가 겨우 송수화기를 내려놓았다. 송수화기가 이렇게 무거울 수도 있는가 싶게 철근 덩어리를 들고 있다가 내려놓는 기분이었다.

　이제 그를 깨워야 할 차례였다.

　나는 그가 아침잠이 많다는 것을 알고 있었고, 간밤에는 은파를 보고 들어와서도 한참 동안 잠을 못 이루고 뒤척였다는 것을 알고 있었으므로 그를 깨워야 한다는 사실에 또 한 번 철근 더미를 지고 있는 듯한 느낌에 빠져들었다.

　10분이라도 더 자게 할 수 있다면. 아니, 10분을 더 자게 하는 대신 내가 철근 더미를 더 들고 있을 수만 있다면.

하지만 분명한 것은 그를 깨워야 한다는 사실이었고, 나는 도리 없이 그 명제를 받아들였다. 그리고 나는 여전히 말끔히 떠지지 않는 눈꺼풀을 밀어 올리며 그를 향해 반쯤 돌아누웠다.

그때 나는 알았다. 그가 이부자리 속에 있지 않음을. 그 이상한 느낌을 어떻게 표현해야 옳단 말인가. 나는 그가 서늘한 새벽 공기 때문에 이불 속으로 푹 들어간 것은 아닐까 싶어 이불을 젖혀 보았지만 그의 모습은 여전히 보이지 않았다.

「샤워해요?」

나는 환청으로라도 물소리가 들려오기를 바라면서 화장실 문을 열어 보았지만 역시 그의 모습은 보이지 않았다. 그다음에 이어진 것은 뻔한 상상이었다. 못내 잠이 오지 않아서, 아니면 객지에서의 잠자리가 불편해 일찍 일어나 산책을 나갔는지도 모른다.

나는 그가 아침 산책 따위에는 전혀 관심이 없다는 것을 알고 있었지만 자꾸만 생각을 다져 먹었다. 여기는 머나먼 이국 땅 아닌가. 아무리 오래된 버릇이라고 하더라도 외국에 와서는 바뀔 수 있는 것이다.

나는 얼마나 태평한 인간인가. 나는 그를 찾아 밖으로 나가야 한다는 생각과 그를 찾아다니느라 시간을 허비하다 보면 다른 여행객들이 식사를 못하게 될 것이며 다음 행선지를 향해 떠날 시간에 늦을지도 모른다는 생각들 사이에서 잠시 고민했고, 나라도 먼저 샤워를 하고 화장실을 비워 놔야 그가 돌아와

서둘러 샤워를 할 수 있다는 결론에 주사위를 던졌다. 몇 차례, 지금까지 살아오는 동안 몇 차례 불길한 예감이 들어맞는 경험을 한 적이 있기는 했지만 이번만은 그런 예감이 들어맞지 않기를 바라면서, 찬물을 끼얹고, 비누칠을 하고, 샤워 꼭지에 머릿결을 내맡기고, 다시 비누 거품을 닦아 내면서 나는 그가 인기척을 내며 들어서기를 바랐다.

하지만 내가 그를 발견한 것은 나 혼자 두 개의 가방을 싸고, 그러다가 아침 식사 시간을 놓친 다음 겨우 가방을 문밖에 내놓고 '저하고 함께 온 강수홍 씨가 안 보입니다'라고 말하기 위해 가이드를 찾아 나섰을 때였다. 사위가 아직 희끄무레함에 젖어 있는 갈릴리 호수 변 저 아래에서 느적느적 걸어오고 있는 사람의 모습이 보였다. 그 모습은 그가 무엇엔가 의기소침해 있을 때 보이는 걸음걸이였다.

「수홍 씨?」

내 목소리를 들었는지 그는 가볍게 손을 들어 보였고, 나는 그를 향해 달음박질쳤다.

「어떻게 된 거예요. 한참 찾았잖아요.」

하지만 '한참 찾았잖아요'라는 내 말은 어울리지 않는 것이었다. 다만, '어떻게 된 거예요'라고 말했어야 했다. 나는 달음박질쳐 그의 가슴팍과 거의 맞닿을 즈음이 돼서야 그의 온몸이 흠뻑 젖었다는 것을 알았다. 이마에서는 물이 뚝뚝 떨어지고 있었고, 입술은 파랗게 질려 있었으며, 물에 젖어 바지 겉으로

노골적으로 드러난 허벅지는 그가 얼마나 앙상하게 말랐는가
를 증명해 주고 있었다.

「어떻게 된 거예요. 물에 빠졌어요?」

「그래. 좀 빠졌어. 괜찮아.」

그는 아주 힘들게, 그것도 거짓말을 하고 있었다. 달이 대낮
처럼 밝은데 땅과 물을 구별하지 못해 빠진단 말인가. 그와 내
가 아주 어색하게 마주 서서 띄엄띄엄 말을 주고받고 있는데
현지인인 듯한 사람 한 명이 호텔 종업원과 함께 걸어오고 있
는 게 보였다. 그들은 곧장 우리 곁을 스쳐 버스 쪽으로 가서
가이드를 불러내더니 고함을 치기 시작했다.

그때 나는 보았다. 호숫가에 어젯밤에는 보지 못했던 작은
배 한 척이 슬쩍 걸쳐져 있는 것을. 양동이 같은 것이 보이고,
그물이 얹혀 있는 것으로 보아 갈릴리 호수에서 새벽 고기잡이
를 하는 사람의 배가 분명했다.

그가 가방 속에서 옷가지를 꺼내 갈아입고 돌아오자 가이드
는 인원을 점검한 후 「물에 빠진 분 더 이상은 없죠?」라고 우스
갯소리를 던진 후 「우리는 이제 유대 광야로 갑니다」라고 말했
고 나는 연신 그를 향해 「춥지 않아요」라고 물었다. 그는 여전
히 「괜찮아, 옷을 갈아입었는데, 뭘」 하고 말했지만 정작 나의
관심은 다른 사람들에게 가 있었다. 앞에 앉은 사람들은 고개
를 뒤로 돌려 나와 그가 앉은 자리를 탐색하기에 바빴고, 뒤에
앉은 사람들 역시 고개를 삐죽 빼내어 우리를 관찰하기에 바쁜

표정들이었다.

그들은 무엇인가 묻고 싶어 하고 있었고, 그가 직접 나서서 대답하지 않으면 내가 자초지종을 설명할지도 모른다고 기대하는 모양이었다. 나는 그런 눈치를 연신 받아 내면서 '좀 모른 척들 해주면 어디가 덧나나' 하는 심정이 되었다. 지금 이 사람이 어떤 고통 속에서 헤매고 있는지 알기나 하느냐고, 당신들은 그야말로 비싼 돈 내고 관광을 온 것이지만 이 사람은 지금 관광을 온 것이 아니라 몸뚱이거나 정신이거나 어느 한 부분을 스스로 유폐시키러 온 것이라고 외치듯이 말이다.

정말이지 그는 어느 한 부분을 유폐시키러 온 게 분명하다. 그렇지 않은가. 못난 사람 같으니라고.

사람들은 우리 둘을 향해 호기심의 눈길을 보내다가 더러는 졸고, 더러는 관광 팸플릿을 보기도 하는 눈치였다. 버스는 사해 해변의 주차장에 멈췄다. 내리고 보니 기념품 따위를 파는 가게였는데 가이드는 꼭 필요한 물건만 사고, 사해 비누 같은 것은 예루살렘의 한국인 가게가 더 싸니 그곳을 이용하라고 부탁하고는 막상 자신은 가게 안으로 들어가지도 않았다. 그러면서 내 쪽을 돌아보았는데, 그의 눈길에는 '당신과 할 얘기가 있다'는 사인이 들어 있는 것 같았다.

저 남자가 나에게 무슨 얘기를 하려는가. 그러나 분명 무엇인가 할 얘기가 있다는 표정이었다. 그럴 수도 있었다. 자신의 책임 아래 움직이는 관광객 중 한 명이 새벽에 호수에 빠지는 일이 생기지 않았는가.

나는 가이드로부터 흘러나올 애기가 내 가슴을 더욱 무겁게 짓누를 것이라는 불안에 휩싸였지만, 그래도 언제 들어도 들어야 할 소리라는 예감을 받았다. 그렇다면 더 늦기 전에 들어 두는 것이 효과적일지도 모른다. 사실, 그럴 터였다. 이 시간 이후에 어떤 일이 기다리고 있는지 알 수 없는 일이었으므로. 나는 가이드의 애기를 듣기 위해 작은 꾀나마 생각해 내야 했다.

「들어가 봐요. 당신, 가족들 기념품 한두 개 정도는 사가야 하잖아요. 난 여기 있을래요. 당신을 따라 들어가지 않는 건 이해하죠? 뭐 좀 사요. 이럴 때는 여자 말 듣는 게 좋아요.」

나는 염치없게도 약은 꾀 속에 여자로서의 본능적인 질투심을 섞어 넣었다. 정말이지 나는 내가 사랑하는 사람이 자신의 가족들을 위해 기념품을 사는 자리에까지 입회하고 싶지는 않았다.

마침내 가이드와 내가 마주 서고, 아랍 인 버스 기사가 운전석 옆에서 담배를 피워 물었을 때 가이드가 말했다.

「어제 무슨 일 있었나 해서요. 갈릴리 호수의 그 어부가 말이죠, 물론 그 친구가 잘못 봤을 수도 있지만, 남편께서 죽어라고 물 가운데로 들어가더라는 겁니다. 수영을 못하는 사람은 상식적으로 물가로 나오려고 발버둥 치게 돼 있는데 남편께서는 수영을 못하는 게 분명한데도 자꾸만 수심이 깊은 곳을 향해 죽자 사자 들어가더라는 겁니다. 자살하려는 사람이 아

242

닌 바에야 그럴 리가 없잖습니까. 제가 가정 문제에 나설 입장은 아니지만 여기까지 와서 무슨 사고가 있어서는 안 되잖습니까. 그렇게 된다면 저에게도 일말의 책임이 있고, 여행사에서도 난리가 납니다. 뭐, 제가 이런 아르바이트를 해서 학비를 마련하는 데 지장이 생기는 거야 얼마든지 감수할 수 있지만 말입니다. 무슨 일인지 모르지만 가능하면 남편 곁에 꼭 붙어 계시는 게 좋을 것 같습니다. 제가 왜 가게에 안 따라 들어갔느냐 하면 말이죠, 사모님하고 이런 얘기를 의논하고 싶기도 했지만 요 밑으로 걸어 내려가면 바로 사해거든요. 남편분이 일행에서 빠져나와 일 분만 바다 쪽으로 냅다 달려가면 그땐 속수무책입니다. 제 말 무슨 뜻인지 아셨죠? 그렇다고 너무 내색하시지는 말고요. 자연스럽게, 평소처럼 자연스럽게만 해주시면 됩니다.」

나는 고개를 떨구고, 가이드의 얘기를 묵묵히 들었다. 남편께서, 사모님께서 따위의 단어 때문이 아니었다. 가이드의 얘기대로, 그가 어떤 중요한 각오를 했을지도 모른다는 예감을 전혀 안 했던 것은 아니지만 실제로 그런 각오를 실천하려 했었다는 얘기를 들으니 온몸이 굳어 오는 듯했다.

사람들이 쇼핑센터에서 두런거리며 빠져나오기 시작하자 가이드는 나로부터 한두 걸음 물러섰고, 나는 그 사람들 속에서 그의 모습을 찾아내기 위해 두리번거렸다. 그는 무리 속에 끼어 있었다.

　버스 안의 분위기가 바뀐 것은 그 시간 이후의 일이었다. 가이드는 시종 열변에 가까운 어조로 「여러분들이 오늘 보시는 모습은 이스라엘의 하이라이트에 속합니다」라며 유대 광야와 베두윈 족에 관해 설명했고, 온갖 광물질이 포화 상태를 이루고 있어서 사해에서는 사람의 몸뚱이가 둥둥 뜬다는 내용을 설명해 주었다. 그는 아마도 어느 한 사람도 엉뚱한 생각을 할 시간을 주지 않으려고 작정한 사람 같았다. 식당에 가는 대신 공원에서 도시락을 까먹게 했고, 베두윈 족 남자들이 생계를 여자에게 맡긴 채 얼마나 팔자 편한 생활을 하고 있는지를 익살스럽게 설명해 주기도 했다. 그러므로 그와 나를 포함한 여행객 일행은 저녁 무렵이 돼서야 또 하루가 기울었다는 것을 알았을 정도였다.

　「오늘 묵을 곳은 엔 게디 호텔입니다. 역시 엔 게디 키부츠에서 운영하는 곳인데 엔이란 물이라는 뜻이죠. 이스라엘에서는 물이 귀하다는 말씀을 드렸으니까 어제 묵은 곳이나 오늘 묵을 곳이나 물이 나오는 곳이라는 것은 벌써 짐작하셨을 겁니다. 그만큼 이스라엘에서는 중요한 곳이죠. 내일도 여섯 시에 기상하시고, 여섯 시 반에 아침 식사를 한 다음 일곱 시에 이스라엘의 경제에 대해 특강을 들으시겠습니다. 그리고 여덟 시에 이동할 예정입니다. 아, 이곳은 주위의 경계가 심한 곳입니다. 왜냐하면 말이죠, 물이 나오는 곳 아닙니까. 괜히 사해 구경하신다고, 호텔 밖으로 나가셨다가는 무슨 봉변을 당할지 모릅니다. 외출하지 마십시오.」

그 얘기가 누구를 향한 것인지는 뻔했다. 그것은 바로 나에
대한 전갈이었던 것이다. '내가 아까 한 얘기 명심하세요'라는
말일 터였고, '잠시도 경계를 풀지 마세요'라는 말에 다름 아닐
터였다.

「오늘은 은파를 볼 수 없겠군. 바다가 멀지는 않은데 나가지
  말래잖아. 낮에 보니까 사해 빛깔이 아주 매혹적이던데.」

저녁을 먹는 둥 마는 둥 한 그는 숙소로 들어오자마자 커튼
을 젖히고 사해 쪽을 바라보며 그렇게 말했다. 옆방에 배정받
은 신혼부부 한 쌍의 웃음소리가 들렸고, 식당 앞 잔디밭에서
축구를 하던 이스라엘 아이들의 환호성이 들려왔다.

「팩 소주를 좀 가져왔는데, 한잔 마시겠어? 당신, 소주 잘 못
  하는 건 아는데 여기서는 통 맥주 같은 걸 살 수가 없네. 오
  늘은 은파 감상도 틀렸고, 난 한잔 해야겠어.」

나를, 남자 혼자 술 마시는 것을 물끄러미 바라보기만 하는
여자로 알았던가. 나는 '나도 한잔 하고 싶다'고 말했다. 나는
늘 그와 함께 있기를 원하지 않았던가. 그 함께 있는 수단이 술
이든 잠이든, 어떻단 말인가.

나는 그런 생각을 하면서 한 잔, 한 잔 그가 따라 주는 소주를
마셨다. 그리고 그 술의 양은 내 주량보다 훨씬 많은 것이었지
만 문제는 내가 그것을 의식하지 못했다는 사실이었다.

내가 잠이 들었던가. 나는 두통 속에서 깨어나 '씻어야겠다'

며 욕실에 들어간 그를 기다렸었다는 기억을 떠올렸고, 그가 욕실에서 나오는 모습을 보지 못했다는 것을 깨달았다. 그러니까 나는 씻지도 않고 잠에 빠졌었다는 얘기인데, 나는 몸도 씻지 않고 잠에 빠졌었다는 부끄러움보다는 나에게 맡겨진 경계병의 역할을 제대로 수행하지 못했으며, 그사이 ‘전선’에 무슨 일이 생겼으면 어떡하나 하는 불안감에 휩싸였다.

그 불안감을 안고 욕실 문을 열어젖힌 후 나는 잠시 멍하니 욕실 안을 들여다보았다. 욕실 바닥은 말끔하게 말라 있었고, 그의 모습은 보이지 않았다. 그제서야 나는 그가 왜 소주 팩을 꺼내 들고 ‘한잔’을 권했는지 알 것 같았다. 그는 단지 나를 혼몽한 가운데 피곤에 지쳐 잠들게 하도록 아주 정밀한 계획을 짠 게 분명했다. 그렇게 생각하자 온몸의 기운이 일시에 빠져나가는 듯했고, 당연히 버티고 서 있을 힘조차 없어서 나는 가만히 욕실 문손잡이를 잡으며 주저앉았다.

그때 넋 나간 듯 주저앉아 있는 바로 눈앞에, 욕조 테두리 위의 메모지 한 장이 들어왔다. 나는 앉은뱅이처럼 화장실 안으로 들어갔고, 마치 아버지나 어머니, 아니면 남편의 유서를 받아 들듯이 손을 뻗어 메모지를 집어 들었고 메모지가 놓여 있던 욕조 테두리에 궁둥이를 걸쳤다. 오른쪽 어깨를 벽면에 기댄 채 말이다.

미안하오.

첫 문장은 '미안하오'로 시작되고 있었다.

　당신이 무엇을 경계하고 있는 줄 알지만 끝내 그 경계심을 풀어 주지 못한 채 나는 떠나오. 그러나 내가 죽었다거나 자살했다거나 그렇게 생각하지는 말기를. 나는 말이오, 내가 죽었다거나 자살했다거나 하는 이름으로 불리는 것을 원치는 않소. 그것처럼 비참한 꼴은 없기 때문이오. 내, 말하리다. 나는 오늘 하루 종일 유대 광야에만 눈길을 주고 있었소. 마른 먼지만 풀썩이는 광야, 도무지 사람은 없을 것 같은 광야. 마사다라는 곳을 향하는 케이블카에서 내려다보니 다른 사람들은 케이블카를 타고 오르는데 걸어 오르기 위해 실뱀 같은 길을 따라 걷는 사람들이 있습디다. 그러니까 그들은 지상에서 가장 낮은 곳, 해발 마이너스 400미터에 가까운 곳을 걸어가는 사람들이었소. 배낭 하나만 메고, 사람들이 손에 손잡고 지상에서 가장 낮은 곳의 광야를 걷고 있는 모습을 보니, 나는 내가 왜 며칠 밤낮에 걸쳐 광야를 걸어 보고 싶어 했는지를 알 것 같았소. 광야란 무엇이오? 사막이란 무엇이오? 살아남을 수 있는 생명만이 살아남을 수 있는 곳이 바로 광야 아니겠소. 그리고 그것은 더 이상 낮은 곳으로 내려갈 수 없는 마지막 길 아니겠소. 내가 이 밤에 길을 떠나는 것은 바로, 그 실체를 보고 싶기 때문이오. 밤새 걸어 볼 작정이오. 내 생명이 살아남을 수 있도록 허락되는지, 허락되지 않는지. 더 높은 길 위로 오를 수 있는지, 가장 낮은 길 위에서 끝내

일어날 수 없는지 난 다만 그걸 확인하고 싶을 뿐, 나 스스로 목숨을 포기하거나 구차하게 살거나 그럴 생각은 없소. 난 이미 그런 행동이 내 의지에 따라 되는 것만은 아니라는 것을 알았으니 말이오. 그러므로 다시 한 번 부탁하지만 내가 이 밤에 당신 곁을 떠나는 것에 대해 죽음이라든가 자살이라든가 하는 이름으로 정의하지 않았으면 좋겠소. 각별히 부탁하오. 내가 나타날 수 있게 되든 못 나타나게 되든, 일종의 사라짐이나 부재로 이해해 주면 좋겠소. 사실이 그러하니 말이오. 그대가 이 뜻을 잘 헤아려 주기를 빌면서……. 그동안, 당신과 함께 있었던 시간이 내내 행복했다는 얘기를 남기고 싶소. 그럼.

나는 편지를 읽는 내내 점점 평온을 되찾고 있다는 것을 알고 스스로 놀랐다. 끝이 어디인지 모를 광야로 떠난 사람의 편지를 읽으면서 평온해질 수 있다니. 나는 다 읽고 난 편지를 쥔 채 욕조에서 일어나 화장실 밖으로 나왔다. 사해의 검은빛이 창문 가득 담겨 있었다. 비로소 '오늘은 은파를 볼 수 없겠군' 하고 자조했던 그의 음색이 떠올랐다.

그는 다시 돌아올 수 있을까. 그는 정말 다시 돌아올 수 있을 거라고 생각하면서 떠난 것일까. 나는 검은빛의 사해가 보이는 창문 앞으로 바짝 다가섰고, 그를 향해 말했다.

「여기는 유대 광야가 아니라 엔 게디예요. 엔은 이 나라 사람들의 말로 물이라는 뜻이라잖아요. 광야는 사람의 목을 따갑

게 하고, 지치게 하고, 쓰러지게 하는 줄만 알았는데 그 옆에 물이 있는 걸 보면 절망 속에 희망이 솟는다는 말이 맞는 거잖아요. 당신, 당신의 부재는 하룻밤으로만 족하고, 그것만으로도 사라짐의 의미는 충분해요. 그래요. 걸어 봐요. 걷고 걷다가 힘들고 지치면, 비록 걸어간 그 길이 아주 짧더라도, 더 이상 낮은 길이 발견되지 않더라도 주저하지 말고 돌아와요. 기다릴게요. 여기서 이렇게, 한잠도 안 자고 기다릴게요.」

나는 그러나, 그를 얼마나 기다려야 할지 알 수 없다고 받아들이고 있었다. 분명한 것은 그가 부재를 선언하며 떠난 이 밤 내내 잠을 이루지 못할 것이라는 사실이었다. 나는 그 사실을 엄숙하게 받아들였고, 여전히 광야 건너편의 사해를 바라보았다. 내가 바라보는 먹빛의 사해, 그 위쪽으로 까마득하게 펼쳐진 광야를 걸어가는 그의 모습이 보이는 듯했다.

누나의 섬

은주누나의 가슴은 봉긋했다. 은주누나의 봉긋한 가슴은 특히 블라우스를 입었을 때 가장 아름다웠고, 그 모습을 보면 가슴이 설렜다. 눈부셨다. 가까이 있을 때는 양쪽으로 봉긋하게 솟아난 가슴 때문에 눈을 어디에 두어야 할지 몰라 허둥거려야 했다.

「은주누나는 가슴에다 야구공을 넣고 다닌대.」

아이들은 찜뽕을 하다가도 경기를 멈추고 은주누나의 가슴에 대해 말하곤 했다. 찜뽕 공을 들고 있으면 그 말랑말랑한 감촉이 은주누나의 가슴을 생각나게 하는 모양이었다.

「자식들, 꼭 요만해 인마.」

그때 나는 타석에 들어서 있었고, 녀석이 공을 던지기를 기다리고 있었다. 말랑말랑한 공이 휘어서 들어오든, 똑바로 들어오든 멀리멀리 쳐내리라. 그러면서 어깨 너머로 넘긴 배트에 잔뜩 힘을 주고 있는데 녀석의 그 소리가 들린 거였다.

자식들, 꼭 요만해 인마.

나는 녀석이 찜뽕 공을 만지작거리는 것을 보다가 그만 삼진을 당하고 말았다. 하루 종일 공을 만지작거릴 것 같았던 녀석이 갑자기 공을 뿌려 대는 바람에 배트도 휘둘러 보지 못하고 만 거였다.

나는 상대편 녀석들의 환호성을 들으며 배트를 집어던졌다. 비겁한 놈이라고 퍼부어 주고 싶었지만 날이 날인 만큼 참는 게 좋을 것 같았다.

녀석은 사흘이나 경찰서에 잡혀 있다가 나온 처지였다. 군청 직원들 얘기로는 병원에서 퇴원한 원장님이 제일 먼저 찾아간 곳이 경찰서라고 했다. 경찰서에 가서 '새 사람을 만들겠다'고 싹싹 빌어 겨우 녀석을 데리고 나왔다는 거였다. 하지만 그 말을 믿을 우리가 아니었다. 원장님은 아마도 녀석이 자신에 대해 미주알고주알 까발리는 게 두려워서 녀석을 빨리 경찰서 밖으로 끌고 나와야겠다고 판단했을 거였다. 아마 군청 직원들도 그 의견에 동조했을 거였다.

어쨌든 녀석이 돌아온 것은 기쁜 일이었다. 녀석은 폭군이었지만 녀석이 며칠 동안 눈앞에 보이지 않자 막상 허전하기 이를 데 없었다. 우린 녀석에게 길들여져 있었던 것이다. 폭군의 그늘 밑에 있다 보면 폭군 밑에서의 생활이 자연스러워진다는 것을 그때 알 수 있었다.

녀석은 돌아오자마자 찜뽕 시합을 하자고 말했다. 녀석이 '하자'고 했으므로 아이들은 해야 했다. 녀석이 폭군이기는 하지만 경찰서에 간 일은 아이들을 못살게 굴어서 간 게 아니었다. 아니, 오히려 반대였다. 녀석은 알고 보니 의리가 있는 녀석이었던 것이다. 하지만 녀석이 경찰서에 갔다 왔다고 해서 크게 달라진 것은 없어 보였다. 무엇보다도 은주누나의 가슴에 대해 그렇듯 공개적으로 얘기한다는 것은 건방지고, 무례한 일이었다. 은주누나의 가슴은 성스러운 것이어야 마땅했다.

나는 녀석이 찜뽕 공을 만지작거리는 것을 보고 있다가 안타를 칠 기회를 놓쳐 버린 것이 분하고 억울해 견딜 수 없었다. 분명 그랬다. 녀석은 그때 공을 만진 것이 아니라 살금살금, 은주누나의 가슴을 만지듯 했던 것이다. 그것도, 내가 타석에 들어선 시간을 이용해 그런 것으로 보아 계획적인 소행이었다.

거기까지 생각하자 녀석은 찜뽕 따위에는 처음부터 관심이 없었을 거라는 느낌이 문득 들었다. 찜뽕을 하면 은주누나의 가슴 같은 공을 계속 손에 쥐고 있을 수 있으므로 아이들을 불러 모은 것 같았다. 녀석은 은주누나를 잊지 못하고 있는 거였다. 경찰서에서도 은주누나만을 떠올리고 있었을 것 같았다.

그렇다면 녀석이 은주누나의 가슴을 두고 '꼭 요만해 인마' 해가며 공개한 것은 무슨 뜻일까. 나는 짐작했다. 그것은 녀석의 가장 강력한 경고일지도 모른다고. 녀석은 어쩌면 그 말 한마디로써 은주누나의 얘기를 입 밖에 낼 수 있는 사람은 자기한 사람밖에 없다고 선언한 것인지도 모를 일이었다. 자존심상하는 일이었다.

나는 자존심을 시험당한 불쾌감을 억누르면서, 녀석이 승리의 기쁨을 만끽하듯 찜뽕 공을 조몰락거리는 것을 지켜보면서, 녀석에게 한마디 건넸다.

「경찰 아저씨들이 때리지는 않았니?」

가까이서 보니 녀석의 얼굴은 며칠 사이 많이 야윈 것 같았다. 얼굴에는 시퍼런 멍이 들어 있었는데 그 멍이 경찰에게 맞아서 생긴 게 아니라는 것을 나는 알고 있었다.

「짜식, 내가 맞긴 왜 맞냐. 그런데 안 왔지? 소식 없지?」

녀석은 지금 은주누나 얘기를 하고 있었다. 나는 가만히 고개를 끄덕여 주었다. 녀석의 얼굴 가득 그늘이 지는 듯했다.

「병신같이.」

녀석은 이번에는 구체적인 질문을 던지지 않고 혼자 중얼거렸다. 병신같이. 은주누나가 병신 같다는 것인지, 은주누나의 안부를 묻는 자신이 병신 같다는 것인지 갈피가 안 잡혔다.

녀석이 은주누나의 얘기를 꺼내자 문득 은주누나의 가슴이 생각나면서 눈물이 흐를 것만 같았다. 누나의 가슴은 녀석의 말대로 찜뽕 공 같은 게 아니라 찐빵 같다고 해야 옳을 터였다. 누나의 가슴에서는 늘 뽀얀 김이 모락모락 피어오르는 듯했고, 뽀얀 김 때문에 보일 듯 말 듯 신비스러운 모습으로 내 가슴에 들어차 있었다. 은주누나의 가슴을 생각하는 날 밤에는 꼭 잠이 오지 않았다. 그리고 벌써 사흘째, 나는 은주누나 꿈만 꾸고 있었다.

　은주누나의 가슴을 처음 본 것은 꼭 닷새 전이었다. 그것도 재수 없게끔 녀석과 나를 포함해 다섯 명이 함께 본 거였다. 정말이지 김새는 노릇이었지만, 어쩔 수 없는 일이었다. 그 공간을 녀석이 제공했기 때문이었다.

　닷새 전, 학교가 파하고 아이스케키 공장으로 가는 길에 녀석이 말했다.

　「야, 원장 선생님이 온대. 오늘 밤에 원장 선생님 집에 구경 가지 않을래?」

　뜻밖이었다. 녀석은 늘 아이스케키 공장으로 갈 때 아이스케키 한두 개를 슬쩍하자는 애기를 입에 올리곤 했었다. 실제로 그것은 아주 중요한 일이었다. 공장장 아저씨를 누가 한눈팔게 할 것인가를 결정해야 했기 때문이었다.

　「구경? 야, 밤에 무슨 구경을 해. 원장 선생님 방에 불이라도 난대냐?」

　나는 녀석을 향해 픽 웃어 주었다. 자식, 아무리 심드렁한 하굣길이라 하더라도 그렇게 실없는 소리를 한다는 것은 한마디로 웃기는 일이었다. 원장 선생님 사택에 아무 예고도 없이 들이닥친다면 원장님이 얼마나 놀랄지 모르는 일이었다. 원장님이 놀라 화를 내게 되면 고달픈 것은 고스란히 원생들 몫이었다. 원장님은 고아들에게 밥을 먹이고, 학교를 보내 주는 고마운 사람이었지만 화를 낼 때는 깡패들보다 무서운 사람이기도 했다. 더구나 원장님은 휴가에서 돌아온 첫날이니 꽤 피곤할 터였다.

「짜식, 불구경은 저리 가라야 인마. 짜식이 뭘 몰라도 한참 모르네.」

녀석은 걸핏하면 아이들을 '쪼다 같은 놈'이라거나 '등신 같은 놈'으로 몰아서 주눅 들게 만들곤 했다. 세상의 둘도 없는 진리조차 모르는 사람으로 취급함으로써 '내 얘기를 믿으라'고 주장하는 전도사님이나 목사님 같았다. 그즈음 되어서도 고개를 저으면 녀석은 '새애끼, 다음부터 끼워 주나 봐라' 해가며 사람의 소외 심리를 자극했다. 그런 다음에도 제 마음대로 안 되면 주먹질, 혹은 발 차기를 가했다. 교활하면서도 무서운 녀석이었다. 하지만 언제나 막무가내인 것은 아니었다. 녀석은 제일 나중에 폭력을 쓰므로 맞지 않으려면 녀석이 하자는 대로 하는 게 상책이었다.

「정말이지? 불구경보다 재미없으면 벌금 물기다.」

「벌금 같은 소리하고 있네. 마, 빨리 내놔. 오늘은 오 원짜리다.」

나와 친구들은 마지못해 녀석의 초대(?)에 응했다. 녀석의 초대에 응하는 방식은 늘 일정했다. 아이스케키 장사를 해서 번 돈의 일부를 녀석의 주머니에 옮겨 주는 일, 바로 그것이었다. 얼마를 내놓아야 하는가는 언제나 녀석이 정했다. 하지만 5원은 너무 많다.

나는 망설이던 끝에 주머니를 뒤적거려 5원짜리를 녀석에게 주었고, 녀석은 흡족한 표정으로 5원짜리 지폐를 만지작거리다가 주머니에 집어넣었다. 그 자리에 나 말고도 세 명이 더 있었으므로 녀석은 세 치 혀를 놀려 무려 20원의 수입을 올린 셈이었다.

「좋아. 저녁 먹고, 숙제 시간 끝난 다음 불을 끄게 하면 다들 잠자는 척하다가 관사 담벼락 쪽으로 모이는 거다. 알았지? 은주누나한테 걸리면 골치 아프니까, 은주누나한테 걸리면 오줌 누러 간다고 하고 따로따로 들어가서 자야 해. 못 본 놈들에게는 내일 돈 돌려줄 테니까.」

녀석에게 5원을 바친 것이 잘한 일인지 후회할 일인지는 곧 알게 될 일이었다. 어쩌면 녀석의 얘기대로 불구경보다 훨씬 멋들어진 구경거리와 만날지도 모를 일이었으므로 나는 고아원에 들어서기 무섭게 책가방을 던져 놓은 다음 밭으로 나가 무 뽑는 일을 했고, 그 무들을 한 아름씩 안아 은주누나가 시킨 대로 고아원 마당에 가져다 놓았다. 그 무들은 은주누나와 계집애들의 손길을 거쳐 도시락 속의 깍두기로 변하거나 밥 비벼 먹기에 좋은 무채로 변할 터였다.

저녁을 먹고, 일기를 쓰고, 숙제를 마친 다음 불을 끄고 자리에 눕자 세상은 온통 검게 변해 버렸다. 하지만 잠들지 말아야 했다. 녀석에게 5원을 갖다 바쳤으니 잠에 빠져든다면 나만 손해였다.

이윽고 아이들의 쌔근거리는 숨소리가 들리기 시작했을 때 녀석이 이불을 들추고 일어났다.

「나 먼저 나가 있을 테니까 차례차례 나와라.」

녀석이 들릴까 말까 한 목소리를 뱉어 내며 어깨를 툭 쳤다.

밖으로 나서자 더운 바람이 마당을 휘감아들었다. 밤인데도 아직은 더웠다. 가을이 오면 좋을 텐데. 나는 캄캄한 어둠을 딛고 선 감나무 가지들을 올려다보며 무서움을 달랬다. 가을이 오면 원장님 몰래 감을 따 먹을 수도 있겠다 싶었다. 지금은 시푸르뎅뎅하지만 감나무 잎이 다 떨어지고 나면 노랗게 익어 가는 감만 잔뜩 남을 것이고 나무 밑동을 몇 번 걸어차면 감이 떨어져 입 안으로 저절로 들어올 수도 있을 것 같았다.

「너희들 내 얘기 잘 들어. 절대 조용히 하란 말이야. 들켰다 가는 골로 간단 말이야. 알았지?」

아이들이 다 모였을 때 녀석이 말했다. 그러면서 제 놈이 먼저 침을 꼴딱 삼켰다. 긴장하고 있다는 증거였다. 원생들이 취침 시간을 넘겨 원장 사택의 담을 넘어 들어왔다는 게 발각된다면 그거야말로 누구를 막론하고 치도곤을 당하고도 남을 일이었다. 그중에서도 그걸 부추긴 사람이 가장 심하게 당할 거였다. 어쩌면 고아원 밖으로 내쫓길지도 모를 일이었다.

「알았어, 알았다니까.」

아이들은 심드렁하게 대답했다. 녀석은 몇 번인가 이런 식으로 아이들을 집합시켜 동구 밖 과수원으로 서리를 나가기도 했고, 그래서 성공한 적도 있었지만 개가 쫓아오는 바람에 도망치느라 죽을 뻔한 적도 있었다. 물론 녀석은 언제나 들키지 않을 자신이 있다고 뻥을 놓았기 때문에 '알았다'는 말에는 '본전 생각나게만 해봐라'라는 심정도 배어 있었다고 해야 할 터였다. 녀석에게 주어 버린 돈은 얼마나 보배로운 것인가. 그것은 무더운 여름날, 발목까지 닿는 아이스케키 통을 끙끙 메고 다니며 어렵사리 번 것이었다. 목젖이 타들어 가는 갈증을 참아가며, 난닝구가 다 젖어들도록 땀으로 목욕하며 번 돈이었다. 게다가 원장님 모르게 뻥땅을 한 돈이었다. 물론 은주누나도 모르는 일이었다.

그 돈의 일부를 나는 녀석에게 주어 버린 거였으므로 녀석이 얘기한 근사한 구경이 맥 빠지는 구경으로 끝난다면 내 돈만 아까워지는 것이었다. 그렇다고 녀석을 혼내 줄 방법이 있는 것도 아니었다. 네 명이 한꺼번에 달려들어도 녀석을 이겨 내기는 힘들 거였다. 녀석의 주먹 한 방에 중학교 형들도 나가떨어지는 것을 본 적이 있었다. 녀석은 누구보다 빠르고 정확한 발과 주먹을 가지고 있었다. 녀석은 오직 원장님과 은주누나의 말만 잘 들었다. 원장님의 말에 고분고분한 것은 고아원에서 쫓겨나면 갈 곳이 없는 데다 원장님의 얘기에 공부 잘하라는 소리가 없기 때문이었다. 반면에 은주누나의 말을 잘 듣는 것은 은주누나가 녀석의 수준에 맞는 것만 주문하기 때문이었다. 하나 더 있는데, 그것은 녀석이 은주누나를 좋아하기 때문이었다.

「짜식들이 속아만 살았나. 이건 백만 불짜리야 인마. 그러니까 비밀을 잘 지켜야 돼. 얌마, 여기서 납작 엎드려 있어. 조금 있으면 은주누나가 올 거고, 그러면 근사한 일이 벌어진다고. 정말 근사하지.」

녀석이 가리킨 곳은 원장님 사택의 담 밑이었다. 원장님 사택의 담 밑에는 동백나무들이 길게 늘어서 있었는데, 아이들은 저마다 한 그루씩의 동백나무를 차지하고 몸을 감췄다. 나도 동백나무 한 그루 뒤로 자리를 잡았다. 그러자 나는 마치 동백나무의 일부가 된 것처럼 느껴졌다. 다른 녀석들도 마찬가지였다. 녀석들은 모두 동백나무 가지가 되거나 검푸른 잎으로 변한 것 같았다.

일은 그렇게 시작된 거였다.

은주누나가 원장님 사택의 양철 문을 열고 들어선 것은 동백나무 밑에 숨죽이고 숨어 있은 지 2, 30분은 지나서였다. 은주누나가 문을 열고 들어서는 모습은 아주 자연스러웠다. 철문 안으로 들어와 사택 현관을 밀고 들어서는 모습 역시 자연스러웠다. 어둠 속에서도 문고리를 잡고 미는 움직임이 늘 그래 왔던 것처럼 어색한 구석이 없었다. 은주누나가 문을 열고 사택 현관을 향해 다가갈 때, 동백나무 뒤에 숨어 있던 녀석들 중에 한 녀석이 몸을 움직였는지 바람이 불었는지, 동백나무 가지들이 가볍게 흔들렸다.

쉿, 녀석이 손가락 하나를 입에 갖다 대고 아이들에게 주의를 주었을 때 원장님 방에 은주누나의 모습이 나타났고, 원장님이 나타났다. 거의 동시였다. 두 사람은 잠시 마주 서서 얼굴을 마주 보았지만 그 시간은 아주 짧았다. 원장님이 팔을 뻗어 은주누나를 잡아당겼고, 그러자 은주누나는 동백나무의 가느다란 대궁처럼 원장님 품에 갇혀 버렸다. 은주누나의 머릿결이 원장님의 왼쪽 볼을 가리고 있었다.

은주누나의 가슴이 나타난 것은 조금 뒤였다. 은주누나의 가슴이 아주 천천히 열리기 시작했다. 은주누나가 스스로 연 게 아니었다. 은주누나의 가슴은 원장님의 손길에 의해 열렸다. 은주누나는 흰색, 은주누나의 얼굴빛과 다름없는 흰색 블라우스를 입고 있었다. 그 블라우스의 단추를 원장님이 하나씩 열어 나갔다. 그러자 밤이기 때문에 더욱 눈부신 은주누나의 어깨가 드러났고, 블라우스가 발밑으로 떨어지는 소리가 동백나무 울타리까지 들리는 것 같았다. 툭, 은주누나의 블라우스가 내 발밑에 떨어진 느낌이었다.

원장님의 팔은 은주누나의 등 뒤에서도 움직였다. 원장님의 손이 닿자 은주누나의 브래지어도 조금 전의 블라우스와 똑같이 바닥으로 떨어졌다. 툭, 은주누나의 브래지어가 바닥에 떨어지는 소리는 지축을 흔드는 소리처럼 크고 생생했다. 얼마나 크고 생생한지 동백나무가 통째로 흔들리는 것 같았다.

가엾은 은주누나. 나는 눈을 감았다. 눈을 감았는데도 은주누나의 야윈 어깨와 봉긋한 두 가슴이 눈앞에 선명하게 나타났다. 작고 뽀얬다. 봉긋한 가슴에서 수증기 같은 것이 솟아나는 듯했다. 은주누나의 작고 예쁜 가슴을 보면서 나는, 조금씩 울먹이기 시작했다. 은주누나 울지 말아요. 정작 울먹이는 쪽은 나였는데 내 마음속에서는 '은주누나 울지 말아요'라는 외침이 흘러나오고 있었다.

가엾은 은주누나, 울지 말아요. 나는 눈을 뜬 다음 '가엾은 은주누나, 울지 말아요'라는 혼잣말로 원장님과 함께 있는 은주누나의 영혼을 위로했다. 더운 바람이 불어왔다. 바람은 동백나무를 흔든 다음 쪼그리고 앉아 있는 내 몸뚱이를 흔들었다. 어지러웠다. 감기약을 먹었을 때와 비슷했다.

「어때 내 말이 맞지?」

은주누나가 열어 놓고 들어간 양철 문을 살짝 밀고 살금살금 밖으로 나왔을 때 녀석이 한 말이었다. 녀석은 또 덧붙이기까지 했다. 더 있어 봐야 이제부터는 그 이상 보이지 않는다고. 원장님과 은주누나의 모습을 보려면 창문 앞까지 다가가 고개를 유리창 위까지 올려야 하는데 그것은 너무 위험한 일이라고. 아쉽지만 여기까지가 다라고. 그렇다면 녀석은 그런 위험을 무릅쓰고 방 안의 풍경을 본 적이 있다는 얘기였다. 나는 주먹을 불끈 쥐었지만 녀석의 얼굴을 후려치지는 못했다. 용기가 없어서가 아니라 녀석이 '보았다'고까지는 말하지 않았으므로 내 판단이 틀렸을 거라고 믿고 싶었다.

우리는 다시 원생들의 방으로 돌아가야 했다. 녀석이 발을 떼기 시작했고, 나와 아이들은 심복처럼 녀석의 뒤를 따랐다. 원장님 사택이 등 뒤로 멀어지면서 어둠 속으로 완전히 묻혀 버리고 있었다. 그러므로 아무도 모를 거였다. 원장님 방에서 어떤 일이 벌어지고 있는지를.

「개새끼.」

내가 말했다. 나도 모르게 나온 소리였다. 녀석이 나를 돌아 보며 말했다.

「뭐 인마, 이 새끼가.」

「너 말고 말이야. 자식아.」

나는 녀석에게 한 번도 자식이라고 말한 적이 없었는데 절로 '자식아' 소리가 나왔다. 하지만 녀석은 눈을 부라리지 않았다. 녀석도 원장님을 개새끼라고 생각하고 있었을까. 아마도 그런 것 같았다. 내가 먼저 개새끼라고 하지 않았다면 녀석은 더 심한 욕을 했을지도 모를 일이었다. 나는 녀석의 등판을 보면서 생각했다. 녀석이 5원씩을 받아 챙기면서 백만 불짜리 구경을 시켜 준다고 떠벌렸지만, 우리가 본 모습은 사실 값을 매길 수 없을 만큼 엄청난 것이었다고. 그것은 어떤 값도 매길 수 없는 슬픔의 값이라고.

우리는 누구의 감시도 받지 않고 방으로 들어갈 수 있었다. 은주누나가 없기 때문이었다. 은주누나는 언제 돌아올 수 있을 까. 아니 그보다는 앞으로 어떻게 은주누나의 얼굴을 볼 수 있 을까. 걱정이었다. 눈앞이 캄캄했다. 불쌍한 은주누나, 나는 은주누나보다 은주누나의 야윈 어깨와 가슴이 더 불쌍하다고, 언젠가는 은주누나를 위험에서 꼭 구해 내겠다고 다짐했고, 며칠 동안은 은주누나의 꿈만 꾸었다. 나는 은주누나의 품속에서 울고 있었고, 누나는 내 머리통을 끌어당겨 안아 주었다. 누나의 봉긋한 두 가슴이 내 둔감한 머리통을 뚫고 가슴팍까지 뜨거운 기운을 가져다 주었다. 얼마나 따뜻한지 두근거리는 내 가슴이 은주누나의 두 가슴을 출렁이게 하는 것 같았다.

내가 고아원으로 들어온 것은 꼭 한 달 전, 버스 종점에서였다. 나를 그곳에 놓아 두고 간 사람은 어머니였다. 나는 어머니가 돌아오지 않을 거라는 것을 알고 있었다. 예감이 그랬다. 그 예감의 단서는 어머니의 몸 어느 구석에선가 아버지가 쓰던 것과는 다른 포마드 향기가 난다는 점이었다. 나는 아버지가 돌아가신 이후 어머니의 삶을 잘 알고 있었다. 어머니가 나를 데리고 살기 위해 얼마나 안간힘을 썼는지를. 그러므로 나는 어머니의 안간힘에 더 이상 힘이 남지 않게 되면 나를 버릴지도 모른다고 생각했었다. 달리 방법이 없는 것은 아니겠지만, 어머니의 선택이 반드시 잘못되었다고 할 수도 없는 거였다. 왜냐하면 그것은 어른들의 세계이므로.

어쨌든 중요한 것은 마침내 어머니가 모든 안간힘을 다해 본 뒤에 나를 버렸다는 것이다. 나는 나를 주워 갈 사람을 기다려야 했다. 나는 버스 종점 주위를 돌아다니며 일부러 엉엉 소리

내어 울기 시작했고, 사람들은 나를 두고 쑤군거리기 시작했다. 사람들은 나에게 다가와 묻고는 했다.

애야, 왜 우니? 집을 잃어버렸니? 너 어디 사니? 엄마가 누구니? 아버지가 누구니? 형은? 동생은?

나는 거기에 대고 공손하게 일일이 대답했다. 하지만 대답은 모두 같았다.

몰라요. 없어요. 몰라요. 없어요.

나는 내가 버려졌다는 슬픔에 젖어 있었지만 그 감정을 안으로 다스리면서 사람들에게 나를 데려가면 착한 아들을 얻는 셈이라는 느낌을 주기 위해 애썼다. 어른들은 그런 점에서 단순할 수도 있다는 생각이었다. 그렇게 해서 내가 누군가에게 선택된다면, 그것만이 내가 살 수 있는 유일한 방법이라고 나는 생각했다. 여름이기 때문에 얼어 죽지는 않겠지만 굶어 죽을 가능성은 얼마든지 있었다. 굶어 죽지 않으려면 누군가의 눈에 띄어야 했다.

하지만 나는 여전히 선택되지 못하고 있었고, 해가 기울고 있었다. 거리는 어둠에 젖기 시작했다. 나도 거리에서 하나의 사물이 되어 가고 있었다. 버스 종점 주변을 하도 돌아다녀서 나중에는 발을 움직일 수 없었다. 밤공기는 이상했다. 걸으면 덥고 가만히 앉아 있으면 추웠다. 땀이 식어서 그런 모양이었다. 시간이 더 가기 전에 한 번이라도 더 돌아야 누군가의 눈에 띌 수 있다. 나는 한 번만 더 돌자고 각오하기는 했지만 버스 종점 뒤켠의 공갈빵집 앞엘 가면 그 자리에 쓰러져 버릴 것 같아 일부러 움직이지 않았다. 공갈빵집 앞에서 쓰러지면 거지 취급을 받을 거였다. 나는 그런 취급을 받기는 싫었다. 어머니는 나를 버스 종점에 데려다 놓고 가기 전에 말했었다.

「사람은 비굴하게 살지 말아야 한다. 어디 가서 뭘 하고 살든 말이다. 너는 사내 자식이 아니냐.」

나는 그 말을 '어디 가서 애비 없는 자식이라는 소리 듣도록 하지 말라'는 얘기로 들었었다. 그런데 알고 보니 그것이 나를 거리에 버려 놓은 어머니의 심사이자 마지막 인사였던 것이다. 자식을 버리는 어머니치고는 꽤 근사한 말을 남긴 셈이었다. 그런 어머니를 미워해야 할지 말아야 할지, 나는 배고프고 추운 가운데서도 과연 어머니의 진정한 마음은 어떤 것일까 궁금했다. 당장은, 꼭 필요한 때 쓰라며 찔러 넣어 준 50원의 한 귀퉁이를 헐어 공갈빵을 배 속으로 밀어 넣고 싶었지만 내 속의 내가 그러지 못하도록 저항했다. 얻어먹지도 말고, 사 먹지도 말고 견뎌 보라고 꾸짖듯 하는 소리가 들리는 듯했다.

나는 주머니 속의 돈을 만지작거리고 있었지만 아무래도 내 자신의 목소리를 따르는 게 낫겠다고 판단했다. 나는 내 손으로 주머니 속의 돈을 꺼내지 않았다. 왜냐하면 내 목소리가 가장 정직할 것이므로. 아무렴, 나를 버리고 가면서 아주 귀중한 교훈을 남기듯이 '비굴하게 살지 말라'고 말한 어머니의 얘기보다는 내 내부의 얘기가 더 진실에 가까울 것이었다.

버스 종점의 모든 불이 꺼졌을 때, 나는 더 이상 유혹받지 않았다. 종점을 빙빙 돌며 누군가의 눈에 띄기 위해 안간힘을 다해야 하는 것에서 자유로울 수 있었고, 공갈빵집을 곁눈질하는 것에도 자유로울 수 있었다. 버스 종점의 불이 모두 꺼졌고, 공갈빵집 역시 문을 닫았기 때문이었다. 나는 어둠의 창고처럼 변해 버린 종점 대합실 앞 층계에 쪼그리고 있었으므로 누군가의 눈에 띌래야 띌 재간이 없었고 배고픔을 해결할 방법 역시 없었다. 나는 읍내 버스 종점 대합실 앞에 있었지만, 그리고 지독한 배고픔에 시달리고 있었지만 내가 해야 할 일이라곤 대합실 계단 같은 곳에 앉아 잠을 청하는 일뿐이었다. 굶어 죽을지도 모른다는 생각도 들었지만 두렵지는 않았다.

눈을 감은 지 얼마나 되었을까. 어느 순간 잠이 들었는가 싶었을 때, 꿈결인 듯도 하고 현실인 듯도 한 느낌으로 낯선 목소리가 들려왔다.

「애 좀 봐. 애, 집 잃어버렸니? 애, 눈 좀 떠 볼래?」

나는 힘겹게 눈꺼풀을 밀어 올려 그 목소리가 꿈결에 들은 것인지, 꿈 밖의 현실에 존재하는 것인지를 확인해 보았다. 그때 어둠을 밀어내면서 다가온 모습이 은주누나의 봉긋한 가슴이었다. 내가 되바라진 녀석이어서가 아니다. 나는 층계에 쪼그리고 앉아서 은주누나를 본 것이었고, 은주누나는 층계 맨 아래 칸에 서 있었으므로 눈높이가 은주누나의 가슴팍에 닿아 있었던 것이다.

그날 밤, 나는 은주누나의 손에 이끌려 고아원으로 들어왔고 다음 날부터 원생이 되었다. 그리고, 그 다음다음 날부터 녀석으로부터 아이스케키 장사하는 법을 배웠다.

고아원은 아주 이상한 곳이었다. 고아원은 단지 부모가 없는 아이들을 데려다가 먹여 주고 학교 보내 주는 곳이라고 알고 있었는데 아이들과 뒤섞여 보니 그게 다는 아니었다. 고학년 아이들에게는 아이스케키 장사를 시키기도 하고, 밭도 매게 하는 곳이 고아원이었다. 또 그게 다가 아니었다. 아이스케키 장사를 해서 얼마나 벌어 왔는가를 꼼꼼히 따지기도 하고, 밭은 몇 고랑을 맸느냐를 따지기도 하는 곳이 고아원이었다.

「내 말 잘 들어. 아이스케키를 팔아서 원장님한테 다 갖다 주면 뭐 하냐. 그래 봐야 원장님 지프차에 기름만 채워 주는 거지, 뭐. 미쳤냐. 원장님은 지프차에 까이들만 태워 가지고 다니는데. 군청에서 나오는 돈도 떼먹고. 야, 하여튼 아이스케키 공장장 아저씨에게 잘 얘기하면 한두 개 더 주거든. 그러니까 정 더우면 그걸 하나 먹어도 돼. 아니면 그걸 판 돈은 원장님한테 갖다 주지 않고 꼬불치는 거야. 미쳤냐. 그건 공장장 아저씨가 덤으로 준 건데. 하긴, 공장장 아저씨가 덤을 안 주면 한두 개 슬쩍하는 거야 일도 아니지. 우리가 뭐 쪼다냐.」

녀석은 아주 심각하게 얘기하고 있었지만 나는 녀석의 말을 믿지 않았다. 못된 놈이라는 생각까지 들었다. 그런 한편으로 말짱 거짓말은 아닐 것 같기도 했다. 녀석의 목소리에서 '너도 알 것은 알아야 한다’는 느낌이 묻어나서였다.

「꼬불쳐서 뭐해. 우린 어차피 고아원생인데.」

‘얼마나 정확한 지적인가’라고 나는 생각했다. 그 말 속에 ‘자식아 나는 너하고 달라. 고아원생이라고 다 똑같은 고아원생인 줄 아냐. 나는 마, 엄마가 있다고’라는 소리를 숨겨 두고 있었다. 그런데 알고 보니 녀석도 나하고 같은 처지였다.

「병신, 웃기고 있네. 고아원생 하루 이틀 한 줄 아냐 인마. 야, 니네 엄마 도망간 거지? 맞지? 마, 내 눈은 못 속여. 짜식아, 난 네 옷 보고 금방 알았어. 자식을 버리고 도망가는 부모는 좋은 옷 입혀서 버리거든. 자식을 버리는 주제에.」

녀석의 목소리, 짜식이니 인마니 하는 목소리에서 불량기가 뚝뚝 떨어지고 있었는데 거기에는 묘하게도 슬픔이 묻어 있는 것 같았다. 나는 서서히 녀석의 울음기 속으로 젖어들고 있었다. 내가 녀석의 누나이거나 고모이거나, 아무튼 먼 친척뻘 여자라면 녀석을 끌어당겨 등을 토닥여 주고 싶었다.

어쩌면 녀석과 내가 더 이상 친해지지 못한 것은 그런 탓이었을지도 모르는 일이었다. 녀석도 어머니로부터 버려졌다는 것, 그것은 다른 아이들에게 행복한 비명으로 들릴 수도 있는 일이므로 더 이상은 들키지 말아야 하는 비밀이었다. 녀석은 친절하게도 그런 점도 알려 주었다. 만일 그런 비밀이 새어 나간다면, 다른 고아 놈들이 무시한다고 녀석은 또 말해 주었다.

「야, 새꺄. 니네는 언젠가 엄마를 만날 수 있을 것 아냐. 엄마들은 언젠가는 아들 찾으러 온다던데 뭘.」

그런 비밀이 새어 나가면 원장님 역시 싫어한다고 녀석은 말해 주었다. 만일 어머니가 어딘가에 살고 있다는 것을 알게 되면 머릿수대로 나오는 군청의 지원금을 받을 수 없게 되기 때문에 원장님은 손해가 이만저만 아니라고 녀석은 말했다.

녀석을 고아원으로 데려온 사람 역시 은주누나였다고 했다. 녀석 역시 은주누나의 손에 이끌려 아주 추운 날 밤길을 걸어 고아원으로 들어왔고, 고아원 생활을 한 지 사나흘쯤 되었을 때 은주누나는 원장님으로부터 혼쭐이 났다고 했다. 그것도 원생들이 보는 앞에서 말이다.

「넌 내가 땅 파서 고아원 운영하는 줄 아냐. 겨우 데려온다는 게 부모 있는 애새끼들이냐고. 저런 애들 한 명 데려오면 군청 가서 얼마나 비벼 대야 하는지 모를 거다. 가짜 서류 만들기가 얼마나 힘든지 알기나 하냐고.」

그 사나흘이 지나기 전까지 녀석은 원장님을 존경하고 있었다고, 녀석은 급기야 울먹이는 목소리로 말했다. 그 말을 할 때 녀석은 아이스케키 통 위에 걸터앉아 있었는데, 녀석은 조금 전까지 나에게 아이스케키 판 돈 꼬불치는 법을 가르쳐 준 친구 같지 않았다. 알다가도 모를 녀석이었다. 그런 면모 역시 녀석과 내가 친해질 수 없을지 모른다는 확신을 주고 있었다. 녀석에게는 나와 닮은 구석도 많은 동시에 닮지 않은 부분도 많다는 것, 그것이 내 마음을 흔들었다.

녀석은 위험인물이다. 나는 그렇게 판단했고, 녀석이 어떤 놈인지 좀 더 알아봐야겠다고 생각하고 있었다. 좀 더 알아본 다음에 한 배를 탈 것인지, 다른 배를 타고 어떤 길을 가야 할 지 결정해야 할 것 같았다. 학교에서 동병상련이라는 고사 성어를 배우긴 했지만 녀석이 연극을 하는 것인지 정말로 슬픔에 젖어서 하는 말인지 확신할 수 없어서였다.

녀석이 어떤 놈인지를 아는 방법에는 여러 가지가 있을 거였다. 학교에서 돌아올 때 녀석의 가방을 들어다 주는 것도 방법일 거였고, 녀석이 매야 할 밭고랑을 대신 매주는 것도 방법일 거였고, 일주일에 두 번 나오는 옥수수빵을 몇 조각 떼어 주는 것도 방법일 거였고, 찜뽕을 하거나 축구를 하는 것도 방법일 거였다.

원장님이 은주누나의 블라우스와 브래지어를 차례차례 누나의 발밑에 떨어뜨리는 광경을 어둠 속에서 훔쳐본 다음 날 아침, 나는 늦잠을 잤다. 나만이 아니었다. 간밤에 원장님 사택으로 숨어 들어갔던 다섯 명 모두 약속이나 한 듯이 늦잠을 자버렸다. 잠보들을 깨운 것은 은주누나였다. 은주누나는 체조 시간이 되도록 잠에 곯아떨어져 있는 우리들의 양쪽 귀때기를 잡아 일으켰고, 나는 졸음기를 가누면서 겨우 자리에서 일어났다. 은주누나는 말했다.

「요 녀석들 좀 봐라. 너희들 어제 자는 척하다 일어나서 딴 짓했지?」

은주누나의 목소리는 확신에 담겨 있었으므로 나는 잠기가 덜 가신 상태에서도 '들켰구나'라고 생각했다. 그다음에는 이제 고아원에서 쫓겨나면 어디로 가야 하나 싶어 눈앞이 캄캄해져 왔다. 고아원 원장님들끼리는 굉장히 친하다는 얘기를 녀석에게 들었으므로 다른 고아원에 간다는 희망을 품을 수도 없었다.

다른 녀석들도 똑같은 걱정을 하는 모양이었다. 녀석들의 얼굴은 한결같이 백지장으로 변해 있었는데 어떤 녀석은 부들부들 떨고 있었다.

「누나도 참. 우리가 무 서리한 걸 어떻게 알았어요? 우린 누나 잠든 것 보고 살짝 나갔다 왔는데. 누나, 다신 안 그럴게요. 한 번만 용서해 주세요. 헤헤헤.」

그렇게 눙치고 나온 놈은 녀석이었다. 대단한 기지였다. 주먹 자랑만 할 줄 알았던 녀석의 머리에서 어떻게 그런 꾀가 나온단 말인가. 녀석의 꾀는 은주누나로부터 아무런 의심도 받지 않고 통과됐다.

「요놈들. 내 짐작이 딱 맞는구나. 한 번만 더 그랬다가는 그냥, 원장님한테 일러바쳐서 내쫓아 버리고 말 테다. 알았지? 빨리들 나가 봐라. 체조 시간에 늦는 거 원장님이 얼마나 싫어하시는지 잘들 알면서.」

녀석과 나, 그리고 나머지 녀석들은 일제히 목청을 돋우어 대답했다.

「네, 알았습니다.」

그제서야 은주누나의 얼굴은 밝아졌다. 밖에서는 맨손 체조할 때 흘러나오는 엇둘, 엇둘 노래가 경쾌하게 울려 퍼지고 있었고 아이들이 음악에 맞춰 동백나무 가지처럼 휘었다 펴지고, 휘었다 펴지는 모습이 보였다. 녀석과 나, 그리고 함께 늦잠을 잔 세 녀석은 고아원 마당을 향해 뜀박질하기 시작했다. 뜀박질하는 시늉이라도 내야 원장님의 몽둥이를 피할 수 있지 않을까 싶었던 것이다. 어쩌면, 정말이지 어쩌면, 원장님은 의심하고 있을지도 모를 일이었다.

이놈들이, 밤에 잠 안 자고 뭘 하고 쏘다녔기에 체조 시간에 늦는단 말인가. 혹시 이놈들이? 혹시 이놈들이?

그렇게 된다면, 그다음에 기다리고 있는 것 또한 단 한 가지일 거였다. 은주누나의 말대로 고아원에서 쫓겨나는 것, 그럼으로써 학교를 다닐 수도 없고, 그러다가 넝마주이 패거리에 섞일 수밖에 없다는 것. 그런 생각을 곱씹고 있는데 녀석이 체조 대열 속으로 섞여들기 전 갑자기 뜀박질을 멈추고 나를 돌아보며 말했다.

「씨팔놈. 오늘도 때리기만 해봐라. 다 불어 버릴 테니까. 그것도 경찰서 가서. 야, 너도 무조건 맞기만 하지 마. 알았지?」

녀석의 타는 듯한 시선이 내 대답을 재촉하고 있다는 것을 나는 알았다. 그 눈길은 또 어쩐지 은주누나의 얼굴을 바라볼 때의 시선과 닮은 데가 있어 보였다.

「알았지? 씨팔, 오늘부터는 개기는 거야. 말이 말 같지 않냐. 왜 대답이 없어, 짜샤.」

녀석의 입에서 '짜샤'라는 소리가 나왔다. 그것은 무서운 말이었다. 녀석이 극도로 화가 나 있다는 증거였다. 언젠가, 녀석은 '짜샤'라는 소리를 내뱉은 이후 맞짱을 뜨고 있던 한 학년 위의 6학년 형 한 명을 거의 초죽음이 되도록 두들겨 팼었다. 물론 녀석은 중학생만 한 덩치였고 6학년 형은 또래보다 작은 덩치이기는 했지만 6학년은 엄연히 6학년이고 5학년은 엄연히 5학년이었다. 그런데도 싸움은 싱거울 정도였다. 녀석은 무자비했다. 상대방이 코피를 쏟으면 승패가 갈리고, 싸움을 끝내는 것이 상식인데도 녀석은 6학년 형이 코피를 줄줄 쏟는 것을 아랑곳하지 않고 주먹질과 발길질을 멈추지 않았다. 제정신이 아닌 것 같았다. 그날 이후, 아이들은 녀석의 입에서 짜샤 소리가 나오면 더 이상 저항하지 않는 것이 상책이라고 생각하고 있었다. 녀석이 짜샤 소리를 하면 그다음에는 알아서 기면 되는 거였다.

「알았어, 알았다고.」

녀석은 그제서야 허겁지겁 체조 대열 속으로 섞여 들어가는 시늉을 했고, 잠시 후 동백나무 가지처럼 왼쪽으로 휘어졌다가 오른쪽으로 휘어지고, 오른쪽으로 휘어졌다가 왼쪽으로 휘어

지기를 반복했다. 체조 대열 앞에 서 있는 은주누나는 우리들
과는 반대로 역시 이쪽저쪽으로 휘어지기를 거듭하고 있었다.
하지만 그 모습은 동백나무 가지보다 훨씬 연약한 들풀의 줄기
같아 보였다. 불쌍한 은주누나, 은주누나의 몸뚱어리는 가슴만
봉긋했을 뿐 나머지는 지나가는 바람결에도 휘청거릴 정도로
연약하기 짝이 없었다. 지난밤에 보지 않았던가. 맨살로 드러
나던 야윈 어깨를.

　놀라운 일은 체조가 끝났을 때 벌어졌다. 원장님이 우리들
중 누구도 불러 세우지 않았던 것이다. 얼마나 놀라운 일인가.
단 한 번도 그렇게 무사히 넘어간 적이 없었는데, 무사히 넘어
간 일이 생긴 거였다. 그러므로 그것은 놀라운 일이 되기에 충
분했다. 대신 원장님은 이렇게 말했다.

「병철이하고 성호, 그리고 음…… 명수, 순창이 네 명은 오
늘 학교 가지 마라. 아이스케키 장사도 가지 말고. 농장 일이
많이 밀렸다. 옥수수가 다 말라 비틀어져서 빨리 따야 돼. 학
교에는 원장님이 전화할 테니까 걱정하지 말고.」

　원장님은 손바닥만 한 밭을 두고도 꼭 농장이라고 말하는 사
람이었다.

　우리는 다 같이 「네, 알았습니다」라고 대답했다. 그것은 아주
자주 있는 일이었다. 원장님은 학교에 전화를 하겠다고 했지만
학교에서는 원장님의 전화가 오든 안 오든 아이들이 결석하는
것에 대해서는 크게 신경 쓰지 않았다. 고아원 아이들은 원래

제멋대로라고 인정하고 있었고, 애초부터 사람 되기는 글러 먹은 아이들이라고 선생님들끼리 합의해 놓은 눈치였다.

원장님은 왜 네 사람을 호명한 것일까. 그것은 좀 이상한 일이었다. 어제 원장님 사택의 동백나무 밑에 숨어 있던 친구들은 나까지 다섯 명이었다. 그런데 거기에서 태주는 빠져 있었다. 그게 이상하기는 했지만 그것은 또 굉장히 다행스러운 일이기도 했다. 태주까지 포함해서 다섯 명 모두에게 학교 가지 말라고 했다면 우리는 오금이 저려서 '네, 알았습니다'라는 대답조차 못했을 거였다. 그거야말로 낌새를 챈 것이 아니냐고 짐작할 수 있는 일이므로.

「네, 알았습니다.」

나, 병철도 대답했고 성호, 명수, 순창도 대답했다. 태주는 해당 사항이 없으므로 대답하지 않았다. 그 이름도 유명한 김, 태, 주. 권투 선수와 붙어도 권투 선수의 코를 납작하게 짓이겨 버릴 것 같은 김, 태, 주.

「씨팔, 왜 나는 안 부르는 거지? 학교 가는 것보다 옥수수 따는 게 훨씬 나은데. 꼰대들한테 가봐야 뭐해. 야, 내가 밭 맬 때 농땡이 치는 거 너희들이 까바친 거 아냐? 시애끼들, 그랬다간 봐라. 그땐 너희들 다 산 줄 알어.」

녀석이 조금 아쉽다는 투로 말했고, 나는 녀석의 기분이 그리 나쁜 것 같지는 않다는 생각을 하면서 녀석의 얼굴을 향해 씩, 웃음을 날려 주었다. 아무리 봐도 녀석은 나보다 순진한 것 같았다.

　아침 반찬은 간장에 조린 감자에 무말랭이, 그리고 멸치 몇 마리였다. 밥은 늘 그렇듯이 꽁보리밥이었고, 그렇게 1식 3찬이었다. 1식 3찬, 그렇기는 했지만 그것은 원장님이 군청이나 면사무소 직원들이 언제 들이닥칠지 몰라 형식적으로 유지하고 있는 1식 3찬이기도 했다. 그래서 그 1식 3찬들은 언제나 돌을 씹는 것처럼 맛이 없었다.

　우리들 다섯 명 중 그 1식 3찬에서 제일 먼저 숟가락을 놓은 것은 태주였다. 아무래도 학교를 가야 할 일이 걱정인 모양이었다. 녀석은 늘 학교를 가는 것보다는 안 가는 명단에 포함되기를 바라고, 그렇기 때문에 책가방을 챙겨 놓는 날보다 안 챙겨 놓는 날이 많았다. 그런데 학교를 가야 하는 처지가 되고 보니 마음이 바빠져 1식 3찬을 잽싸게 먹어 치웠을 거였다.

　「야 새끼들아, 옥수수 많이 따서 좀 숨겨 놔라. 나중에 원장님 몰래 구워 먹게.」

　녀석이 숟가락을 팽개치면서 한 말이었다. 녀석은 숟가락을 소리 나지 않게 조용히 내려놔야 하고, 마지막에는 '감사히 먹었습니다'라고 외치는 것도 까맣게 잊은 듯했다. 원장님이 식당에 없었기에 망정이지, 그런 꼴을 원장님이 보았다가는 정강이가 남아나지 않았을 거였다. 녀석에게는 정말 깡다구만 남아 있는 것일까. 원장님의 백구두가 정강이에 처박히는 날에는, 정말이지 두 손으로 정강이를 감싸 쥐고 떼굴떼굴 굴러도 시원

찮다는 것을 녀석은 너무나 잘 알고 있으면서도 저렇듯 똥 폼
만 잡는다는 것이 도무지 이해되지 않았다.

녀석, 태주가 책가방을 꾸려 고아원 문을 나설 때 은주누나의
모습이 보였다. 은주누나는 설거지를 하다 나왔는지 앞치마에
젖은 손을 문지르면서 줄지어 고아원을 나서는 아이들을 향해
고운 목소리로 말해 주었다.

「선생님 말씀 잘 듣고, 학교 끝나면 다른 데 가지 말고. 공부
잘하고 와야 한다. 친구들 괴롭히지 말고, 알았지? 늦겠다.
빨리들 가.」

그럴 때, 은주누나의 목소리는 밤하늘의 은하수가 흘러가는
소리 같았다. 어떤 때는 물수제비를 뜰 때 오랫동안 파문 져 가
는 물살이 내는 소리 같기도 했다. 엄마의 목소리보다 아름답다
는 느낌이 들었고, 진정으로 우리들을 사랑한다는 느낌이 들었
다. 그런 날, 학교를 가면서 우리는 서로 말은 하지 않았지만 은
주누나가 시키는 대로 하겠다고 얼마나 많은 다짐을 하게 되는
지 아무도 모를 거였다. 심지어는 은주누나까지도 모를 거였다.

은주누나는 아이들이 멀어져 갈 때까지 안으로 들어오지 않
고 손을 흔들고 있었다. 세상의 어떤 어머니도 그러지 못할 것
같은 은주누나의 손 흔듦을 나는 방 안의 창가에 서서 물끄러
미 내려다보았다. 그것은 고아원으로 오기 전 몇 번 경험해 본
적이 있는 어머니의 품을 생각나게 했다.

어머니는 아버지가 돌아가시고 나서 몇 번인가 그런 모습을

보였다. 살아가야 할 막막함 때문인지, 나에겐 이제 너밖에 없다는 절박함 때문이었는지 모르지만 아무튼 은주누나처럼 오랫동안 사립문 곁을 떠나지 않고 손을 흔들었었다. 그 손 흔듦을 더 이상 볼 수 없었던 때는 묘하게도 어머니의 몸에서 아버지의 포마드 향과 다른 향기가 날 때부터였다. 그때부터 어머니는 내 뒤통수를 감싸 쥐고 말하곤 했다.

「사람 노릇 하고 사는 게 그리 쉬운 게 아니니라. 애비 없는 자식은 어딘가 표 나도 표 난다는데, 어디 가서도 그런 소리 안 듣도록 두 번 세 번 생각해야 하느니라. 쯧쯧, 이 기계충 자국은 약을 발라도 왜 이렇게 안 없어지는지 모르겠다. 불쌍한 내 새끼.」

어머니는 지금 어디서 살고 있을까. 고향을 떠난 것만은 틀림없을 것 같았다. 내가 갓난아기가 아닌 것은 어머니가 잘 알고 있으므로 고향 집에 눌러 살고 있지는 못할 거였다. 아무리 사랑에 눈이 멀었다고 해도, 어머니는 그토록 얼굴이 두꺼운 사람은 아니었다.

생각이 거기까지 미치자 어머니가 눈앞에 떠올랐다. 보고 싶었다. 그때, 은주누나가 방문 앞에서 나를 불렀다. 은주누나는 시시각각으로 고아원 아이들이 어떤 힘겨움을 겪는지 죄다 아는 것 같았다. 그렇지 않다면 내가 사무치게 어머니를 그리워하는 그 순간에 방문 앞에서 내 이름을 부를 수는 없을 거였다.

「병철아, 잠깐만 나와 봐라.」

　내가 고무신을 꿰어 신고 은주누나 옆에 서자 누나는 한쪽 팔로 내 어깨를 포근하게 두른 다음 한 걸음을 옮겼다. 그러자 내 옆얼굴이 은주누나의 가슴에 닿았다간 떨어지고, 닿았다간 떨어졌다. 나는 이내 따뜻한 느낌에 젖어들었다.
　「병철아, 원장님이 널 좀 데려오라고 해서. 여기서 조금만 기다릴래? 다른 애들 밭에 데려다 주고 올 테니까. 병철아, 다른 애들한테는 얘기하지 마라. 괜히 너만 밭 매는 거 면제해 줬다고 삐칠지도 모르니까.」
　'알았어요 은주누나'라고 말하고 싶었지만 나는 참았다. 아이들이 은주누나를 따라 호미와 바구니 등속을 하나씩 들고 밭으로 가는 모습이 보였다. 은주누나의 희디흰 종아리가 밭고랑 안으로 들랑날랑하고 있었다.

　원장님은 친절하게도 거실 소파에 나를 앉혔다. 그 자리는 군청 직원이나 성금을 들고 찾아온 사람들이 앉는 곳이었다. 어떤 때는 그 자리에서 여러 사람이 앉고 서고 해가며 사진을 찍는 것을 본 적도 있었다. 그러나 나는 물론 태주든 누구든, 고아원생들은 한 번도 그 자리에 엉덩이조차 걸쳐 보지 못했었다. 우린 청소만 했을 뿐이었다.
　「아침은 맛있게 먹었니?」
　원장님은 물었고, 나는 감히 돌을 씹는 것보다 밥맛이 없었다고 말하지 못했다.

「너는 내가 원장을 하면서 본 아이들 중에 가장 착한 녀석이야. 은주한테도 얘기 많이 들었고. 그래서 말인데, 병철아.」
「네, 원장님.」
‘그래서 말인데, 병철아’라는 대목에서 나는 흠칫 몸을 떨었다. 그 목소리는 거의 태주의 ‘짜샤’와 닮은 울림을 가지고 있었다. 그러니 내가 토해 낼 수 있는 말이란 ‘네, 원장님’ 외에 다른 표현이 있을 수 없었다.
「내가 말이다. 짚이는 게 있어서 그러는데 너희들 어젯밤에 뭐 했니? 체조 시간에도 못 일어날 정도로 늦게 잔 모양인데. 솔직히 말해 봐라. 너희들이 동백나무 부러뜨렸지?」
아, 그것으로 모든 것이 끝이었다. 원장님은 내가 들었던 표현 중에서 가장 우아한 표현을 들이대고 있었지만 그것은 나에게 절망의 표현이었고, 두려움의 표현이었으며, 솔직하게는 죽음에 가까운 표현이었다. 그랬다. 동백나무 가지를 너희들이 부러뜨리지 않았느냐고 넌지시 묻는 원장님의 질문은 동백나무의 문제가 아니라 우리들, 태주와 성호, 명수, 순창, 그리고 내 목숨의 문제였다. 어떤 잘못을 저질러서 원장님한테 잘못 걸려들었다가는 거의 죽었다 살아난다는 것을 아이들은 알고 있었다. 다들 한 번씩은 경험해 본 때문이었다.
「아뇨. 어젯밤에 저희는 무 서리, 무를 뽑아 먹었는데요. 잘못했습니다, 원장님. 다시는 무 서리를 안 하겠습니다.」
「무를 뽑아 먹었어? 무를? 이런 에미 애비도 없는 새끼. 이

새끼들이 짜도 단단히 짰구만. 내가 은주 얘기 듣고 너희들 밥 먹을 때 무 밭에 가봤어, 인마. 너도 가봐라. 무 밭에는 무가 뽑혀 나간 흔적이 전혀 없단 말이다. 너희들이 무를 뽑아 먹은 자리에 밤새 무가 또 자랐단 말이냐. 아니면 네놈들이 우주에 있는 무 밭에 갔다 왔단 말이냐? 이런 호래자식 같으니라고. 순전히 못된 것만 배워 가지고.」

원장님의 고함은 천장에 부딪혔다가 내 머리통으로 뚝 떨어져 몸에서 피가 흐를 정도로 큰 소리였다. 그게 다는 아니었다. 원장님은 자리에서 일어서기 무섭게 소파에 앉아 있던 내 귀싸대기를 그야말로 별이 보일 정도로 세게 후려쳤다.

「이놈의 새끼. 좋은 말로 타이르려고 했더니 발랑 까져 가지고. 말해, 말 안 해? 너희들이 동백나무를 부러뜨렸지?」

그 순간 원장님은 동백나무를 몹시 사랑하는 사람처럼 보였다. 동백나무 가지를 누군가가 부러뜨려서 가지가 부러진 동백나무보다 더 아파하고 있는 사람 같아 보였다.

「아뇨. 저는 모릅니다. 저희들은 무를…….」

원장님은 내 멱살을 단단히 틀어잡고 손아귀에 힘을 주어 탁자 위 높이까지 들어 올린 다음 소파 옆 바닥으로 팽개쳤다. 나는 겨이거나 톱밥 자루인 것처럼 마룻바닥에 나뒹굴었고, 머리통이 통통통 굴러 벽에 부딪치는 소리를 들었다. 그 머리통의 주인이 바로 나라고 생각하니 자연스럽게 이젠 죽었다는 두려움만 남았다.

「몰라? 이 새끼가 이거 죽으려고 환장을 했구나. 불어 인마,
네가 불지 않으면 다른 놈이 불게 돼 있으니까. 성호, 명수,
순창이, 이 새끼들 차례로 불려 오게 돼 있으니까 좋은 말 할
때 불라고. 못 불어?」

원장님은 이번에는 한 손으로 내 어깻죽지께 옷을 틀어쥐고
반쯤 일으킨 다음 맨발로 내 허벅지를 강타했고, 내가 넘어지자
다른 발 하나를 얼굴 위에 얹고 비비기 시작했다. 코가 납작해
지다 못해 두부처럼 으깨지는 듯한 아픔이 몰려왔다.

「불어, 이 새꺄.」

「잘못했습니다.」

나는 말해야 했다. 그러나 말이 되어 나왔다고는 생각할 수
없었다. 내 입은 원장님의 발밑에서 으깨지고 있었으므로.

「뭐라고 새꺄.」

「잘못했습니다.」

원장님이 내 입을 덮고 있던 발을 옮겨 이번에는 이마를 짓
누르면서 물었다. 뭐라고 말했는지 확인하고 싶었는지 인간적
이게도 입을 짓누르던 구둣발을 살짝 옮겨 준 거였다.

「잘못했다? 짜식, 진작 불 것이지. 그래, 어떤 놈이 동백나무
를 꺾자고 했냐? 태주지?」

원장님의 발이 슬그머니 마루를 향해 미끄러져 내려가고 있
었다.

「아닙니다. 제가 무 서리를 하자고 했습니다.」

무 서리를 했다고 고집하고 나면 그 뒤에 지금까지보다 더 지독한 주먹질과 발길질이 기다리고 있을 테지만, 나는 정말로 지난밤에 무 서리를 한 것 같은 느낌에 빠져 있었다. 코피가 입술로 젖어들고 있었고 두 다리로 서 있기도 힘들었는데 그래도 태주의 '짜샤'를 견디는 것보다는 나을 듯싶었다. 남자는 의리를 지켜야 한다는 것을 알고 있었지만 내가 원장님과 태주, 둘 중의 한 사람과 의리를 지키기 위해 무 서리를 고집한 것은 아니었다. 나는 '짜샤'가 무서웠다. 또 은주누나의 야윈 어깨와 봉긋한 가슴을 본 기억이 없다고 나 자신은 굳게 믿고 있었다. 그렇게 믿지 않으면 은주누나를 볼 수 없을 것 같았다.

「이놈의 새끼. 그래도 정신을 못 차리고 아예 사람을 가지고 노네.」

마침내 원장님의 손바닥이 내 왼쪽 뺨과 오른쪽 뺨을 번갈아가며 휘갈기기 시작했다. 원장님의 손바닥은 크고 두꺼웠고 태주 못지않게 빨랐다.

「왜 때려요, 씨팔.」

그러자 원장님의 매질이 멎었다. 나는 순간, 내가 원장님을 향해 나도 모르게 대든 줄 알았다. 그리고 절망했다. 원장님을 향해 '씨팔'이라니. 그러나 그게 아니었다. 원장님이 매질을 멈춘 것은 태주가 나타난 때문이었다. 정신을 차리고 보니 원장님은 현관문을 벌컥 열어젖히고 들어서는 태주를 향해 '어쭈 이놈 봐라' 하는 표정을 짓고 있었다.

　태주의 얼굴은 의기양양하기 그지없었다. 그리고 나는 보았다. 태주의 양손에 녀석의 주먹보다 큰 돌멩이가 하나씩 들려 있는 것을. 원장님도 보았을 거였다.
「태주야!」
　원장님이 태주를 불렀고, 태주는 잠시 원장님을 째려보았다.
「내려놔라.」
　원장님은 갑자기 태주의 삼촌 같은 모습으로 변해 버렸다. 원장님은 겁을 먹고 있는 게 분명했다. 그렇다면 원장님은 태주에 관한 얘기를 벌써부터 알고 있었단 말인가. 태주가 얼마나 싸움을 잘하는지를.
　문제는 태주였다. 태주가 돌멩이를 내려놓은 다음 무릎 꿇고 빌기만 한다면 모든 사태는 조용히 정리될 것 같은 분위기였다. 나 역시 태주가 그러기를 바랐다. 그렇게만 해준다면 나도 원장님으로부터 놓여날 수 있을 것 같았다.
「솔직하게 얘기한다면 모든 걸 용서해 주마. 정말이다.」
　원장님의 목소리는 정말 진지하게 들렸다. 자신이 조금 전에 약속한 것을 금세 뒤집을 사람으로 보이지 않았다. 그래서였을까. 양손에 돌을 쥔 태주의 손이 조금씩 열리기 시작했고, 마침내 두 개의 돌덩이가 쿵쿵 소리를 내며 마룻바닥에 떨어지는 소리가 들렸다. 하지만 돌멩이가 떨어지는 소리가 들리자마자 또 다른 소리가 귀를 막았다.
「에라, 이런 싸가지 없는 놈.」

　조금 전과는 전혀 다른 모습으로 돌변한 원장님의 목소리가 들려왔고, 태주를 향해 달려드는 원장님의 뚱뚱한 몸뚱이가 내 곁을 스치고 지나갔다. 이제 태주 역시 죽을 판이라는 생각과 함께 머리칼이 곤두서는 느낌이 왔다. 전율스러웠다.

　그러나 태주는 원장님보다 더 빨랐다. 태주는 원장님을 피해 잽싸게 소파 위쪽으로 날아올랐고, 원장님이 '너는 이제 독 안에 든 쥐다'라며 소파를 향해 달려드는 순간 다시 조금 전의 그 자리로 내려앉아 손에서 내려놓았던 돌멩이를 양손에 그러쥐었다. 그런 다음 태주는 원장님을 향해 총알처럼 빨리 달려들었고, 펄쩍 뛰어올라 원장님의 얼굴을 찍었다. 원장님은 방심한 거였다. 자신이 그렇게까지 허무하게 당하리라고는 예상하지 못했는지 어어, 소리를 내지르다 태주의 돌멩이에 그대로 얼굴을 내맡겼고, 비명도 제대로 지르지 못한 채 두 손으로 얼굴을 감싸 안았다. 얼굴을 감싸 안은 손바닥 밖으로 피가 주르륵 빠져나왔다. 그러나 태주는 두 번 속지는 않겠다고 작정한 모양이었다. 녀석은 이번에는 소파를 딛고 올라가 원장님의 등판을 찍었다. 그리고 녀석의 주특기인 어퍼컷을 무차별로 날렸다. 마침내 원장님은 마룻바닥에 고꾸라졌다. 순식간의 일이었다. 도저히 어른과 아이의 싸움이라는 생각이 들지 않았다.

「원장이면 다야? 왜 때려. 무 서리 했다는데 왜 때려요. 원장님 증거 있어요? 개새끼.」

　태주는 한참 동안 주먹질을 멈추지 않았다. 아마도 원장님은 죽었을 터였다. 만일 그때, 은주누나가 오지 않았더라면 말이다. 은주누나가 '태주야, 병철아, 차라리 나를 때려라'라고 울먹이지만 않았더라면 말이다. 은주누나는 정말로 태주의 주먹 앞에 자신의 몸뚱이를 던지기까지 했다.

이상한 일이었다. 어떻게 태주와 은주누나가 차례차례 나타난 것일까. 나는 코피를 줄줄 흘리면서, 한 마리 곰처럼 마루에 엎드려 꿈틀거리고 있는 원장님을 보면서 생각했다.

「은주누나, 밤에 원장 새끼 방에 가지 말아요.」

태주의 명령이었다. 태주는 발로 원장님의 옆구리께를 툭 건드려 보았다.

「네가 뭘 안다고. 그런데 원장님이 많이 다치신 것 같구나.」

은주누나는 눈물을 떨구었다. 은주누나의 눈물이 원장님이 흘린 피 위로 한 방울 두 방울 떨어지기 시작했다. 은주누나는 오래도록 눈물을 그치지 않았고, 더 이상은 단 한 마디도 하지 않았다. 그리고 원장님을 태워 가기 위해 앰뷸런스가 오자 자신도 몸을 실었다.

「병신같이. 은주누나는 돌아오지 않을 거다.」

앰뷸런스가 떠난 뒤 태주가 한 말이었다. 내 생각에도 그랬다. 하지만 태주는 확신하고 있는 모양이었다. 은주누나는 이제 떠난 거라고, 녀석은 말하고 있었다. 그제서야 나는 태주의 목소리가 이상하다는 것을 느꼈다. 녀석의 말마따나 병신같이, 녀석은 울고 있었고 나는 벌써 두 번째 녀석이 우는 모습을 보고 있는 거였다.

「죽여 버릴 거야.」
그날 밤, 태주가 경찰서에서 돌아온 날 밤, 태주는 이불 속에서 잭나이프를 나에게 보여 주었다. 이불 속에서도 칼날이 은빛으로 빛나는 게 보였다. 하지만 나에게는 그 잭나이프가 칼로 보이지 않았다. 칼날은 살아 움직이는 물고기의 비늘 같았다.
「그러다 잡히면…….」
「잡히기 전에 튀어야지. 그리고 섬 같은 곳으로 가는 거지, 뭐.」
이해할 수 있을 것도 같고 이해할 수 없을 것도 같은 소리였다.
「어디 있을까 은주누나는. 병신같이.」
녀석이 한숨을 내쉬면서 말했다. 나는 아무 말도 할 수 없었다. 그것은 정작 내가 묻고 싶은 말이었다. 어디 있을까 은주누나는. 나도 모르게 한숨이 나왔다. 숨 막히는 시간이 흐르고 있었다. 녀석이 부스럭거리며 이불 속으로 고개를 디밀더니 다시 잭나이프를 한참 동안 들여다보고 나서 말했다.
「내가 섬으로 데려다 준다고 약속했는데. 불쌍한 우리 누나.」
태주는 말했다. 불쌍한 우리 누나라고. 내가 정확히 들은 것인지는 자신할 수 없었다. 녀석의 흐느낌 때문에 정말 불쌍한 우리 누나라고 말한 것인지 자신할 수 없었다. 하지만 어쩐지 녀석을 고아원으로 데려온 것이 은주누나가 아닐지도 모른다

는 느낌이 들었고, 어쩐지 녀석은 곧 어느 섬으론가 떠날 것 같
았다. 은주누나 역시 이미 어느 섬에 다다라 있을 것 같기도 했
다. 그렇게 생각하자 태주를 섬으로 보내야 한다는 생각이 들
었다.
「가자.」
나는 손을 뻗어 태주의 눈물을 닦아 주었고, 녀석이 쥐고 있
는 잭나이프를 뺏어 들고는 씩 웃어 주었다.

별

초판 1쇄 인쇄일 · 2005년 4월 20일
초판 1쇄 발행일 · 2005년 4월 25일
지은이 · 임동헌
펴낸이 · 임성규
펴낸곳 · 문이당

등록 · 1988. 11. 5. 제 1-832호
주소 · 서울시 성북구 동소문동 4가 111번지
전화 · 928-8741~3(영) 927-4990~2(편)
팩스 · 925-5406
ⓒ 임동헌, 2005

홈페이지 http://www.munidang.com
전자우편 webmaster@munidang.com

ISBN 89-7456-272-3 03810